박원순의 희망찾기 4

환경을 생각하는 생활문화 공동체

마을, 생태가 답이다

환경을 생각하는 생활문화 공동체

마을, 생태가 답이다

2011년 8월 25일 처음 펴냄
2012년 1월 18일 2쇄 찍음

지은이 박원순
펴낸이 신명철 편집장 장미희 편집 장원 디자인 최희윤
펴낸곳 (주)우리교육 검둥소 등록 제 313-2001-52호
주소 (121-841) 서울특별시 마포구 서교동 449-6
전화 02-3142-6770 팩스 02-3142-6772
홈페이지 www.uriedu.co.kr
통합 카페 cafe.naver.com/ddoya
검둥소 블로그 blog.naver.com/geomdungso
전자우편 geomdungso@uriedu.co.kr
출력 한국커뮤니케이션 인쇄 미르인쇄

ISBN 978-89-8040-357-8 03810

이 책은 희망제작소가 에서 연구비를 지원받아 집필했습니다.

이 도서의 국립중앙도서관 출판시도서목록(CIP)은 e-CIP 홈페이지(http://www.nl.go.kr/cip.php)에서
이용하실 수 있습니다.(CIP 제어번호:CIP2011003581)

박원순의 희망 찾기 4

환경을 생각하는 생활문화 공동체

마을, 생태가 답이다

박원순 지음

이 사회의 희망을 위해 끊임없이 도전하며

지역을 위해 묵묵히 헌신하는 모든 분께

이 책을 바칩니다.

프롤로그

모두가 잘 사는 지속 가능한 미래의 해답, '생태'

2006년 4월 27일, 오래오래 기다려 왔던 여행을 처음으로 떠났다. 내 가방 안에는 틈틈이 인터넷을 통해 모아 둔 방문지 정보와 기사들이 가득했다. 노트북 컴퓨터와 카메라, 휴대전화와 이 장비들을 충전하는 여러 기기들도 있었고, 언제 나타날지 모르는 통풍약도 함께 챙겼다. 불과 일주일을 머무를 계획이었지만 아주 몇 달을 떠나는 사람처럼 준비했다. 그 준비만큼 설레는 마음이 깊었다.

그렇게 떠난 여행은 때론 일주일이 됐고, 때론 보름이 됐다. 몇 달을 떠나지 못할 때도 있었지만 지역과 마을, 사람들을 이해하고 만나기 위해 떠난 나의 여행은 몇 년을 이어 계속됐다.

그 만남은 몇 줄의 문장이 되고, 그 문장들이 모여 한 권의 책이 됐다. 끝을 상정하지 않은 여행은 끝이 없는 법이다. 서울 생활 짬짬이 여행은 계속되고, 그 여행에서 돌아오면 한 권씩 책이 늘어났다. 그렇게 '박원순의 희망 찾기' 네 번째 책이 나오게 됐다.

1권은 입문서의 입장에서 주요 사례들을 통해 현재 우리 마을의 모습을 보여 주며 '그럼에도 불구하고 우리에게 희망은 있다'는 메시지를 전하는 데 초점을 맞추었다. 그렇게 1권에 담긴 내용들은 2권과 3권을 거치면서 특화되어, 2권에서는 '교육'을, 3권에서는 '마을 기업'을 다루었다.

첫 책이 나오고 3년 만에 나오게 된 이번 4권에서는 '생태'를 키워드로 마을을 살리고 있는 마을과 단체, 사람들에 대한 이야기를 담았다. 1부에서는 생태 자체를 중심으로 마을을 만들거나 살리고 있는 사람들, 2부에서는 생태 체험 관광으로 자연도 살아나고, 주민의 살림살이도 살아난 마을들을 소개했다. 3부에서는 도심 속에서 새로운 생태 공간으로 부각되며 각박한 도시민의 삶에 농부의 마음을 심어 주고 있는 도시 농업의 주요 사례를 담았다. 4부에서는 지속 가능한 미래를 만들기 위한 필수 조건인 친환경 신재생에너지에 주목하고, 이를 마을과 접목시키고 있는 단체와 사람들에 대해 이야기한다. 서로 다르지만, 또 닮아 있는 그들의 자연에 대한 태도는 생태 학교, 생태 마을, 체험 관광 마을, 에너지 자립 마을이나 공동체 등의 다양한 방식으로 드러나고 있다.

그들을 만나기 위해 떠난 길에서 나는 우리나라 산천의 아름다움을 제대로 느꼈다. 외국을 많이 다녀 본 나는 외국을 다녀올 때마다 우리 산하가 아름답다는 사실을 거듭 확인하곤 했다. 산이 높아 하늘이 한 뼘처럼 작게 보였고, 굽이굽이 산을 돌아 흐르는 계곡은 바닥까지 제 모습을 그대로 보여 주었다. 콘크리트가 깔린 시골길 옆에는 온갖 잡초와 이름 모를 꽃들이 콘크리트를 비집고 피어나고, 푸름이 짙은 논에는 키 작은 모 사이사이를 우렁이들이 기어 다녔다. 그것들을 눈으로 만나고, 손으로 만지고, 먹어 볼 때 꽤 신이 났다.

즐거웠던 그 기억들을 되짚으며, 이 책을 준비했다. 먼지가 뽀얗게 내려앉은 옛 앨범을 뒤적이듯, 몇 달 전 또는 1, 2년 전 만났던 사람들의 이야기를 다시 꺼냈다. 책이 나오기까지 시일이 걸리다 보니 인터뷰한 사람들에 대한 추가 인터뷰가 불가피했다.

하지만 인터뷰 이후 짧게는 몇 달, 길게는 1, 2년의 시간이 흐르는 동안 마을의 상황은 당시와는 크게 달라져 있었다. 근 10년을 마을 만들기에 매달리던 몇몇 활동가들은 누적된 피로와 마음고생으로 지쳐 있었다. 동력을 잃은 마을도 있었고, 활동가들이 바뀐 경우도 꽤 있었다. 안쓰러웠다. 사회에 희망의 씨앗을 뿌리고자 백방으로 뛰었지만, 나의 작은 발걸음이 그들에게 채 닿지 않는다는 생각에 회의감도 들었다. 희망이라는 무거운 말을 너무 가벼이 사용했던 것은 아닌지 반성도 없지 않았다.

그럼에도 여전히 나는 희망을 본다. 큰 돈벌이도 되지 않고 누구 하나 알아주지 않지만, 곤충의 서식 환경을 조성해 점점 사라져 가는 멸종 위기 곤충을 복원하는 일에 15년 동안 매달린 사람이 있고, 자본의 논리에서 벗어나 가난하지만 자유로운 치유의 삶을 살아 나가는 이들도 있었다. 다들 희망이 없다는 농촌에서 희망의 불씨를 지펴 가며 다양한 체험 프로그램으로 도시민과 소통하는 마을도 있었고, 당장 성과가 드러나지 않는 에너지 자립의 길을 장기적인 시선으로 조급증 내지 않고 걸어가는 마을도 있었다. 스스로 가난을 자처한 사람들과 도시의 편리함을 버린 사람들. 산골 오지라는 지리적 불리함을 장점으로 승화시킨 마을과 경영자적 마인드를 도입해 마을 만들기에 성공한 마을.

이 모든 사람들과 마을들과 단체들이 있는데, 어찌 쉽게 포기하고 절망할 수 있을까. 그들 스스로 희망의 증거가 되어 어려움을 이겨 내고 절망에 굴하지 않는데, 어찌 쉽게 무릎 꿇을 수 있을까.

그들이 만들어 낸 희망이 더 많은 사람들에게 도움이 될 수 있도록 이야기를 전하고, 그들이 겪었고 겪고 있는 어려움들이 다른 사람들에게는 일어나지 않도록 소리쳐 주고, 그렇게라도 조금씩 나의 발길이 그들에게 가닿길 바랄 수밖에.

내가 그들을 만나며 느꼈던 꺾이지 않는 열정과 굴하지 않는 포부가 이 책을 읽는 모든 사람들에게 전해지길 바란다. 주저하는 이들에게는 큰 용기가 되어 주고, 어려움에 처한 이들에게는 희망이 되어 주길 바란다. 마지막으로 이 4권을 준비하는 과정에서 추가 취재와 원고 정리 등 많은 것들을 도와준 희망제작소 전 연구원 이경희 씨와 상업적 결과는 별로 좋지 않을 이 마을 시리즈를 계속 출판해 준 우리교육 검둥소의 장미희 편집장에게도 깊은 감사를 드린다.

2011년 7월 12일

장마전선이 전국을 뒤덮은 날

| 차 례 |

3부 도심 속 생태 근간, '도시 농업'

4부 지속 가능한 미래, 친환경 에너지

1부
자연이 답이다

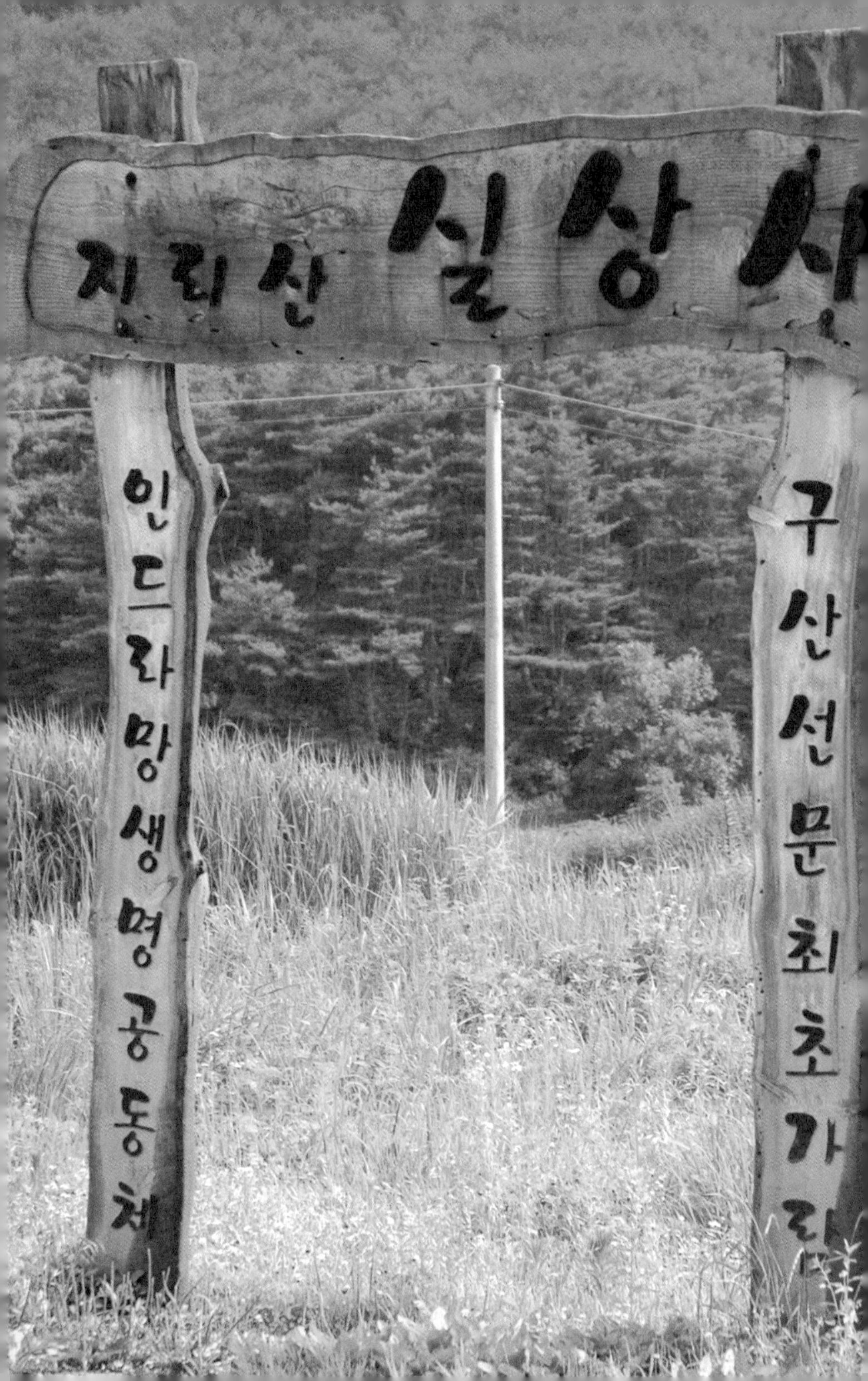

지리산 실상사
인드라망생명공동체
구산선문최초가

전체로서의 자연
__지리산 '인드라망생명공동체'

불교의 연기론

연기緣起론은 불교의 핵심 사상이다. 연기라는 말은 '말미암아 일어난다'는 뜻을 갖고 있는데 이는 세상 만물이 시·공간적으로 서로 관계하고 있다는 말이다. 인간과 인간이, 인간과 동물이, 인간과 식물이, 즉 지구상의 온 생명이 그물망처럼 인연의 끈을 서로 잇고, 밀접한 관계를 맺고 있다는 것이 연기론의 핵심이다.

우리가 매일 먹는 밥을 예로 들어 보자. 우리의 식탁에 하루 세 번 오르는 밥은 그 자체만으로 보면 그냥 밥 한 공기이다. 우리는 일상적으로 그것을 먹고, 소화한다. 하지만 밥이 식탁에 오르기까지의 과정을 살펴보면 밥 한 공기에 얼마나 많은 인연이 관계되어 있는지를 알 수 있다.

밥은 쌀에서 나오고, 쌀은 벼에서 나온다. 벼가 탄생하기까지는 실로 많은 단계를 거친다. 농부가 볍씨를 뿌리고, 논에 모를 심는다. 농부가 흘리는 땀과 함께 햇빛과 물이 알맞게 공급되어야 하고, 때에 따라서는 거름도 필요하다. 물론 기본적으로는 논이 필요하다.

벼는 이런 과정을 거쳐 자라고, 가을에 낟알을 맺게 된다. 농부가 이를 수확하고 탈곡하고 정미해서 내놓는 게 쌀이다.

그러나 쌀이 되었다고 해서 우리 식탁에 밥이 바로 오르는 것은 아니다. 농협의 수매나 직거래 등 다양한 유통 경로를 거쳐야 하고 이를 시장에서 구매해 적당량의 물을 넣어 끓여 내야 밥이 된다.

밥 한 공기가 밥상에 오르기까지의 과정을 살펴보면 불교에서 말하는 연기론을 조금은 쉽게 이해할 수 있다. 세상에 인연 아닌 게 없으며, 무심코 지나치는 잡초 하나에도 생명의 진리가 숨어 있다.

불교의 연기론은 여기서 한 발짝 더 나간다. 즉 '나'라고 하는 인간이 있기까지는 내 부모가 있었기 때문에 가능한 것이었고, 내 부모는 그 위의 부모 때문에 세상에 존재하게 된 것이다. 이것이 시간적으로 내가 있게 된 이유라면, 내가 다른 사람과의 관계를 통해 나를 정립해 나가는 것은 공간적이라고 할 수 있다. 다시 말해 내 조상이 없으면 내가 없고, 남이 없으면, 즉 '남'이라고 하는 개념이 없으면 내가 없는 것이다.

그래서 연기론은 세상 만물이 서로에게 영향을 끼치며 살아가고 끊임없이 변화한다는 것을 보여 준다. 그리고 더 나아가 세상 만물이 변화하기 때문에 내 마음속에 존재하는 '나'란 존재는 없는 것이라고 말한다. 수많은 인간과 생명, 세상 만물과의 관계 속에서 내가 있을 수 있다는 것은 결국 세상 모든 것이 나일 수 있고, 내가 세상 모든 것이 될 수도 있다는 말이다. 조금 더 논의를 진전시키면 결국 나와 세상 만물이 하나이기 때문에 나란 존재는 어디에도 있을 수 있고, 어디에도 없을 수 있다는 말이 된다.

나와 세상 만물이 하나라는 관점. 그 관점이 바로 연기론의 핵심이자 불교 사상의 핵심이다.

느닷없이 불교의 연기론으로 장황하게 얘기를 시작한 것은 전북 남원시 산내면에 있는 실상사를 중심으로 한 '인드라망생명공동체'를 이해하기 위해서는 연기론이 필수이기 때문이다. 불교의 연기론이 그렇듯 인드라망생명공동체는 세상 만물의 관계를 중요시한다. 그 관계를 중요시하기 때문에 공동체로서 확고히 자리 잡을 수 있었고, 생명 · 생태 농업을 먼저 실현할 수 있었다. 불교의 연기론이 인드라망생명공동체의 철학적 배경이 되고, 실천의 지침이 되는 것이다.

귀농의 흐름

인드라망생명공동체의 태동은 귀농 학교를 통해 이루어졌다. 여기서 잠깐, 1990년대 말부터 시작된 귀농의 흐름에 대해 잠시 짚어 보고 가자.

잘 알다시피 1997년 말 불어닥친 외환 위기로 한때 귀농이 유행처럼 번졌던 적이 있다. 너도나도 귀농을 꿈꾸며 대도시를 떠나 농촌으로, 농촌으로 떠났다. 그중 일부는 수많은 시행착오를

인드라망생명공동체는 시간의 흐름에 따라 공동체의 영역을 넓혀 왔다.
귀농인의 필요에 따라 생겨난 이런 공동체는 모두 인드라망생명공동체의 창립 선언문에 기술된 것처럼 '유기적 생명 공동체'에 맞게 만들어진 것이다.

거쳐 귀농에 성공하기도 했지만, 상당수의 사람들이 이상과 현실의 괴리로 귀농에 실패하기도 했다. 자신이 살던 터전을 떠나 전혀 새로운 곳에서, 전혀 새로운 일을 하는 일은 쉽지 않다. 우선 가족이 반대하고, 아이들 교육이 문제고, 원주민들의 배타적인 태도가 걸림돌이 된다.

더구나 농사일을 한 번도 해 보지 않았던 이들이 낯선 땅에서 농사를 짓는 일은 혼자 힘으로 감당하기에는 벅차다. 그래서 지인들끼리 삼삼오오 모여서 귀농하기도 하지만 그것도 쉽지 않은 일임은 분명하다. 그래서 누군가는 이렇게 말하기도 했다. "귀농은 이사가 아니라 이민"이라고 말이다.

1997년 이후 유행처럼 번졌던 귀농은 잠시 소강상태를 보이다가 2004년을 기점으로 다시 증가하는 추세다. 외환 위기 때 생계 때문에 할 수 없이 귀농을 했다면 지금은 도시에서의 삶과는 전혀 다른 삶을 꿈꾸며 귀농하는 추세라고 한다. 귀농에 대한 마음가짐도 확고하고, 준비도 철저해졌다. 막연히 농촌으로 가고 싶다가 아니라 도시적인 삶에 회의를 느껴 농촌으로 갈 수밖에 없다고 느끼는 귀농자가 대세다. 각기 귀농의 이유는 다르지만 준비를 철저히 한다는 점만은 비슷하다.

또 예전에는 홀로 귀농하는 '각개약진' 식이었던 반면에 요즘은 각 지역에 꾸려져 있는 귀농 공동체를 통해 귀농하는 사례가 늘고 있다. 외환 위기 때 생겼던 귀농 공동체가 10년이 넘는 세월 동안 온갖 시행착오와 고난을 겪고 꿋꿋이 살아남은 덕분이다.

유기적 생명 공동체

귀농 공동체의 모범 사례로 손꼽히는 것이 전라북도 남원시 산내면을 거점으로 활동하고 있는 '인드라망생명공동체'이다. 인드라망생명공동체는 단순한 귀농 공동체가 아니다. 그 첫 시작은 귀농 학교를 기반으로 한 귀농 공동체였지만 이후 지평을 넓혀 생활공동체, 생태 공동체, 생명 공동체, 대안 교육 공동체로 거듭났다.

그래서 인드라망생명공동체의 품은 넓다. 지리산 자락에 안온하게 자리 잡은 '실상사'를 근본 도량으로, 인드라망 수련원 '귀정사', 더불어 사는 지역공동체 '사단법인 한생명', 우리 옷을 제작·판매하는 '우리 옷 인드라망', 대안 학교인 '실상사작은학교', 더불어 사는 생활문화 공동체 '인드라망생활협동조합', '인드라망교육센터' 등이 인드라망생명공동체 품 안에 자리 잡고 있다.

인드라망생명공동체는 시간의 흐름에 따라 공동체의 영역을 넓혀 왔다. 귀농인의 필요에 따라 생겨난 이런 공동체는 모두 인드라망생명공동체의 창립 선언문에 기술된 것처럼 '유기적 생명 공동체'에 맞게 만들어진 것이다.

불교의 연기론을 상징적으로 나타내는 인드라망이란 말에서 알 수 있듯 인드라망생명공동체는 '유기적 생명 공동체'를 지향한다. 그래서 창립 선언문에서 이렇게 밝힌 바 있다.

우주의 실상이 유기적 생명 공동체임을 확신한다.

온 우주는 총체적 관계의 진리에 의해 형성된 유기적 생명 공동체이다. 유형 무형의 모든 것들이 총체적 관계의 진리에 따라 생성 변화하고 있다. 영원에서 영원 끝까지 관계의 진리에 의해 생명 공동체로 형성되고, 생명 공동체로 활동하는 것이 우주의 실상이다. 우주의 실상인 생명 공동체의 길은 평화롭게 함께 사는 길 하나뿐이다. 함께 사는 길엔 협력 · 협동하는 길만이 참 삶의 길이다. 더불어 함께 평화로운 삶을 살기 위해서는 균형과 조화의 길만이 확실한 희망의 길이다. 우리 모두는 너와 나, 인간과 자연이 서로를 아끼며 함께 사는 이 길을 가야 한다.

인드라망생명공동체의 태동은 1997년 당시 실상사 주지였던 도법 스님과 농민운동가인 이병철 귀농운동본부 대표가 만나면서 시작됐다. 도법 스님과 이병철 대표는 농촌과 농업을 살리는 일을 위해 의기투합했고, 실상사에서 귀농인의 농업 실습용 부지 1만 평을 내놓았다. '실상사 농장'이라고 명명된 이 땅에서 귀농의 씨앗이 싹튼 것이다. 그리고 1998년 2월 불교귀농학교를, 8월에는 실상사귀농학교 문을 열게 되었다.

시작은 순탄치 않았다. 귀농 학교 첫 졸업생 13명은 농촌에 정착하지 못하고 남원을 떠났다. 하지만 해를 거듭할수록 점차 귀농 학교는 자리를 잡았고, 지금까지 500여 명에 이르는 수료생을 배출했다. 이중 산내면에 안착한 귀농인들만 해도 250여 명이 넘는다고 한다.

귀농 학교에서는 친환경 농법이나 농기계 다루기 등 필수적인 농법뿐만 아니라 효소 담그기, 천연 염색, 양봉, 집짓기 등도 배울 수 있다. 농사뿐만 아니라 마을에서 함께 살면서 필요한 일을 배울 수 있게 한 것이다. 즉 공동체 생활에 필요한 일도 함께 배우도록 한 것이다.

귀농인들이 들어오면서 인드라망생명공동체는 자연스럽게 산내마을의 자생력에 눈을 돌리게 됐다. 시급한 것이 아이들 교육문제였다. 귀농이 제대로 이루어지고 공동체가 유지되기 위해서는 아이들 교육이 중요했다. 그래서 창립된 것이 '실상사작은학교'였다. 2001년 3월 문을 연 불교적 대안 학교인 실상사작은학교는 중등 과정으로, 지식 교과와 체험 교과로 운영되고 있다. 지금은 실상사작은학교의 대안 교육 때문에 산내마을에 정착하는 사람들이 있을 정도로 전국적으로 널리 알려져 있다.

(사)한생명의 탄생

귀농 학교와 대안 학교 등으로 실상사를 중심으로 한 인드라망생명공동체에는 사람들이 늘어 갔다. 사업도 늘어났고, 공동체도 커지면서 산내의 지역 사업을 총괄할 단체가 필요하게 되었다. 그렇게 탄생한 것이 '인드라망생명공동체의 제1실현지'라 불리는 지리산 산내의 사단법인 한생명이다.

2001년 8월 27일 창립총회를 통해 탄생한 한생명은 '조화로운 삶', '더불어 사는 지역공동체', '생명을 살리는 농업'을 슬로건으로 내걸고 인드라망생명공동체의 산내 지역공동체 사업을 실질적으로 총괄하고 있다.

귀농인들이 들어오면서 인드라망생명공동체는 자연스럽게 산내마을의 자생력에 눈을 돌리게 됐다.
시급한 것이 아이들 교육 문제였다. 2001년 3월 문을 연 불교적 대안 학교인 실상사작은학교는 중등 과정으로,
지식 교과와 체험 교과로 운영되고 있다. 그 결과 가족 단위의 귀농인들이 생겨났고,
자녀 교육 때문에 귀농하는 가정도 늘어났다.

현재 한생명은 매년 지리산권 5개 읍면 13개 초중고의 600여 명이 참여하는 지리산권 청소년 글쓰기 한 마당을 15년째 개최해 오고 있고, 산내 인근 마을과 단체들이 참여하여 지역 주민 화합의 장인 산내 족구 대회를 10회째 주관해 오고 있다. 또한 실상사 귀농학교와 더불어 각종 문화 교실 등을 통해 '생명 살림 교육' 과 '문화 강습 교육' 을 운영하고 있고, 2002년 개관한 한생명 부설 산내여성농업인센터를 통해 여성 농업인의 교육과 각종 강좌를 실시하고 있다.

2006년부터는 지리산친환경영농조합을 설립해 실상사 농장에서 생산, 가공되고 있는 친환경 농산물의 유통, 판매는 물론 생태적인 마을 만들기에도 적극 나서고 있다.

주목할 점은 귀농인들뿐만 아니라 산내면에 사는 지역 농민들이 지리산친환경영농조합에 참여하고 있다는 것이다. 생태 농업은 공동체 전부가 나설 때 실질적으로 가능하기 때문에 더 많은 사람들이 생태 농업에 나서야 한다는 판단에서 이루어진 일이었다. 자기 논에는 농약을 쓰지 않더라도 옆 논에서 농약을 쓰면 친환경 농업이 실질적으로 불가능하기 때문이다.

한생명은 또한 친환경 농업의 일환으로 '이름표 있는 농업' 을 실천하고 있다. 지리산 실상사 입구에는 한생명이 운영하는 한생명느티나무매장이 있는데 이곳에 가 보면 생협 물품과 더불어 한생명이 추구하는 '이름표 있는 농업' 의 진면목을 볼 수 있다.

이곳에 가면 친환경 농가의 아이들 이름을 붙인 농산품들이 즐비하다. '유림이네 매실 효소', '유림이네 고사리' 가 바로 그것이다. 생산자에 대한 모든 정보가 들어 있고, 동시에 소박한 포장,

그리고 무엇보다 '유림이네' 라고 하는 상품 이름이 주는 친밀함과 따뜻함 때문에 신뢰가 듬뿍 묻어난다. '훤민이네 유정란' 도 마찬가지다. 유정란을 생산하는 이 동네 농부의 큰딸 '훤민이' 이름을 붙인 이 계란 하나도 도대체 무슨 사료를 먹여 키우는 닭인지 모르는 일반 계란에 비하면 아무리 먹어도 괜찮을 듯하다.

'이름표 있는 농업' 에서 알 수 있듯 한생명은 친환경 생태 농업을 통해 인드라망생명공동체의 창립 정신인 '유기적 생명 공동체' 를 몸소 실천하고 있다. 한생명뿐만 아니라 인드라망생명공동체에 소속된 공동체들이 모두 그렇다. 그리고 이 공동체들은 서로 유기적으로 연결되어 있고, 산내마을을 실질적인 생활문화 공동체로 만들고 있다.

자립형 공동체

공동체가 유지되기 위해서 필요한 것은 바로 자립이다. 외부의 도움 없이 공동체 안에서 웬만한 문제가 해결되어야 한다. 경제적인 문제는 물론이고, 교육, 의료, 문화적인 부분도 공동체 안에서 해결되어야 한다.

인드라망생명공동체가 오늘날까지 활발히 운영될 수 있었던 것은 생태 농업에 기반을 둔 농업 공동체를 넘어 생활문화적인 문제까지 해결하는 공동체를 지향했기 때문이다. 그 결과 귀농인들이 계속 산내마을에 들어오고, 정착하는 구조가 자리를 잡았다. 산내면이 전국의 면 단위 행정구역 중에서 이례적으로 인구

증가세를 보이는 것도 이 때문이다.

"그래도 여기는 바탕이 되어 있으니까 귀농자들이 계속 오고 있습니다. 가족 단위로 올 때는 가족이 생활을 영위하기 위한 문화, 교육 등이 중요합니다. 산내마을은 교육도 되고 편안함 같은 것이 있습니다. 웬만한 도시보다 고급스러운 문화 콘텐츠가 있다고 생각합니다. 그래서 다른 곳으로 떠났던 귀농인들이 다시 돌아오기도 합니다."

자립형 공동체가 일순간에 이루어진 것은 아니다. 우선 자립형 공동체를 위해 인드라망생명공동체에서는 앞서 얘기한 것처럼 총괄 단체인 한생명을 출범시켰다. 생태 농업을 기반으로 한 한생명의 탄생과 운영으로 인드라망생명공동체는 다양한 사업을 추진할 수 있게 되었고, 귀농인들뿐만 아니라 지역민들과 더불어 사는 공동체를 만들 수 있었다.

또 귀농 학교를 통해 귀농자들이 모여들게 되니 자연스럽게 자녀 교육 문제가 대두됐고 그에 따라 실상사작은학교를 설립했다. 그 결과 가족 단위의 귀농인들이 생겨났고, 자녀 교육 때문에 귀농하는 가정도 늘어났다. 또 취학 전 어린이들이 늘어나자 한생명에서는 '산내들어린이집'과 '산내들스스로배움터'란 방과 후 학교도 운영하여 귀농인의 산내 지역 정착에 실질적 토대를 구축하였다.

거기에 덧붙여 인드라망생명공동체는 도시와 농촌의 교류를 통해 공동체의 지평을 넓히고 친환경 농산물을 유통하기 위한 노력도 기울이고 있다. 그 대표적인 게 '더불어 사는 생활문화 공동체'를 지향하는 인드라망생활협동조합이다. 2003년 1월 18일 창립된 인드라망생협은 도시와 농촌 간의 친환경 농산물 직거래를 통한 도농 공동체 형성을 목적으로 하고 있다.

하지만 인드라망생협은 단순히 친환경 농산물을 직거래하기 위한 공간만은 아니다. 창립 선언문에서 밝혔듯 인드라망생협이 궁극적으로 추구하는 것은 공동체적 질서의 복구이고, 생태적인 사회의 실현이다. 인드라망생명공동체에서는 현재 도농 공동체의 확산을 위해 인드라망생협뿐만 아니라 불교 도시민을 위한 불교 생협 영역을 포괄적으로 아우르며 사업을 확대하고 있다.

한편으로 자립형 공동체에서 중요한 것이 문화를 즐길 수 있느냐 하는 것이다. 사실 지역공동체에서 문화를 즐기기는 힘든 일이다. 인드라망생명공동체는 산내 지역에서 한생명 부설 산내여성농업인센터를 통해 각종 생활문화 강좌를 진행하고 있다.

자립형 공동체를 위해 또 하나 빼놓을 수 없는 게 바로 의료 문제다. 농촌은 여전히 의료 사각지대로, 병원이 멀다 보니 위급한 환자의 경우 시간에 쫓겨 제대로 치료를 받을 수 없다. 그래서 생각해 낸 것이 대안 의료다. 의료 문제와 관련해서는 아픈 사연이 하나 있다.

"지난 2006년에 태어난 지 보름 만에 죽은 아이가 있었습니다. 응급 의료 서비스가 잘되어 있는 지역이었으면 살릴 수 있었을 텐데 남원으로 갔다 광주로 갔다가 서울로 가는 바람에 치료 시기를 놓쳐 죽은 것입니다. 안타까운 일입니다. 그래서 자구책으로 생각해 낸 것이 대안 의료입니다. 에너지 치료나 기 치료, 척추 교정처럼 예방의학 차원에서 건강 사랑방 정도를 운영하는 것입니다. 스스로 공부를 하는 수밖에 없습니다."

그래서 한생명은 꾸준히 대안 의료 체계 형성 사업을 벌이고 있다. 그중 하나로 질병 예방, 자가 진단 등의 교육도 해 왔고, 기 치료, 척추 교정 등 대중적인 대안 의료 사업을 진행하기도 했다. 현재는 회원들과 더불어 건강 침뜸 사랑방을 운영하고, 침뜸 강습 교육을 준비하고 있다.

더불어 사는 생명 공동체

공동체는 함께 사는 걸 의미한다. 그러나 함께 사는 것만으로는 분명 한계가 있다. 결국 어떻게 사느냐가 문제다. 세상 만물이 서로 연결되어 있다는 불교의 연기론에 입각한 인드라망생명공동체는 어떻게 공동체를 꾸리느냐에 대해 우리에게 생각할 거리를 안겨 준다.

인드라망생명공동체는 기본적으로 생명·생태 공동체를 지향한다. 불교 사상에 입각해 있기 때문에 당연하고 필연적인 일이다. 또 인드라망생명공동체는 더불어 사는 지역공동체를 지향한다. 산내마을을 중심으로 해 귀농인들과 지역민들이 더불어 사는 지역공동체를 꿈꾸고 있는 것이다. 이 역시 불교의 연기론과 통한다.

아울러 인드라망생명공동체는 더불어 사는 생활문화 공동체를 지향한다. 단순히 귀농에만 초점을 두지 않고 실제로 거주하고 삶을 꾸려 나갈 수 있는 공동체를 꾸려야 올곧게 자립할 수 있는 공동체가 될 수 있으며, 더 많은 이들이 공동체로 올 수 있기 때문이다.

앞에서 나는 불교의 연기론을 알아야 인드라망생명공동체를 알 수 있다고 말했다. 하지만 이 말을 조금 수정해야 할 것 같다.

"불교의 연기론은 인드라망생명공동체의 처음이자 끝이다"라고 말이다.

제3기 연두농부학교
오후 1시 30분-4시 30분
문의 313-2848, 017-321-2430
시흥시, 경기도

농에서 대안을 찾다

__연두농장

대안적 삶을 찾는 여정

학생운동, 노동운동, 무역 회사 회사원, 해외 떠돌이,《대자보》 편집국장, 민주노동당 기관지《진보정치》인터넷판 편집국장. 이렇게 다양한 삶의 편력을 가진 한 여성이 경기도 시흥으로 내려왔다. 귀농을 위해서. 그것도 빈곤 여성과 더불어 꾸려 나가는 함께하는 영농을 위해서.

인도의 반다나 시바를 만난 이후 그의 삶과 생각은 바뀌었다. 그 이후 농農이라는 키워드를 가지고 살아오면서 그는 이미 철학자가 된 듯하다. 그가 술술 풀어내는 지난날의 경험에서 새로운 농업의 대안, 아니 새로운 삶의 대안을 볼 수 있다. 이제 대안을 찾은 그에게 다시 돌아갈 다른 길은 없는 듯하다. 연두농장 변현단 대표의 이야기다.

2005년 연두농장에 터를 잡은 이후 그가 그려 낸 삶의 궤적, 농사의 궤적은 대안적인 삶, 그 자체다. 주경야독으로 농법을 스스로 익히고, 또 가르치면서 그는 연두농장을 자활적 영농 단체에서 삶의 대안을 찾는 공동체로 키워 갔다. 그 사이 수많은 사람이 연두농장을 거쳐 갔다.

떠난 이들도 여럿 있었다. 화폐가 필요 없는 농, 삶을 치유하는 농, 자본의 논리에서 벗어나는 삶을 지향하다 보니 스스로 가난해지길 원치 않는 사람들은 떠날 수밖에 없었다. 기초 생활 수급자에서 벗어나 경제적 자립을 꿈꾸고, 농업으로 자본의 논리와 맞서려던 이들은 연두농장의 철학과 애초부터 맞지 않았다. 그래서 많은 사람들이 떠났지만, 또 많은 사람들이 연두농장에 들어왔다. 스스로 가난해지고, 자본의 굴레에서 벗어나고픈 사람들이 늘어난 것이다.

6년간의 시행착오를 거쳐 연두농장은 이제 노동부의 지원을 받지 않는, 재단의 지원도 받지 않는, 스스로 서는 공동체로 거듭났다. 그 중심에 변현단 대표가 있다.

농農 철학 – 농이 대안이다

변현단 대표는 농업을 농農이라고 표현한다. 농업이란 말은 농사일까지 하나의 산업으로 바라보는 것이기 때문에 이와 구분하기 위해 농이라고 표현한단다. 그에게 농업은 산업이 아니다. '농' 이란 한 음절 단어에 그의 철학이 담겨 있다.

변현단 대표가 바라보는 농은 삶의 대안이다. 그는 농업으로 경제적 자립을 꾀한다거나 하는 일도 결국은 자본에 종속되는 일이라고 본다. 그 종속의 고리를 끊는 삶이 농에 있다고 믿는다. 또 농사를 짓는 과정에서 삶이 치유될 수 있다고 믿는다. 그래서 농은 대안적 삶이다.

"예전에 귀농지를 찾아 전국을 떠돌았는데, 그때 농이야말로 생태 환경을 바로잡을 수 있는 핵심이라는 생각이 들었어요. 농의 의미에 대해 깨닫는 두 개의 계기가 있었습니다. 한겨울에 할머니가 산에 올라가시는 걸 봤습니다. 약초를 캐려고 올라가시는 것이었습니다. 문득 시골에는 겨울에도 먹을 것이 있다는 생각이 떠올랐습니다. 도시에서는 돈 없이 구할 수 있는 먹을거리가 없는데 말이죠. 그래서 도시의 삶에 대해 되돌아볼 수 있었습니다. 두 번째 깨달음은 안동에서 귀농한 지 10년이 된 자폐 장애인을 봤을 때 느꼈습니다. 자폐증은 평생 가는 병인데 그 장애인은 농사일을 하다 보니 대인 관계가 가능해졌습니다. 많이 좋아진 것이죠. 또 동상으로 다리가 잘린 지체장애인인데 파종을 하고 있는 모습도 보았습니다. 농이 주는 의미가 바로 여기에 있습니다. 농이라는 것은 단순히 자연과 함께하는 것이 아닙니다. 농사를 짓는 과정에서 정서적으로 물질적으로도 치유가 되는 것입니다."

변현단 대표는 "농은 원래 반자본주의적"이라고 말한다. "농을 통해 돈과 상품의 자본주의의 피폐 속에서 벗어날 수 있다"고도 말한다. 그래서 농은 삶을 치유하는 대안이기도 하지만 한편으로는 화폐, 즉 자본으로부터 독립할 수 있는 대안이 되기도 한다.

"우리는 도시 소비와 상품 속에서 자연스럽게, 또 우리가 의식하지도 못하는 사이에 돈의 노예가 됩니다. 화폐가 없으면 아무것도 할 수 없는 게 도시적인 삶입니다. 그러나 농의 삶은 내 손으로 의식주를 직접 만들어 낼 수 있습니다. 화폐로부터 독립된 삶을 살 수 있게 되는 것입니다. 또 농의 삶은 기본적으로 알뜰해질 수밖에 없기 때문에 생태적입니다. 그래서 농의 삶은, 우리가 지향해야 하는 삶입니다."

기초 생활 수급자들과 함께 시작한 연두농장

농 철학을 삶의 대안으로 여기며, 가난한 자립을 원하던 변현단 대표의 꿈은 지금 연두농장 곳곳에 퍼져 있다. 그러나 지금의 연두농장을 만들기까지는 지난한 과정을 거쳐야 했다. 변현단 대표가 연두농장을 맡게 된 것은 2005년의 일이다. 귀농을 위해 경북에 막 터를 잡았는데 마침 연락이 와서 시흥에 정착하게 되었다. 농촌에서 도시로 온 셈이었다.

연두농장은 기초 생활 수급자를 대상으로 자활 사업을 하는 기관이었다. 제정구 씨가 시작한 '복음자리재단의 작은자리자활센터'의 한 기관으로 시작했던 것으로 나라에서 지원금도 받고 있었다. 연두농장을 처음 시작했을 때 변현단 대표도, 또 연두농장 구성원들도 농사일에 대해서는 거의 문외한에 가까웠다. 말 그대로 주경야독의 생활이 시작되었다.

"농이라는 것은 단순히 자연과 함께하는 것이 아닙니다.
농사를 짓는 과정에서 정서적으로 물질적으로도 치유가 되는 것입니다."

"저도 농사를 지어 본 사람이 아닙니다. 취재하면서 돌아다녔을 뿐이지요. 처음에 열 명의 아주머니들과 함께 살았는데 모두 기초 생활 수급자에 사연 많은 이들이었죠. 이 사람들도 농사일에는 문외한이었죠. 결국 주경야독을 시작했습니다. 농사를 모르지만 낮에는 일하고 밤에는 행정 업무 보고 밤 11시부터 생리학, 병리학, 유기농 등 평소 전혀 보지 않았던 책을 보고 공부를 했습니다. 병충을 보면 사진을 찍어 와서 함께 연구하기도 했습니다."

1,500평으로 시작한 연두농장은 초기에 토양을 만드는 것에 집중했다. 돌을 골라내고, 유기농 퇴비를 만들어 땅에 뿌리는 등 땅의 힘을 살리는 데 초점을 두었다. 나라에서 돈을 대 주는 때가 아니면 할 수 없는 일이라 여겼다. 같이 일하던 사람들이 힘들어 했지만 변 대표의 뜻에 맞춰 함께 일을 해 나갔다. 그러나 시간이 지나면서 일부는 연두농장에서 멀어져 갔다. 어느 정도 경제적 여건이 좋아지면 연두농장을 이탈하는 사람들이 생겨난 것이다. 변 대표는 그 이유를 이렇게 말한다.

"자활 수급자들은 스스로 가난하기를 원하지 않았습니다. 그래서 초기의 멤버 중 소수만이 남았습니다. 그들은 여전히 도시의 삶을 그리워하고 도시에서 돈으로써 풍요로운 삶을 원했기 때문입니다. 본질적인 것을 알려 줘도 어떻게 해서든 빠져나가곤 했습니다. 돈이란 소비를 위한 것입니다. 풍요로움을 소비의 풍요로움으로 생각합니다만, 소비는 더한 소비를 부릅니다. 생태적인 것에 위배되는 것이 소비입니다. 편리함은 소비를 부추기며 반드시 그 대가를 치르게 될 것입니다. 기초 생활 수급자들 대부분은 여전히 '소비의 욕망'에 사로잡혀 있어 이탈을 합니다. 값싼 의료비 때문에 병원 생활이 일상화되어 있고, 휴대폰 비용도 절반이다 보니 무절제한 소비가 이루어집니다. 인식 교육을 아무리 해도 쉽게 변하지 않습니다. 여전히 '부자'와 허황된 욕망에 젖어 있어서 이탈이 많습니다."

변현단 대표는 이런 인식을 바꾸는 게 가장 어려운 일이었다고 말한다. 시장경제에서 이미 낙오한 경험이 있는 사람들이 농을 통해서 다시 자본주의가 벌여 놓은 굿판에 들어가려고 하는 것이 안타깝다고 말한다. "한국 사회에서 가난한 사람들이 '자발적 가난'을 선택하는 것이 유일한 행복"이라고 생각하기 때문이다. "전정 행복하기 위해서는 자발적 가난을 선택해야 한다"는 믿음이 있기 때문이다.

전통 농업, 토종 종자, 전통 생활 방식을 콘셉트로 한 새로운 농업의 실험

연두농장에서 중요시하는 것은 순환형 농업이다. 똥과 오줌을 거름으로 하고, 지형에 맞는 밭을 만드는 등 전통 농업이 바로 순환형 농업이다. 연두농장을 시작했을 때부터 변현단 대표에게는 원칙이 있었다. 석유를 절대 쓰지 않는다는 것이다. 그래서 최대한 비닐을 이용하지 않는다. 벼 모종을 낼 때와 같이 대체품이 전

전통 농업, 토종 종자, 전통 생활 방식을 콘셉트로 한
새로운 농업의 실현을 통해 연두농장이 얻는 가치는 결국 생태고, 생명이다.

혀 없을 때 외에는 일부러 비닐하우스를 만들어 사용하는 일이 없다. 하우스를 만들면 사계절 내내 농산물을 생산해 낼 수 있지만 토양이 나빠지고, 비닐 때문에 토양이 오염되기 때문에 하우스를 절대 하지 않는 것이다.

전통 농업과 함께 연두농장에서 심혈을 기울이는 것이 토종 종자다. 토종 종자를 채종하고 길러 내 현재는 130종의 토종 종자를 보유하고 있다. 전통 농업과 토종 종자를 통해 연두농장이 얻는 가치는 결국 생태고, 생명이다. 돈보다 생명을 생각하는 것. 그것이 농 철학과 부합되는 일이고, 연두농장에서 궁극적으로 지향하는 '모든 소비자가 생산자가 되는' 첫걸음이다.

"농은 내 자신이, 가족이, 주변이, 집단이 풍요로워지는 것입니다. 나 혼자만의 것이 아니게 되는 게 농입니다. 지역이, 생활공동체가 모두 집단화되고, 결국은 같은 삶을 살게 됩니다. 농은 생산하는 것입니다. 주워 오는 것이 아니고 결국은 나눠 먹게 되는 것입니다. 자연은 모두 내어줍니다. 아무리 바득바득 가지려 해도 나누어 주게 됩니다. 농사를 지으면 혼자서 먹기 위해 짓는 것이 아닙니다. 부모가 농사를 지으면 자식한테 나누어 주고, 남으면 팔게 됩니다. 그 자체가 바로 생명을 나누어 주는 것입니다. 그래서 기본적으로 농사는 생명입니다. 일각에서는 고추를 시장에 내다 팔기 위해 빨갛게 색칠을 한다고 합니다. 서로 얼굴을 바로 맞대지 않고 판매가 이뤄지면 이렇게 되기 십상입니다. 누가 먹는지 알 수가 없기 때문입니다. 내 자식이라면 그렇게 못 합니다. 내 이웃이라면 그렇게 못 합니다. 농사가 생명이라는 사실을 깨달아야 합니다."

연두농장이 잡초와 함께 농사를 짓는 곳으로 유명해진 것도 농사가 '생명' 이기 때문이다. 연두농장은 잡초를 식량으로, 또 약초로 보고, '연두장바구니' 회원들에게 잡초를 보내 주며 조리 방법도 알려 주기도 한단다. 잡초 하나 허투루 보지 않는 연두농장의 농이 참 대단하다.

여기에 덧붙여 연두농장은 시흥 지역 어린이와 청소년을 위한 생태 교육도 한다. 재배부터 식단에 이르기까지 농뿐만 아니라 생활문화적인 부분에 대해서도 어린이들에게 교육한다. 그리고 도시의 한계와 도시적 삶을 되돌아볼 것도 알려 준다.

모든 소비자를 생산자로

2009년 1월 연두농장은 독립했다. 복음자리재단으로부터 독립했고, 나라에서 주던 지원도 더 이상 받지 않게 되었다. '가난한 자립' 을 이루어 내야 하는 중요한 시점이었다. 그때 변현단 대표는 농장에 있던 사람들을 모아 놓고, 농의 삶을 살고 최소한의 화폐만을 가지고 농 운동가로 살겠다며 "한 사람만 남고 떠나라, 떠나는 사람들에게는 다른 대안을 주겠다"라고 이야기했다. 가난한 자립을 위한 길, 또 생태적이고 대안적인 삶을 위한 길의 첫걸음을 뗀 것이다.

자립하기 전 연두농장은 텃밭 분양에 나섰다. 연두농장은 바로 앞에 아파트도 보이고 상가도 보이는 곳에 위치해 있다. 그래서 도시 농업을 실현하는 곳이기도 하다. 하지만 연두농장의 주말 텃밭은 취미 생활이나 여가 활동으로서의 주말농장 개념과는 조금 다르다.

"연두농장은 단순한 주말 텃밭의 취미 활동이 아닌 '생계형 도시농업'을 하는 이들이 꾸려 간다는 점에서 여타의 단체와 다릅니다. 기본으로 농사를 짓고 먹고 남은 채소를 판매하여 화폐를 만들어 똑같이 나누어 씁니다. 또한 단순히 농인으로 경작만을 하는 것이 아니라 '생활문화'로서의 농 운동을 벌여 나갑니다."

연두농장의 농 철학은 주말 텃밭에도 배어 있다. 하나부터 열까지 농사일을 스스로 하게끔 유도하기 때문이다. 처음에는 퇴비를 팔지만, 이후부터는 퇴비를 팔지 않는다. 오줌, 똥 모아서 퇴비도 만들고 스스로 농사를 짓게끔 만든다. 또 텃밭은 공동 경작팀으로 운영한다. 1년 동안 공동으로 경작하고, 공동으로 생산물을 나눠 갖는다. "개인 텃밭은 철저히 '개인'에 의존하는 반면, 공동 경작은 농 생활의 문화였던 두레, 품앗이를 배우게 되기 때문에" 또 "공동체 경험"을 할 수 있기 때문이다.

연두농장은 기본적으로 모든 소비자가 생산자가 되길 원한다. 텃밭 회원들에게 퇴비를 직접 만들도록 하는 등 가혹한 처사(?)를 하는 것도, 농사일이 낭만적이라거나 취미로 할 수 있는 일이 아님을 가르쳐 주기 위해서다. 또 스스로 설 수 있는 생산자로 만들기 위해서다.

이 지침은 연두농장의 농산물을 소비하는 연두장바구니 회원들에게도 동일하게 적용된다. 연두농장은 소비자에게 불친절하기로 유명하다. 무슨 말인고 하니 소비자에게 생산물을 택배로 보내 주는 것이 아니라 소비자가 직접 와서 생산물을 가져가도록 한 것이다. 불친절하지만 여기에는 깊은 뜻이 숨어 있다.

"순환 농업으로 경작된 것을 연두장바구니로 해서 회원들에게 정기적으로 보냅니다. 하지만 로컬푸드 개념을 확실히 정착시키기 위해서 택배나 배달을 없앴습니다. 우리들의 생계를 3분의 1이나 차지하고 있지만 직거래만이 능사가 아니라고 생각했기 때문입니다. 연두농장의 목표는 모든 소비자가 생산자가 되는 것입니다. 그래서 소비자를 농장으로 끌어들이기 위해서 연두장바구니 회원은 연두농장으로 와서 농산물을 직접 가져가야 합니다. 이른바 '셀프 장바구니'의 개념인 것입니다. 그들이 와서 스스로 수확하고, 돈도 알아서 주는 시스템을 2011년부터 시도하고 있습니다. 1년 동안 그들이 어떻게 해서든지 잠시 다녀가는 틈이라도 이용해서 농사를 배우고 느끼고 이듬해에는 스스로 경작 활동을 하도록 유도하는 것이지요."

변현단 대표는 연두농장의 장바구니 회원들이 매년 줄어든다고 말한다. 왜냐하면 다음 해에는 경작자가 되기 때문이다. 매년 새로운 경작자가 생기고, 그만큼 새로운 연두장바구니 회원들이 생긴다. 연두장바구니 회원들도 자신들이 원하는 농산물을 주문하지 못한다. 철저히 생산자 입장에서, 생산자가 생산한 농산물만을 "주는 대로 먹는다." 생산자가 소비자를 교육하는 시스템이 연두농장에는 배어 있다.

연두농장에서 장바구니 회원들에게 보내는 '연두통신'이 소비자 교육을 주도한다.

"연두통신은 장바구니 회원들에게 장바구니를 전달할 때 같이 전달하는 편지인데 농산물이 재배되는 과정과 에피소드, 장바구니에 담기는 먹을거리에 대한 조리 방법을 설명하고 있습니다. 제가 쓴 《약이 되는 잡초 음식 – 숲과 들을 접시에 담다》를 토대로 잡초도 들어갑니다. 회원들은 잡초 먹는 방법도 배웁니다. 그리고 포장도 신문지를 재활용합니다. 이렇게 연두장바구니 회원들은, '소비자는 왕이다'라는 말은 철저히 무시당한 채 생산자에게 고마워하고, 생산하지 못하고 그렇게 살아가는 방식에 대해 미안해하는 마음을 가지게 됩니다."

모든 소비자를 생산자로 만들려고 하는 이유는 무엇일까? 바로 언젠가는 종말이 올 석유 문명에 대처하는 유일한 방법이 자기 손으로 직접 의식주를 해결하는 것이기 때문이다. '연두농부학교' 등 여러 교육을 통해서 얘기하는 것도 바로 이것이다.

"매년 6개월 과정인 '연두농부학교'를 통해 도시 사람들에게 농사 교육을 합니다. 도시 사람들에게 농 사회에 대한 비전을 알려 주고 작금의 석유 문명의 종말과 사회 경제 문화 문제점 분석과 사유 체계의 문제를 재구성할 것을 '농사'를 통해서 인식 변화를 꾀하는 것이지요. 궁극적으로는 도시 사람들을 하루빨리 '내 손으로 만드는 의식주'를 행할 수 있는 시골로 내려가도록 독촉하는 행위입니다. 연두농장에서의 교육은 다른 어떤 곳과 달리 '근원적' 입니다. 주변에서 저를 가리켜 '생태 래디컬리스트' 라고 말하곤 하는데 저는 그래야 한다고 생각합니다. 사유와 생활문화를 근원적으로 전환하지 않는 한, 다 같이 잘 살아갈 수 없기 때문입니다."

인간은 자연의 일부

'생태 래디컬리스트' 인 변현단 대표는 "'자연과의 공생' 이라는 말은 건방진 말"이라며, "나는 자연의 일부이기 때문에 나는 자연에 종속된다. 그러므로 자연의 모든 것에 숨죽이며 자연에 복종할 뿐이다. 자연에서 살아 나갈 수 있는 유일한 길은 내가 자연을 닮아 가는 일이다."라고 말한다. 자연을 닮아 가는 길이 농 철학을 실현시키는 일이다.

그래서 변현단 대표는 도시의 논리, 경쟁의 논리로 귀농하는 사람들에게 이렇게 따끔하게 충고한다.

"귀농자들은 무슨 생각을 가지고 귀농할까요? 도시의 논리, 경쟁의 논리에서 귀농하는 사람들이 많습니다. 몸은 농촌에 있지만 머리는 여전히 도시적 사고방식이 자리 잡고 있는 셈이지요. 그러나 그렇게 되면 실패할 확률이 높아집니다. 여전히 돈의 노예로 살게 되기 때문입니다. 그래서 정신적으로 준비를 하고 귀농을 해야 합니다. 농의 삶에 천착하기 위해서는 그 방법밖에 없습니다."

연두농장은 시흥 지역 어린이와 청소년을 위한 생태 교육도 한다.
재배부터 식단에 이르기까지 농뿐만 아니라 생활문화적인 부분에 대해서도 어린이들에게 교육한다.
그리고 도시의 한계와 도시적 삶을 되돌아볼 것도 알려 준다.

또 도시 농업을 하는 사람들에게는 이런 충고도 전한다.

"자립이란 돈으로 자립하는 것이 아닙니다. 가난한 삶이 곧 자립입니다. 귀농하면 집부터 짓고, 도시인의 삶을 그대로 옮겨 놓은 듯 생활하니 또 돈의 고통을 겪게 됩니다. 연두농장의 삶은 도시에서 적은 돈으로 행복한 삶을 훈련하는 것입니다. 시골에서는 거의 돈 없이 사는 삶을 살아갈 수 있습니다. 돈과 멀어지는 생활의 연습이 필요합니다. 도시 농업은 바로 그런 가난의 철학을 가지고 시작해야 합니다. 삶의 가치를 전환시키는 철학이 없이는 농촌에서도 불행합니다. 따라서 도시 농업에서도 생각과 생활을 바꿔서 지금 여기에서 살아가는 연습을 해야 합니다. 그것이 연두농장이 다른 생태적 단체나 농업 단체, 귀농 단체와 다른 점입니다. 우리는 지금 여기에서 실행하는 삶을 살아가고 있습니다. 근원적 성찰과 근원적 생활 없는 변화란 허울뿐이라는 사실을 깨달아야 합니다."

변현단 대표는 생태와 생명을 기본으로 하고, 자본의 논리에서 벗어나는 삶의 대안으로 농을 설파한다. 그것이 유일한 삶의 대안이라고까지 얘기한다. 그리고 그 농을 통해 하나의 대안적 공동체 사회를 꿈꾼다.

"거래 화폐가 필요 없는 사회, 석유가 없어도 살아갈 수 있는 사회는 먼저 교류를 최소화해야 합니다. 서로 품앗이를 하면서 필요한 것을 생산하고 소비하는 마을 단위가 삶의 단위가 되어야 합니다. 마을에서 모든 것이 생산되고 소비되는 사회, 마을에서 교육과 의료가 이루어지는 공동체, 모든 것을 자립할 수 있는 마을 공동체가 우리가 지향하는 사회입니다. 공동체 간 교류도 불필요합니다. 부족하면 부족한 대로 살아가는 가난한 마을, 자연에 의존하면서 자연을 최소한 수탈하면서 자연 순환에 의존하는 삶만이 진정 풍요롭고 행복한 사회가 될 것입니다. 연두농장은 그러한 삶을 살아가는 구성원이 될 것입니다. 도시에서 연두농장의 역할이 끝나면 모든 것이 생로병사 하듯이 연두농장도 그 역할을 다하면 우리의 미래상을 현실에 옮기는 일을 하게 될 것입니다."

변현단 대표는 모든 소비자가 생산자가 되는 시대를 꿈꾼다. 농을 통해 의식주를 자기 손으로 해결할 수 있는 시대를 꿈꾼다. 자본과 재화로부터, 석유 문명으로부터 자립하는 시대를 꿈꾼다. 그래서 궁극적으로는 연두농장이 필요 없는 시대를 꿈꾼다. 그는 이러한 철학을 얼마 전 출간한 《소박한 미래 – 자급자족을 위한 농 인문 특강》에 담았다. 더 많은 이들에게 그 철학을 전하고자 하는 마음에서다.

'자연과의 공생' 이 건방진 말이라는 변현단 대표. 인간이 자연의 일부라는 당연하지만 무시되어 왔던 인식의 전환과, 농을 통한 생활의 실천이야말로 변현단 대표가 원하는 일일 것이다. 그 목표를 향해 변현단 대표는 농에서 삶의 대안을 찾으며, 농사를 짓고 싶어 했던 초심을 지켜 가며, 그렇게 땀 흘리며 살고 있다.

홀로세생태학교
HOLOCE ECOSYSTEM ACADEMY

홀로 만드는 생태와 곤충의 신세계

__ 홀로세생태학교

홀로세, 완전한 현재

지금 우리는 21세기에 살고 있다. 예수의 탄생을 시작으로 한 기원후 시대는 이제 2000년을 10년 정도 넘어섰을 뿐이다. 인류의 역사와 비교해 보면 생각보다 짧은 시기다.

지금까지 알려진 바에 따르면 지구의 탄생 시기는 지금으로부터 45억 년 전이다. 상상할 수 없을 만큼 먼 과거에 지구는 탄생했고, 지구 탄생으로부터 또 한참이 지난 38억 년 전에야 생명이 탄생했다.

약 45억 년 전 지구가 탄생한 시기부터 지질시대 구분을 통해 따져 보자면 선캄브리아대를 시작으로 고생대, 중생대, 신생대로 나뉘고, 다시 이 대는 기로 나뉜다. 흔히 우리가 말하는 쥐라기, 백악기 등이 이에 해당한다.

지질시대 구분상 지금은 신생대 제4기 중 두 번째 시기인 홀로세Holocene기다. 홀로세는 그리스어로 '완전한 현재'를 뜻한다. 충적세라고도 불리는 홀로세는 지금으로부터 1만 년 전에 시작되었고, 홀로세 초기에 인류는 농경을 시작한 것으로 알려져 있다. 즉 인류가 문명을 만들어 낸 시기가 홀로세이다. 그리고 인류가 자연을 파괴하게 된 시기도 홀로세이고, 자연 정복에 나선 것도 홀로세에 이루어진 일이다.

때 아닌 지질시대 구분으로 글을 시작한 이유는 홀로세란 이름을 통해 '홀로세생태학교'가 추구하는 목적을 얘기하기 위해서다. 홀로세생태학교 홈페이지에는 "현재의 생태학적 위기를 알리고 자연과 생명에 대해 깊이 생각해 볼 수 있는 계기를 마련하고자 홀로세생태학교라고 이름을 지었다"고 작명 이유에 대해 설명한다. 지금, 현재, 지구에서 발생하고 있는 생태학적 위기를 선명하게 드러내기 위해 홀로세란 이름을 지었다는 애기다.

작명 이유에 대해 알고 나니 홀로세생태학교가 지향하는 것이 선명하게 드러난다. 그런데 사람은 이름 따라 간다고 했던가? 그게 속설일 수도 있지만 홀로세생태학교의 경우는 얼추 맞아떨어지는 것 같다. 이름에 '홀로'가 들어가서인지 몰라도 홀로세생태학교 이강운 교장은 누구의 지원도 받지 않고 '홀로' 홀로세생태학교를 꾸렸다.

1997년 강원도 횡성군 하대리에 2만 평의 땅을 사들여 누구도 주목하지 않았던 곤충이 살 수 있는 생태 환경을 조성했고, 점점 사라져 가는 멸종 위기 곤충을 복원하고 있다. 서식지를 살려 내는 작업부터 시작해 토종 곤충을 복원하는 일까지, 그 힘든 일을 이강운 교장과 그 가족이 달라붙어 15년째 꿋꿋이 해내고 있다.

웬만한 의지가 없으면 할 수 없는 일이다.

이쯤에서 한 가지 의문이 떠오른다. 왜 이강운 교장은 잘나가던 동아일보 기자를 그만두면서까지 가족 모두를 이끌고 산골 오지로 들어와 생태에 천착하게 되었을까?

기자를 그만두고 보존생물학에 미치다

1996년 사표를 내기 전까지 이강운 교장은 동아일보 문화기획부에 근무하면서 당시로서는 별로 주목을 받지 못했던 환경과 생태에 대한 관심을 기울였다. 6년 동안 '전국자연생태계학습탐사' 단장으로서 전국을 돌며 식물과 조류, 곤충 등 자연 생태계를 탐사했고, 그 결과를 보고서로 써냈다.

흥미가 깊어 갈수록 공부가 부족하다는 사실을 느끼며 공부에 몰두했다. 그렇게 그는 '환경'과 '생태' 문제를 접했고 언젠가부터 보존생물학에 관심을 가지게 되었다. 그리고 곧 보존생물학이 자신의 길이라는 사실을 깨달았다. 이 와중에 그는 곤충 생태에 특히 관심을 기울였다.

1996년 회사에 사표를 내고 영국으로 보존생물학을 공부하러 갔지만 시기가 좋지 않았다. 1997년 경제 위기로 한국에 돌아올 수밖에 없었던 그는 생명 부양의 최적지로 눈여겨봐 두었던 강원도 횡성군 하대리에 전 재산을 털어 2만 평의 땅을 사들이고, 그곳에 정착했다. 부인과 아들딸 등 네 가족이 전부 횡성으로 온 것이다. 그의 나이 서른아홉 살 때 일이다.

서식의 개념을 중시하다

이강운 교장이 횡성에 터를 잡은 것은 이곳이 곤충의 서식지로 적합했기 때문이다.

"서식지를 어떻게 선택할 것인지를 놓고 고민을 많이 했습니다. 가장 중요한 것이 물이고 주변 식생입니다. 해발 420미터에 자리 잡고 있는 이곳은 서로 다른 서식지가 접하는 경계 지역인 '에코톤'이고, '점이지대'입니다. 산과 계곡, 산과 들이 만나는 지역이죠. 또 식물 생태가 중요한데 이곳은 서어나무나 참나무가 군집해 있는 극상림입니다. 이곳에 와서 걸음 옮기는 곳 모든 풀과 나무에 애벌레가 수천 마리나 있는 것을 보고 참 좋았습니다. 그 당시만 해도 이곳에는 아무도 살고 있지 않았습니다. 최근에 길이 났을 정도로 오지였죠."

곤충 서식지로서는 좋았을 법하지만 사람 서식지(?)로서는 최악의 조건이었다. 그러나 이강운 교장은 곤충 서식지를 위해 다니는 길 이외에는 어느 것도 손대지 않았다. 이곳은 사람 거주지가 아닌 곤충 서식지였기 때문이다.

"다니는 길 외에는 그대로 다 내버려 두었습니다. 서식지 개념을 도입해서 곤충이 여기 와서 먹고 자고 살면서 짝짓기를 하고 대를 이어 살 수 있는 곳으로 만들려고 한 것이죠. 식물도 곤충도 함께 삽니다. 곤충은 먹는 식물이 다 정해져 있습니다. 쥐방울덩굴의 열매가 여기 있는데 보통 인간은 이것을 잡초로 보고 제거해 버립니다. 인간에게는 벼를 제외하고는 모두 잡초인 것이죠. 그런데 쥐방울덩굴 열매를 없애면 곤충이 먹을 것을 없애 버리는 셈입니다. 그래서 곤충이 먹는 식물을 절대 손대지 않고, 또 다른 먹이식물을 심어 놓았습니다. 애벌레 때, 또 성충이 되었을 때 먹는 것이 다 다르기 때문입니다. 또 생명의 기본인 물이 속속들이 배어 있도록 만들어 두었습니다."

서식의 개념을 중시하다 보니 길도 없고, 전기도 없는 상태에서 이강운 가족은 오로지 곤충의 서식지를 살려 내고, 멸종 위기 곤충을 복원하는 일에 매달렸다. 아이들은 10리나 되는 산길을 넘어 학교를 다녔고, 부인은 남편과 함께 서식지를 보존하고, 새로운 서식 환경을 만드는 일에 매진했다. 3,000그루나 되는 나무도 심었다.

그 결과 이 지역 생태계의 다양성이 눈에 띄게 좋아졌다. 곤충이 많아지니 곤충을 잡아먹는 새도 늘어났고, 연못을 조성해 놓으니 각종 수서곤충과 물고기가 많아졌고, 물고기를 잡아먹는 수달도 많아졌다. 자연스럽게 생태계가 복원되기 시작한 것이다.

이 모든 것이 오로지 이강운 교장 가족들의 힘으로 이루어진 것이었다. 그리고 이를 바탕으로 홀로세생태학교는 멸종 위기 곤충을 복원하는 일에 나서게 된다.

"지구상에서 가장 파괴적인 동물인 인간이
생물을 어떻게 대하느냐에 따라 생태계의 모습이 확연히 달라질 수 있습니다.
그래서 확실하고 정확한 생태 교육이야말로 생명에 대한 외경심을 갖게 하고,
자연을 지속적으로 유지시킬 수 있다고 생각합니다."

2005년 홀로세생태학교는 환경부로부터 '서식지 외 보전 기관'으로 지정받았다. 서식지 외 보전 기관은 서식지 내에서 보전이 어려운 야생 동식물을 서식지 외에서 체계적으로 보전, 증식할 수 있도록 하기 위해 환경부에서 지정하는 것이다. 즉 멸종 위기종을 서식지 외에서 복원하고, 증식하는 기관이다. 특기할 만한 점은 곤충으로 서식지 외 보전 기관으로 지정된 것은 국내 최초, 세계 최초라고 한다.

홀로세생태학교에서 복원하고 있는 멸종 위기 곤충은 모두 3종류다. 물장군과 붉은점모시나비, 그리고 애기뿔소똥구리다. 모두 예전에는 어디에서나 흔히 볼 수 있었지만 생태계의 파괴로 점차 볼 수 없게 된 곤충들이다. 이중 이강운 교장은 애기뿔소똥구리에 강한 애착을 갖고 있다.

애기뿔소똥구리 복원 작업은 힘들었다. 1967년 이후엔 표본조차 구하기 어렵게 된 소똥구리는 소똥을 정화하는 청소부로 생태계에 없어서는 안 될 곤충이었다. 그러나 소가 대량으로 사육되면서, 좁은 축사에서 사료를 먹고 자라게 되면서, 또 온 땅에 제초제와 살충제가 뿌려지면서 소똥구리는 점차 사람들의 시야에서 사라져 갔다. 그렇게 시야에서 사라지게 된 소똥구리를 복원하기 위해 이강운 교장은 제주도와 횡성에서 각각 5쌍씩을 채집해 복원에 나서게 된다.

복원, 증식에는 성공했지만 문제는 소똥구리가 살 수 있는 환경이 홀로세생태학교 외부에는 조성되어 있지 않다는 것이었다.

그래서 이강운 교장은 홀로세생태학교 내에 소똥구리 서식지를 조성했다.

"멸종 위기 곤충인 애기뿔소똥구리를 위해 자연 서식처인 방목지를 연구소 배후 산에 조성했습니다. 증식된 개체를 다시 자연에 복원시켜야 하는데 마땅한 장소도 없고 먹이가 되는 신선한 소똥도 구하기 어려워 서식처인 방목지를 조성한 것이죠."

홀로세생태학교가 없었다면 애기뿔소똥구리는 표본 사진으로만 보게 되었을지도 모를 일이다. 다행스러운 일이다.

교육이 최고로 중요하다

홀로세생태학교가 널리 알려지면서 이곳을 찾는 이들이 많아졌다. 곤충 연구자는 물론이고, 학교 교사, 초중고 학생들까지 홀로세생태학교를 찾아 흔히 볼 수 없는 곤충을 보고, 생태를 직접 몸으로 체험하게 되었다. 이강운 교장은 필드에서 실험한 내용을 이론과 접목하고 내방하는 학생들에게 질적으로 높은 교육을 시키기 위해 곤충 분류와 생태를 전공해 농학 박사 학위까지 따는 부지런함을 보인다.

현재 생태 학교 내에는 생물 다양성 확보를 위해 2,500종, 15만점이 넘는 곤충표본을 보관한 박물관과 애벌레 실험실을 운영하고 있다. 또한 붉은점모시나비, 애기뿔소똥구리, 물장군 등 멸종 위기 곤충의 증식과 복원을 위한 서식지 및 붉은점모시나비 실험실을 운영하며 지속적인 연구를 수행하고 있다. 이중 곤충 박물관은 곤충을 연구하는 연구자들이 논문을 쓰기 위해서는 꼭 들러야 할 필수 코스가 되었다. 미래의 곤충학자, 생물학자의 부화장이 되고 있는 것이다. 연구자들이 이곳에서 숙식을 하면서 곤충 생태를 관찰할 수도 있다.

홀로세생태학교는 '학교' 이다. 생태를 가르치는 학교이다. 이강운 교장이 홀로세생태학교를 세운 것은 생태 교육을 위해서이기도 하다.

"제일 중요한 것이 교육입니다. 초등학교 학생을 위한 2박 3일 과정도 있고, 중·고·대학생을 위한, 곤충학이나 식물학이 전공인 이들을 위한 특별한 워크숍도 열고 있습니다. 또 생물 선생님들도 교육을 받으러 많이 옵니다. 고등학교 과학반 아이들도 오고 있습니다. 생물학을 공부하려고 하는 아이들이 많아지고 있습니다. 그리고 강원도나 원주, 횡성 등 주변의 분교 학생들이나 다문화, 저소득층 아이들에게 정서적 안정감을 줄 수 있도록 지속적으로 생태 교육을 실시하고 있습니다."

이강운 교장이 말하는 진정한 생태는 스스로 생명을 부양하는 상황이다. 그리고 이 상황을 직접 보여 줌으로써 올바른 생태 교육을 할 수 있을 것이라고 믿는다.

"살아 있는 모든 생명체들이 스스로 생명 부양Self-supporting을 할 수 있는 상황을 생태라 정의합니다. 스스로의 생명 부양이라 함은 구성원 전부가 온전히 그 역할을 충분히 감당할 때 가능한 일입니다. 그러나 지구상에서 가장 파괴적인 동물인 인간이 생물을 어떻게 대하느냐에 따라 생태계의 모습이 확연히 달라질 수 있습니다. 그래서 확실하고 정확한 생태 교육이야말로 생명에 대한 외경심을 갖게 하고, 자연을 지속적으로 유지시킬 수 있다고 생각합니다. 홀로세생태학교의 기본 정책은 바로 올바른 생태 교육입니다. 생명들과 동고동락하다 보면 참견할 일도 많아질 것이고 무심코 밟히던 풀들과 나무들이 다 그 자리에 있어 눈 맞출 수 있기를 바라는 마음이 생깁니다. 이름 없는 꽃이나 백해무익한 벌레라는 말도 틀린 말인 줄 알게 될 것입니다."

끊이지 않는 시련

하지만 지금 홀로세생태학교는 위기다. 혼자 힘으로 이만큼 꾸려 온 것도 대단한 일임은 분명하다. 하지만 별다른 후원 없이 생태 학교를 꾸려 가는 건 힘든 일이다. 가족 외에 연구원 구하기도 쉽지 않고, 최근 불어닥친 개발 바람 때문에 생태 학교 주변 환경이 파괴되는 것도 큰일이다.

"산골 오지이고 필드워크가 많다 보니 전공 학생들이 모두 꺼리고 있어 연구원 구하기가 어렵습니다. 다행히 연구원들이 어느 정도 연구나 교육에 매진할 수 있도록 생태 학교 관리 차원의 보조원을 구했습니다. 공부를 시켜 어느 정도 자격을 갖추도록 진행하고 있지만 대부분 힘들어하고 오래 있지 못해 늘 노심초사하고 있습니다. 필리핀 등 외국의 유학생을 연구원으로 채용하려고 하는데 그것도 어려운 게 사실입니다. 별다른 해법을 찾을 수 없어 걱정만 하고 있습니다. 현재 저와 아내 그리고 전공자인 아들 등 세 명이 사생결단으로 유지하고 있습니다. 최소한 5만여 평 이상의 면적이 되어야 외부의 환경 파괴에도 어느 정도 버틸 수 있는데 2009년 이후로 개발 바람이 불어 생태 학교 주변이 만신창이가 되고 있습니다. 힘닿는 대로 설득도 하고 싸움도 해 보지만 이미 늦었습니다. 최대한 생태 학교 면적 내의 모든 공간을 활용해 생명들이 목숨을 유지할 수 있는 환경을 집중적으로 조성 관리하고 있습니다."

재정 문제도 생태 학교의 발목을 잡고 있다. 이강운 교장은 재정적인 어려움이 가장 크다고 토로한다. 그리고 장소 이전도 고민하고 있단다.

"재정적으로 어려움을 겪는 일이 가장 힘듭니다. 10년 이상을 개인 재력으로 충당했었는데 지속적으로 혹은 고정적인 비용이 계속 발생해서 개인적으로 처리하기에는 곤란한 지경이 되었습니다. 중요 구조물인 박물관의 방수를 하지 못하고, 항온·항습을 위한 고정 비용도 너무 크고, 적당한 크기와 기능적으로 맞는 실험실, 강의실을 새로 조성해야 할 수준까지 왔으나 진행하지 못해 연구원들을 수시로 인력으로 해결하고 있습니다. 내용을 잘 몰라 초기에 너무 많은 돈을 적재적소에 사용하지 못한 제 책임이 크다고 반성하지만 선례가 없어 생각만으로 조성하는 일이라 할 수 없었다는 생각도 듭니다. 또 연구원의 확보도 문제고, 외부적으로는 주변 환경이 너무나 나빠져 회복할 수 없는 지경에 이르렀습니다. 해결책은 이곳에서 떠나 장소를 옮기는 일밖에 없는 것 같아 가슴 아플 따름입니다."

이강운 교장의 말처럼 지금 홀로세생태학교 주변 환경은 과거와는 비교할 수 없을 정도로 나빠졌다. 주변에 펜션이 들어서고, 길도 새로 났다. 사람들이 많이 오가면서 곤충 서식지를 수시로 위협하고 있다. 처음에 왔을 때는 산골 오지였지만 지금은 사정이 많이 다르다. 힘닿는 데까지 막았지만 한번 분위기를 탄 개발 바람을 막기는 역부족이었다. 그래서 지금 홀로세생태학교는 위기다.

"온 가족이 똘똘 뭉쳐 15년간 생태 학교를 꾸리고 왔지만 이제서야 이 일은 개인이 할 수 없는 일이라는 사실을 깨닫고 있습니다. 생태 학교나, 생태 교육이라는 단어가 생소할 때 '미친놈'이라는 소리를 들으며 그래도 큰 보람을 느끼며 해 왔던 일인데 이제는 개인의 능력을 벗어나는 것 같습니다. 너무 늦게 깨달아 돌아갈 수도 없고 그렇다고 가족들에게 무한의 노력만을 강요할 수 없는 실정입니다. 근본적인 해결은 후원을 받는 일인데 아직도 못 하고 있습니다."

생태 교육의 본산으로

위기 상황인데도 이강운 교장은 아직도 꿈을 꾸고 있다. 홀로세생태학교를 생태 학교의 본산으로 만들고 싶다는 꿈이다.

"생태 교육의 효시였으므로 더욱더 나아가 생태 교육의 본산이 되어야 한다고 생각하고 있습니다. 이를 위해 구조적으로 연구자들의 수준을 전문적으로 향상시키고 유지시키는 것이 가장 좋은 방법이 될 것입니다. 그래서 민간 단위의 가장 질 높은 연구소로 만드는 게 목표입니다. 홀로세생태학교는 현재 멸종 위기종의 증식과 복원에 관한 대단히 까다로운 일들을 추진하고 있으며 어느 정도 성과를 올리고 있습니다. 그리고 생물 다양성이나 기후변화 등 장기적인 연구가 필요한 각종 실험도 하고 있습니다. 홀로세생태학교가 실험실이 아닌 자연에서 진정한 보전이나 복원을 공부할 수 있는 장으로 발전했으면 합니다."

홀로세생태학교를 '홀로' 세우고, 생태 학교의 본산으로 만들겠다는 꿈을 가진 이강운 교장이 걸어온 길은 그 자체로 경이를 안겨 준다. 대단하다고 말할 수밖에 없지만, 이제 이강운 교장 가족에게 모든 짐을 지울 수는 없을 듯하다. 이강운 교장이 닦아 놓은 터를 바탕으로 이제는 생태에 관심 있는 시민이, 또 지자체가, 그리고 국가가 나서서 한 개인의 어깨에 지워진 짐을 좀 치워 줘도 좋을 듯싶다. 그래서 홀로세생태학교가 올바르고 진정한 생태 교육의 장으로 거듭나길 바란다.

聖필립보
생태마을

농사꾼 신부가 벌이는 농업 독립운동

__성필립보생태마을

환경 신부로의 출발

"오늘은 광복절인데 오늘날의 독립운동은 우리 농산물 먹는 거예요. 세계 전체 쌀 생산량 중 우리나라가 1.2퍼센트를 생산하는데 FTA 때문에 미국 쌀 들어오면 그것마저 다 사라질 위기에 처하는 거예요. 우리나라 식량자급률은 25퍼센트밖에 안 됩니다. 음식 쓰레기로 버리는 것이 20조 원이 넘어요. 정신이 없는 민족인 거지요. 그러니 우리 쌀 먹는 것, 식량자급률 높이는 것, 음식물 안 남기고 다 먹는 것이 독립운동이 되는 겁니다."

어디에서 왔는지 모를 200여 명의 중학생들이 모인 강당에서 황창연 신부는 계속 식량의 중요성, 농업의 의미, 우리 농산물의 주권을 계속 강조하고 있었다. 이 강의가 끝나고 난 뒤 만나 본 황창연 신부는 이미 환경 신부이자, 농사꾼 신부로서 삶을 바칠

각오가 되어 있었다.

황창연 신부는 '성필립보생태마을' 관장이다. 천주교 수원 교구에 소속된 성필립보생태마을이 생긴 것은 2000년의 일이다. 하지만 그전부터 황창연 신부는 환경과 생태에 관심이 많았고, 1990년대 중반부터 직접 환경 운동에 나섰다.

황창연 신부가 환경에 관심을 가지게 된 계기는 세계를 떠들썩하게 만들었던 체르노빌 원전 사고였다. 2011년 3월 일본 대지진으로 후쿠시마 원전 사고가 일어나면서 다시 세간의 주목을 받게 된 체르노빌 원전 사고는 원자력발전은 물론 인류가 키워 낸 문명이 인류의 생명을 위협하는 흉기가 될 수 있다는 것을 증명한 사건이었다.

사고 당시부터 5년 동안 방사능 피폭 등으로 8,000여 명이 사망하고, 반경 30킬로미터 이내에 있던 주민들이 강제로 이주되었으며, 무려 43만 명에 이르는 사람들이 방사능 피폭 후유증을 앓고 있는, 세계 최대의 원전 사고로 기록되는 체르노빌 원전 사고를 지켜보며, 황창연 신부는 '환경'과 '생태'에 관심을 기울이게 되었다.

"신학대학 3학년 때 일입니다. 1986년에 일어난 구소련의 체르노빌 원전 사고를 보면서 큰 충격을 받았습니다. 저는 비를 좋아했는데 그 비를 두려워해야 한다는 게 충격이었습니다. 그때부터 과학 서적을 읽기 시작했고, 산업대학원을 다니기도 했습니다. 그렇게 스물세 살 때부터 관심을 가지다 보니 지금의 길로 가게 된 것 같습니다."

재활용 운동의 실패

체르노빌 원전 사고로 시작된 환경에 대한 관심은 천주교 수원 교구로 발령이 난 이후 실천으로 옮겨졌다. 첫 시작은 빈 병 모으기 운동이었다. 1995년 1월부터 재활용을 위해 빈 병을 모아 맥주 회사 등에 보내기로 한 것이었다. 신도들의 자발적이고 헌신적인 노력 덕분에 빈 병 모으기는 일단 성공한 듯 보였다. 하지만 그 이후가 문제였다. 회사가 빈 병을 재활용할 준비가 안 되어 있었던 것이다.

"5톤 트럭 네 대로 한 달에 빈 병을 10만 병 이상이나 모았습니다. 그런데 결국 실패를 했습니다. 우리나라 회사에 리사이클 시스템이 안 되어 있었기 때문입니다. 회사에서 빈 병을 받아 주지 않는 것입니다. 스위스에서는 한 병을 가지고 64회나 리사이클링을 합니다. 맥주병을 보면 분명 새 맥주인데도 여기저기 흠집이 있습니다. 계속 재활용을 하기 때문이죠. 그런데 우리나라는 재활용이 안 됩니다. 중국에서 사암을 들여와 병을 만드는 것이 재활용 비용보다 더 싸기 때문입니다. 맥주 회사에 빈 병을 줄 테니 빈 병을 담을 박스를 보내 달라고 요청했는데 한 군데에서도 박스를 보내 주지 않았습니다. 그래서 수십만 개나 되는 빈 병을 모으고도 실패로 돌아가게 된 것입니다."

누가 시키지 않았는데도 빈 병을 모아 자원 재활용에 나섰는데 그것을 제대로 쓰지도 못하게 된 현실 때문에 허탈감을 느꼈을 법하다. 지금이야 재활용이 생활화되어 있지만 그때만 해도 재활용에 대한 인식이 제대로 정립되지 않았고, 환경에 대한 문제의식도 거의 없던 때였으니 어떻게 보면 실패가 예정되어 있었던 것은 아니었나 싶다.

좌절감을 느끼고 포기할 법도 했지만 황창연 신부는 곧 다른 사업을 시작한다. 이번에는 당시 유행처럼 번졌던 폐식용유를 이용하여 재활용 비누를 만드는 사업이었다. 마침 수원 교구에는 환경위원회가 설립되어 있었고, 이를 통해 본격적으로 재활용 비누 만들기 사업을 벌였다. 서울과 경기도 지역의 초등학교 식당과 아파트 등에서 나오는 폐식용유를 수거해서 재활용 비누를 만들었다. 당시에는 전국에서 가장 큰 재활용 비누 공장을 설립해서 운영할 정도로 재활용 비누의 인기는 좋았다. 1998년 경제 위기 당시에는 한 달에 10만 장 정도의 재활용 비누를 판매하기도 했다.

그러나 한때 유행처럼 번졌던 재활용 비누 사업은 점차 사용자가 줄어들면서 한 달에 1만 장도 안 팔리게 되었다. 연간 3억 원 정도 하던 매출 실적도 떨어지기 시작했다. 지금도 재활용 비누 사업은 계속되고 있지만 예전만큼은 아니다.

황창연 신부는 재활용 운동이 유행처럼 번졌다가 사그라지는 것이 생산-소비-재활용이란 고리가 제대로 연결되어 있지 않기 때문이라고 말한다.

"환경 실천 운동이 꾸준히 지속되고 발전하기 위해서는 재활용 제품의 생산과 소비자들의 끊임없는 소비가 필수적입니다. 만약 소비자들이 외면해 버리면 아무리 좋은 리사이클링 운동도 지속할 수 없게 됩니다. 많은 리사이클링 운동이 유행처럼 번졌다가 소리 소문 없이 사라지는 이유가 생산-소비-재활용이라는 고리가 잘 짜이지 않았기 때문입니다. 그래서 환경 실천 운동이 전시성 행사로 끝나 버리는 경우가 많은 것입니다. 오스트리아의 그라츠 시는 지금까지 15년도 넘게 폐식용유를 모아 시내버스 연료로 사용하고 있습니다. 이런 지속성이 필요한데 우리나라는 리사이클링 운동이 유행을 탑니다. 2000년 당시만 해도 경기도 각 가정에서 버리는 폐식용유 모으기 운동을 지원했었는데 지금은 폐식용유를 모으는 가정도 없고 지방자치단체도 없는 실정입니다."

생태 교육의 장을 만들다

활발하게 재활용 비누 사업을 벌이던 1997년, 천주교 수원 교구 환경 센터가 공식적으로 출범했다. 폐식용유를 모아 재활용 비누를 생산하고, 음식물 쓰레기로 퇴비를 만들고, 환경 교육을 하는 것이 주요 업무였다. 이중 황창연 신부가 주목한 것은 교육이었다.

"환경을 보존하기 위한 실천 운동을 전개하기에 앞서서 반드시 갖추어야 할 조건은 체계적인 환경 교육입니다. 학생, 교회, 시민이든 간에 전문적인 환경 교육을 받아야만 효과적이고 체계적인 실천 운동을 전개할 수 있기 때문입니다."

환경 교육의 중요성에 대해 깨닫게 된 계기는 캐나다 토론토 시에서 진행하는 아웃도어Out Door라는 환경 교육 시스템을 접하고 나서였다.

"캐나다의 환경 교육이 가장 인상 깊었습니다. 제가 가장 감동받았던 것은 캐나다 토론토 교육위원회에서 진행하는 아웃도어Out Door라는 환경 교육 시스템이었습니다. 초등학교 4학년 때부터 교육을 시키는데, 토론토 외곽에서 낮에는 학생들을 가르치고 밤에는 그 부모들을 가르칩니다. 아이와 부모가 같이 교육을 받으니까 밖에서 받은 환경 교육이 집에서도 그대로 적용되게 되지요. 세제를 쓰지 않고 설거지하는 방법과 음식물을 남기지 않는 방법까지 구체적이고 세세한 환경 교육을 실시합니다. 그러니 환경 의식이 높을 수밖에 없습니다. 토론토 시에서 이산화탄소 지수가 조금만 높아지면 바로 시장에게 전화가 갑니다. 왜 차량 단속을 안 하느냐고 항의를 하는 것이지요. 그렇게 교육받은 아이들이니까 어른이 되어도 그대로 행동하게 됩니다. 환경 실천을 위해서는 교육이 절대적으로 필요합니다."

황창연 신부는 환경 교육을 위해 2000년 강원도 평창에 '성필립보생태마을'을 조성하고 관장을 맡았다. 이곳은 교인들을 위한 피정(가톨릭 교인이 일상생활에서 잠시 벗어나 묵상과 침묵 기도를 하는 종교적 수련)의 공간이자, 누구나 방문해 생태 교육을 받을 수 있는 교육의 장이다.

성필립보생태마을은 생태 교육의 현장이기도 하지만 영적인 휴식 공간이기도 하다.

"성필립보생태마을에서 매년 3,000명이 넘는 주일학교 학생들에게 환경 교육을 실시합니다. 샴푸 안 쓰기와 물 절약하기, 에너지 절약하기, 음식물 남기지 않기를 가르치지만 가정으로 돌아가면 아무런 환경 지식이 없는 부모의 무시로 자녀의 환경 실천 의지가 한순간에 꺾여 버리곤 합니다. 그래서 부모와 아이가 함께 환경 교육을 받는 게 좋습니다. 교육의 효과가 눈에 띄게 좋아지기 때문이죠. 또 도시에서 1만 명 정도 교육을 받으러 옵니다. 이 사람들에게 '농촌을 사랑하고 자연을 사랑하고 우리 농산물을 먹어야 한다'고 가르칩니다."

감동을 주는 생태 교육

성필립보생태마을의 교육은 보고 듣고 느끼는 것에서부터 시작된다. 물고기도 잡아 보고, 옥수수도 따 보면서 자연스럽게 체득하게 만드는 것이다. 무엇보다 이성이나 논리보다는 감성과 감동으로 생태 교육을 하려고 노력한다.

"우리 환경 운동의 시작은 투쟁의 연속이었습니다. 처음에 우리나라 환경문제 해결을 위해 뛰어든 사람들은 노동운동을 하거나 농민운동을 해 왔던 사람들이 대부분입니다. 환경 운동은 문화 운동이고 정신 운동이고 과학 운동인데 수십 년 동안 정치권력에 대항해서 정의를 쟁취하고자 했던 사람들이 환경 운동을 하다 보니 투쟁적이거나 공격적인 성향을 지니고 환경 운동을 전개할 수밖에 없었습니다. 그러다 보니 환경 보존에 관심을 갖던 시민들이 투쟁 일변도로 환경 운동이 전개되는 면을 보면서 고개를 돌려 버리는 경향이 생기기도 했습니다. 이성적이고 논리적인 접근도 필요하고, 환경 파괴 실상을 보여 주는 것도 필요하지만 아이들에게 감동을 안겨 주는 감성적인 교육이 더 필요합니다. 그래서 저는 아이들에게 '보라, 산이 얼마나 아름다우냐, 별이 얼마나 아름다우냐' 하는 것부터 가르칩니다. 환경에 대한 감동을 먼저 안겨 주어야 합니다."

성필립보생태마을은 귀농자를 위한 생태 학교도 운영하고 있다. 제대로 된 생태 교육을 받고, 직접 농사를 지어 봐야 귀농에 실패하지 않기 때문이다. 귀농자를 위한 생태 학교는 1년 과정으로 기숙사에서 생활하면서 농사짓는 법과 황토로 집 짓는 법, 퇴비 만드는 법, 돼지 키우는 법 등을 배우게 된다. 또 자연에서 사는 일은 영적으로 사는 일이기 때문에 영성 생활을 잘할 수 있는 방법도 가르치고, 웃음 치료와 이미지 컨설팅 등 전원에서 행복하게 살아가는 방법에 대해서도 가르친다.

성필립보생태마을은 생태 교육의 현장이기도 하지만 영적인 휴식 공간이기도 하다.

"외국을 여기저기 다녀보고 느낀 건데 우리나라에만 영적인 휴식처가 없는 것 같습니다. 그래서 생태 마을에 토담집을 짓고, 여러 편의 시설을 마련해 영적인 휴식 공간을 만들었습니다. 사람들은 조용한 데 머물러 있기를 원합니다. 각박한 환경에서 일하고 생활하는 현대인에게 이런 휴식 공간이 부족합니다. 기도만 하는 것이 아니라 수영도 하고 쉬기도 할 수 있어야 합니다. 수영장, 황토 찜질방을 더 만들려고 합니다. 이곳에 아토피 환자가 많이 오는데 여기 오면 싹 낫습니다. 이런 환자들을 위한 공간을 더 만들어 주어야 하지 않겠습니까."

지구 전체를 생태 마을로

생태 교육의 장이자 영적인 휴식 공간이지만 성필립보생태마을의 주 업무는 무엇보다 농사다. 생태 마을에서는 2만 평 정도 농사를 짓고, 계약 재배까지 합하면 10만 평 규모의 농사를 짓고 있다.

"성필립보생태마을의 주 업무는 농사짓는 일입니다. 마을 자체에서 2만 평 정도 농사를 짓고 계약 재배까지 합치면 10만 평 정도 됩니다. 농작물은 상추, 치커리, 가지, 오이, 토마토, 복분자, 호박, 브로콜리, 허브, 감자, 옥수수 등 60여 가지 작물을 심습니다. 1만 평 정도에서는 농약을 안 친 농작물만으로도 1년 내내 연 인원 3만 명도 넘는 분들이 반찬을 해 먹어도 남을 만큼의 작물이 수확됩니다. 특히 암 환자들이 밭에 나가서 가지, 토마토, 상추를 뜯어다가 마을에서 직접 담근 된장 쌈을 싸 먹는 모습을 보면 제 마음이 다 뿌듯해집니다. 환자들 역시 밭에 나가서 직접 자신의 손으로 먹고 싶은 채소를 뜯어 먹는 것 자체에 대해서 얼마나 감사해하고 행복해하는지 모릅니다."

농사짓는 일이 그 자체로 기쁨이 되고, 치료가 된다는 말이다. 생태적으로 농사를 짓는 일은 환경을 살리는 일이기도 하다. 또 이렇게 키운 농산물을 성필립보생태마을을 방문하는 사람들, 천주교 수원 교구를 기반으로 운영되는 되살림 회원들, 그리고 수원 교구 환경 센터에서 운영하는 하늘샘쇼핑몰 등에 판매하고, 이를 통해 자금을 확보해 또 다른 생태 마을을 조성할 수도 있다. 황창연 신부는 생태 마을을 더욱 확대할 계획이라고 말한다.

"우리 같은 생태 마을이 독일에는 400곳 정도 있습니다. 우리나라에는 생태 마을이라는 이름으로 모인 공동체가 열 개 남짓입니다. 만약 우리 같은 생태 마을이 백 군데만 있어도 우리나라 자연환경은 잘 보존될 것입니다. 유럽은 농약을 안 치는 유기 농토가 국토의 40퍼센트 정도 됩니다. 그런데 우리나라는 농약 안 치는 농토가 약 4퍼센트 정도입니다. 대한민국 농토 96퍼센트가 죽어 가고 있는 것입니다. 농약 안 치는 콩 계약 재배를 10만 가마만 해도 우리나라 농토는 건강하게 되살아날 것입니다. 환경 운동을 한다는 것은 피켓을 들고 데모하는 일도 중요하지만 우리같이 산속에 들어가서 유기 농사를 짓는 일도 중요한 것입니다."

현재 성필립보생태마을은 더 많은 생태 마을을 만들어 갈 계획이다. 이미 경기도 여주에 제2의 생태 마을을 준비 중인 그들은, 더 나아가 지구 전체를 생태 마을로 꾸미는 것이 최종 목표란다.

"성필립보생태마을은 향후 전국에 40개 생태 마을을 운영하고자 준비하고 있고, 아프리카에도 생태 마을을 설립 운영할 계획입니다. 지구 전체를 생태 마을로 꾸미는 것이 최종 목표입니다. 이미 여주에 15만 평의 농토를 준비해 제2의 생태 마을을 조성하고 있습니다. 생태 마을을 운영하고 싶어 하는 수도회나 공동체와 연대해서 정보를 나누고 협동조합을 꾸려 나가고 싶습니다. 현재 성필립보생태마을 건설에 참여하는 되살림 회원이 1만 5,000명이나 됩니다. 이들과 함께 새 하늘과 새 땅을 가꾸어 나가고 있습니다. 지구 온난화 때문에 발생하는 환경 재앙을 모든 매스컴에서 앞다투어 보도하지만 적어도 교회만은 밝은 미래를 이야기해야 하지 않겠습니까?"

원전은 결코 안전한 에너지가 아니다

성필립보생태마을의 또 다른 계획은 태양광과 풍력 등 신재생에너지를 적극 활용하는 일이다. 현재 5억 원을 들여 풍력발전기와 태양광발전기를 설치해 운영하고 있고, 여주에 조성될 제2의 생태 마을에도 태양광발전소를 설치할 계획이다.

"백날 '전기를 아껴 씁시다!' 라고 말해도 생활 안에서 실천하기는 쉽지 않습니다. 이 문제를 근본적으로 해결하기 위해서는 석유 의존도를 낮추고 안정적인 에너지를 공급하는 인풋Input에 투자해야 합니다. 성필립보생태마을에서 풍력발전기와 태양광발전기를 설치해 운영하고 있는 것도 이 때문입니다. 더 나아가 앞으로 여주에 조성될 제2의 생태 마을에는, 환경을 지키고자 하는 뜻있는 사람들에게 투자를 요청해 태양광발전소를 설치할 계획입니다. 적어도 태양광발전소에 주식을 투자한 사람들은 평생 전기를 아껴 쓰지 않겠습니까?"

황창연 신부가 신재생에너지에 주목하는 이유는 석유 의존도를 낮추기 위한 친환경 대안 에너지이기 때문이다. 또 신재생에너지는 체르노빌 원전 사고를 보고 환경 운동에 나선 것에서 알 수 있듯 위험한 원전을 대체할 만한 에너지이기도 하다. 원전은 대안 에너지가 될 수 없다는 게 그의 생각이다.

"한국의 어느 장관은 후쿠시마 원자력발전소 폭파를 보면서도 '원전은 선택이 아닌 필수'라는 속 터지는 말을 하고 있습니다. 만약 좁은 땅덩어리인 대한민국에서 원자력발전소가 터진다면 방사능 재앙의 규모는 끔찍할 것입니다. 그런데 우리나라 정치인들과 학자들은 일본 정치인들처럼 원자력발전이 안전하다고만 외치고 있습니다. 과연 안전하겠습니까? 일본 지진에 이어 쓰나미가 원자력발전소를 덮칠 줄은 아무도 예상하지 못했습니다. 원자력발전소는 결코 안전한 에너지가 아닙니다. 왜 굳이 언제 원자폭탄으로 변할지도 모르는 고성능 폭탄을 아름다운 금수강산에 품고 살아야 합니까?"

원전에 대한 그의 고언은 새겨들을 만하다. 원전이 더 이상 유일한 대안 에너지도 아니기 때문이다. 현재 세계는 신재생에너지 산업에 사활을 걸고 있다. 미국과 유럽은 물론 중국도 전체 에너지 생산 비율에서 신재생에너지 비율을 높이는 것을 국가적 목표로 삼고 추진하고 있다. 그런데도 우리나라는 원전에 목을 매고 있다. 뒤돌아볼 줄도 알아야 하고, 옆도 돌아볼 줄 알아야 하는데 답답한 일이다.

소중한 생태 마을 만들기

성필립보생태마을은 2007년에는 1만 5,000명 정도가 방문했지만 2010년에는 3만여 명이 다녀갈 정도로 성장했다. 방문객 수가 늘면서 수익도 늘었고, 그 수익으로 다시 생태 마을 조성에 나섰다. 섣부를 수 있지만 어느 정도 성공한 것은 사실이다. 이쯤에서 마을 만들기를 꿈꾸고 있는 이들에게 전하는 황창연 신부의 충고를 들어 보자.

"생태 마을을 만든다는 일이 결코 쉬운 일은 아닙니다. 특별히 경제적인 자립을 하지 못하면 수많은 갈등 요인들이 불거집니다. 두 번째는 지역 주민들과의 갈등입니다. 지역 주민들은 제초제나 농약, 화학비료를 사용하는 지금까지의 농법을 당연하게 받아들이고 있기 때문에 유기 농법을 하는 사람들을 어리석은 사람 취급합니다. 생산된 물품을 소비자에게 판매하는 유통 시스템의 결여는 수많은 유기 농법을 따르는 농민들을 힘들게 합니다. 어찌 보면 가장 어려운 부분이라 할 수 있습니다. 특별히 귀농을 원하거나 생태 공동체를 만들고자 하는 분들에게 간절하게 바라는 것은 적어도 3년 내지는 5년 정도의 준비를 해야 실패 확률이 줄어들기에 조급하지 않게 차근차근 준비를 하라는 겁니다."

황창연 신부의 말처럼 생태 마을 만들기는 절대 쉽지 않다. 그러나 황창연 신부의 말처럼 전국에 생태 마을이 많이 늘어날수록 우리 농토가 살아나고, 환경이 살아날 수 있다. 그런 의미에서 성필립보생태마을의 사례는 중요하고, 또 소중하다.

서해 민통선 작은 섬 이장의 생태적 생각과 실천

__강화군 볼음도리 오형단 이장

만월도, 보름달, 볼음도

볼음도乶音島. 이 섬의 이름은 발음을 하면 할수록 입에 착착 안기는 맛이 일품이다. 그리고 도대체 무슨 뜻일까 궁금해지기도 한다. 볼음도 이름의 유래는 상당히 먼 과거로 올라간다.

볼음도는 "임경업 장군이 풍랑을 만나 이 섬에서 15일간을 체류하다가 둥근 달을 보았다고 하여 만월도滿月島라 하였는데 그 후 보름달을 발음대로 볼음도라 칭하였다고 하는" 섬이다. 굳이 한자를 쓰지 않고, 그냥 보름도라고 하면 좋았을 법하지만, 그래도 유래를 알고 보니 이름에 정감이 묻어나는 이유도 알겠다.

볼음도는 강화도 외포리 선착장에서 약 한 시간 반 정도 걸려 도착하니, 육지에서 보면 제법 먼 섬이다. 또 2010년 북한에서 흘러온 목함 지뢰가 발견될 정도로 북한과 인접해 있는 곳이기도 하다. 육지에서 멀고, 북한과 가깝다 보니 볼음도는 각종 군사적 규제와 환경적 규제가 심했다. 그래서 육지와 비교했을 때 상대적으로 자연환경을 잘 보존할 수 있었다.

그리고 지금, 볼음도는 지금껏 간직해 온 자연환경을 유지하고, 발전시키기 위한 실험에 들어간 상태다. 그 중심에 오형단 전 이장이 있다. 그를 처음 만나서 인터뷰했던 2007년 그는 이장이었다. 다시 만난 2011년 그는 전 이장이 되어 있었다. 몸이 불편해 마을 일에서 한 걸음 물러나 있었지만, 그는 여전히 볼음도의 자연을 지키고, 그 속에서 새로운 변화를 창조해 내기 위한 고민을 멈추지 않고 있었다.

저어새 번식지이며 사철 철새로 북적이는 이 섬을, 오형단 이장은 생태적인 섬으로 유지하고, 또 친환경적으로 발전시키기 위한 온갖 노력을 다하고 있다. 작은 섬 이장 한 사람의 바른 생각과 실천 이야기를 듣다 보니 절로 즐거워진다.

오형단 씨는 2006년부터 2008년까지 섬마을 이장을 맡았고, 친환경작목반을 이끌고 난 뒤 지금은 볼음도 전체를 이끌어 갈 추진위를 구성하는 것에 초점을 맞추고 있다. 한 사람의 노력으로 시작된 '생태 바이러스'가 온 마을로 퍼져 나간 까닭에 돌아가면서 마을 이장을 맡기로 했고, 마을을 이끌 추진위까지 구성하게 된 것이다. 만나는 내내 오형단 씨는 주민들의 실천을 무척 강조했다.

"요즘은 관이 주민들이 요구하면 많이 들어줍니다. 그래서 문제는 주민들입니다. 스스로 단합하고 깨어 있어야 합니다. 관에서 해 줄 것이 뭐가 있겠습니까. 우리가 최선을 다하면 되지 않을 일이 어디 있겠습니까."

결국은 우리 자신이고 주민 자신이라는 굳은 신념을 가진 오형단 씨의 혜안은 지금 볼음도에서 빛을 발하고 있다. 오형단 씨와 볼음도의 이야기 속으로 들어가 보자.

볼음도의 생태를 살리는 길

"볼음도는 육지에서 아주 떨어져서 오염도 안 되고 갯벌도 많고 생태가 잘 보존된 지역입니다. 해양 생태, 육지 생태가 모두 그렇습니다. 심지어 과거 관행 농업 할 때도 농약을 많이 안 치고 농사를 지었죠. 나비도 많고 새도 많습니다. 갯벌 면적이 섬 면적 자체보다 3~4배 넓어서 경운기 타고 50분이나 나가야 바닷물을 만날 수 있을 정도입니다. 갯벌이 이렇게 넓다 보니 도요새가 많습니다. 도요새가 월동하고 번식하는 기착지라서 많습니다. 그 외에도 저어새, 노랑머리백로 등 희귀새도 많습니다. 이렇게 볼음도의 생태계가 안정되어 있습니다. 그뿐만 아니라 땅이 굉장히 좋습니다. 쌀맛도 좋고 물도 지하수가 풍부합니다. 비 한 방울 안 와도 지하수가 많습니다. 바다에 그물을 쳐 놓기만 해도 조수 간만에 따라 고기를 잡을 수 있을 정도로 해산물도 풍부합니다. 이렇게 해서 한철에 2,000만 원 정도 수입을 올립니다. 결론적으로 볼음도는 자연과 사람이 어울려 살기 아주 좋은 곳입니다."

이렇게 볼음도 오형단 전 이장은 자기 마을 자랑에서부터 이야기를 시작한다. 강화도 선착장에서 한 시간 반쯤 배를 타고 이 섬 저 섬을 바라보면서 넋을 잃고 구경하고 있노라면 닿게 되는 볼음도를 보고 있자니 그의 자랑이 결코 빈말이 아님을 알 수 있다.

오형단 씨는 볼음도의 지정학적 위치까지 언급하며, 볼음도가 가진 생태적 자원을 이렇게 설명한다.

"볼음도는 지정학적으로 휴전선 비무장지대에 접해 있으며 한강, 임진강, 예성강 강물이 흘러니와 시해 바닷물과 섞이는 지점에 위치해 있어 영양분이 풍부한 바닷물이 섬 주위를 휘감고 있습니다. 그래서 플랑크톤이나 작은 새우류, 또 다양한 갯벌 생물들이 서식하고 있습니다. 뻘 갯벌, 모래 갯벌, 혼합 갯벌 등으로 다양한 갯벌이 섬 면적의 3~4배나 형성되어 있어서 도요새와 저어새, 검은머리물떼새 등 수많은 새들이 서식하고 있습니다."

볼음도의 생태에 대한 그의 자랑은 끝이 없는 듯하다. 그가 이렇게 볼음도의 생태로 말문을 연 것은 볼음도가 가야 할 방향을 가리키기 위해서다. 그의 이야기의 핵심은 결국 이 마을이 생태마을의 풍부한 자원을 가지고 있고 이를 지키는 방향으로 가야 한다는 것이다.

"자연이 살아 있다 보니 볼음도는 생태 테마 마을이 될 수 있는 가능성이 높습니다. 이러한 좋은 생태가 있어 이곳을 찾아오시는 분들이 편안히 쉴 수 있습니다. 마을 회관을 지어 여기서도 숙박이 가능하도록 하고 있습니다. 두 사람의 주민이 화순에 가서 생태 건축 흙집을 배워 가지고 집을 지어 숙박을 하고 있습니다. 볼음도 사람들이 환경 보존에 대해서 거부감이 많았는데 흙집이 돈이 된다는 것을 알고 지금은 환경을 많이 이해하고 있습니다."

사람이 저어새보다 못하나?

볼음도 사람들이 환경 보존에 대한 거부감이 있는 것은 과거 볼음도에서 환경에 대한 규제가 심했기 때문이다. 옛날에는 이 섬에서 집을 지을 때도 규제 때문에 힘들었고, 각종 사업을 하려고 해도 환경 보존에 대한 규제 때문에 힘들었다고 한다. "저어새보다 사람이 못하냐"고 비아냥거리기도 하고, 자조 섞인 탄식이 터져 나올 정도였단다.

환경 보존에 대해 관에서 제대로 된 설득과 설명을 하지 못해 주민의 이해를 구하지 못한 것이다. 또 환경에 의한 규제도 규제지만 민간 통제 지역이니까 군사적 규제도 많았다. 그래서 주민들은 이렇게 민감하게 반응하지 않을 수 없었다.

"지금은 규제가 더 강해졌습니다. 옛날에는 오히려 고기 잡는 것이 자유로웠습니다. 군경에 의한 검문이 과거에는 아주 심했는데 지금은 의심스러운 사람만 검문을 하기 때문에 조금은 자유로워진 듯 보이지만 실상은 다릅니다. 예전에 망둥이 낚시하고 굴 따던 갯벌에 못 나가게 하기 때문입니다. 굴 양식을 시작했더니 군부대에

볼음도는 육지에서 멀고, 북한과 가깝다 보니 각종 군사적 규제와 환경적 규제가 심했다.
그래서 육지와 비교했을 때 상대적으로 자연환경을 잘 보존할 수 있었다. 갯벌 면적이
섬 면적 자체보다 3~4배 넓은 볼음도는 저어새 번식지이며 사철 철새가 북적이는 섬이다.

볼음도는 땅이 굉장히 좋아 쌀맛도 좋고 비 한 방울 안 와도 지하수가 풍부하다.
바다에 그물을 쳐 놓기만 해도 조수 간만에 따라 고기를 잡을 수 있을 정도로 해산물도 풍부하다.
생태적으로 섬마을을 가꾸면서도 도시와 교류하면서 소득도 올리고
주민들의 자부심도 높이는 길을 걷고 있다.

서 상부에 허가를 받고 오라고 해서 허가를 못 받아 철수를 했습니다. 어로 작업도 멀리 못 가게 하고 통제합니다. 대북 관계가 좋았을 때도 그래서 통제가 너무 심하다는 불만이 많았습니다."

여기에다 줄어드는 주민의 수는 이 섬의 가장 큰 위협이다. 주민이 줄어들다 보니 학교도 사라질 판이다. 폐교 직전의 학교를 구하기는 했지만 얼마나 갈지는 오형단 씨도 확신하지 못한다.

"밖에서 젊은 사람을 영입해서 초등학교에 세 명의 선생님이 있습니다. 중학교도 학생이 얼마 되지 않아 앞으로 어떻게 될지 모르는데 앞으로 학생도 늘리고 도농 교류도 강화할 예정입니다. 학교는 모두 분교입니다. 어떤 학부모가 끝까지 아이 보내겠다고 해서 폐교되는 것은 면했습니다. 볼음도를 살리는 방법은 친환경적 발전밖에 없습니다. 어떻게 하든 이 섬에는 자연이 살아 있게 해야 합니다. 그래서 해수욕장에 간이 생태관도 만들 예정입니다. 면사무소와 인천녹색연합과 함께하는 공동 사업도 구상 중입니다. 이 섬에 차 안 가지고 와도 자전거로 모두 돌아볼 수 있게 계획하고 있습니다."

2007년 처음 오형단 당시 이장을 인터뷰했을 때 이후로는 다행히 볼음도의 인구가 조금씩 늘고 있다고 한다. 그러나 볼음도 중학교 분교는 2011년부터 휴교에 들어갔다. 안타까운 일이다.

생태의 시작, 친환경 농업

오형단 씨의 친환경 구상은 친환경 농업부터 시작된다. 이장 임기를 마치고 친환경작목반을 이끈 것에서 알 수 있듯 그는 친환경 농업이 볼음도의 생태를 지키는 것은 물론, 농산물 판매에도 좋은 영향을 끼칠 것으로 믿고 있다.

"전체 경작 면적이 58만 평인 볼음도는 논 전체를 친환경 농업 지역으로 확대해 나가고 있습니다. 그래서 2011년 현재 전체 농지 중 80퍼센트가 친환경 농업을 하고 있습니다. 단지화해서 한쪽으로 몰아 무농약 생태 농업을 하고, 작목반이 공동으로 작업도 하고 관리도 합니다. 두 개의 작목반 중에 하나는 농협에 수매를 하고, 우리 작목반은 도시의 단체들에게 납품을 합니다. 농협에 수매하는 것보다는 가격 조건이 더 좋습니다. 강화도시민연대, 인천녹색연합, 인천생협 등과 주로 교류하는데, 단체 분들의 조언도 들으면서 환경 농업 방향으로 가고 있지요. 아직 소득이 크게 늘어난 것은 아닙니다. 우리는 주로 수도작水稻作입니다. 환경 농업을 원칙적으로 하다 보니 오히려 경제적인 측면에서는 타격입니다. 비용은 늘고 소출은 줍니다. 그래서 직거래를 통해 수익을 늘릴 예정입니다. 10킬로그램짜리 1,000포대를 도시에 직접 팔았습니다. 이렇게 소비자와 연결하면서 할머니나 주민들에게 순무 김치, 젓갈류 등을 직접 팔게 할 생각입니다. 과거에는 상인들에게 팔다 보니 가격이 좋지 않았는데 앞으로는 쌀 배달과 함께 이런 것들을 직접 팔아 보려고 합니다. 이렇게 되면 소득이 늘어날 것입니다."

오형단 씨는 여기서 그치지 않고 볼음도의 에너지 자립도를 높이는 방법을 고민하고 있다.

"앞으로는 섬 자체 내에서 쌀을 도정하고 부산물인 쌀겨를 퇴비 등으로 재생산해 나갈 계획입니다. 덧붙여 풍력이나 태양광 등 신재생에너지와 연계하여 에너지 자립도를 높여 나가려고 논의하고 있습니다."

공부하는 이장

오형단 씨가 하루아침에 갑작스레 친환경 농업을 꿈꾸었던 것은 아니다. 여기저기 다니면서 보고 듣다 보니 친환경 농업이 볼음도의 미래를 위해서는 꼭 필요하다고 생각하게 되었다. 그는 공부벌레다. 이런저런 시민 단체에 가입해서 활동하면서 세상 공부도 많이 한다. 아무래도 시민 단체 등에서 세상 돌아가는 이야기도 많이 듣게 되고, 스스로 깨달아 가는 것이 많기 때문이다. 강화시민연대나 인천환경운동연합이 그가 문턱 닳듯이 드나들었던 시민 단체들이다. 이런 곳에서 강의가 열리면 그는 배 타고 몇 시간을 왔다 갔다 해야 하는데도 한 번도 빠짐없이 다니고 있다. 그의 깨인 생각은 결코 저절로 생긴 것이 아니다. 공부하는 이장이었기 때문에 가능했던 일이다.

"이장이 되었을 때 이 마을의 생태를 보존하면서 발전시켜야겠다는 생각을 했습니다. 옛날부터 환경운동연합이나 강화시민연대 활동을 하면서 이것이 옳은 방향이라는 것을 깨달았습니다. 몇 년 전 볼음도에서도 핵 폐기장을 신청한 적이 있습니다. 굴업도 이후에 전국에서 열한 군데가 신청했는데 강화시민연대와 함께 핵 폐기장 들어오면 안 된다고 하면서 제가 반대 대책 위원장을 맡았습니다. 핵 폐기장 유치를 추진한 주민 가운데 강화도의 유력한 재력가가 있었습니다. 이들이 서명을 조작하기도 하면서 핵 폐기장을 유치하려고 했습니다. 그 싸움이 힘들기는 했지만 우리가 결국 이겼고 핵 폐기장은 들어오지 못했습니다."

리더로서의 어려움

앎과 삶을 일치시키는 것은 예나 지금이나 힘든 일이다. 머리로는 알지만, 가슴으로는 받아들이지 못해 수많은 이론이 겉돌기 다반사고, 여러 여건들 때문에 세상과 적당히 타협하면서 자기가 배운 것을 실천하지 못하는 일도 수두룩하다. 하지만 오형단 씨는 앎과 삶을 일치시키고 있다. 때로는 싸워 가면서, 때로는 설득해 가면서 말이다. 그런 점에서 그가 몇 년간 맡았던 이장이란 직책은 유용하기도 했지만, 큰 부담으로 다가온 것도 사실이다.

"농민회 회원이고 작목반이라고 해도 소비자들은 제 말을 잘 안 들어줍니다. 그런데 이장이라고 하면 그나마 잘 들어줍니다. 관청에서도 이장의 말은 조금 더 귀하게 여기는 듯합니다. '이장' 하면 도

오형단 전 이장은 볼음도가
"환경과 생태, 휴식과 평화로운 치유의 섬"으로,
"주민이 스스로 설계하고 참여하는 자립도 높은 섬"으로
거듭나기를 꿈꾼다.

시 사람들은 별것 아니라고 하는데 그래도 이렇게 작은 끗발이 있습니다.(웃음)"

그러나 이장은 좋은 점보다 어려운 점이 더 많다. 오형단 씨는 작은 섬 하나 이끄는 데도 여러 어려움이 있었다고 토로한다.

"섬사람은 배타적인 부분이 있습니다. 자기 주장이 강해서 남의 말을 잘 받아들이지 않으려고 합니다. 우리 마을에도 갈등이 많았습니다. 노인들은 도시 사람들이 들어오는 것을 싫어합니다. 이들이 오면 당장 식사도 준비해야 하고 반찬도 만들어야 합니다. 마을 회관에 40평짜리 방이 있는데 거기에서 숙박을 하면 마을 운영비가 생깁니다. 그렇지만 마을 회관이 더럽혀집니다. 그뿐만 아니라 아무래도 도시 사람들이 오면 여러 가지로 귀찮습니다. 그러니 동네에 나이깨나 잡수신 어른들은 시끄럽다고 하면서 바깥 사람이 오면 골치 아프다고 합니다. 또 작목반 안에서도 도농 교류에 반대하는 사람이 생기기도 하지요. 이렇게 되면 이장인 나로서도 골치 아픕니다."

치유의 섬을 만들다

그럼에도 불구하고 오형단 씨는 도농 교류를 계속 이어 왔다. 도시와의 연대가 볼음도가 살 길이라는 믿음 때문이었다. 섬 속에서만 갇혀서는 살 길이 없다는 게 그의 생각이다. 생태적으로 섬마을을 가꾸면서도 도시와 교류하면서 소득도 올리고 주민들의 자부심도 높이겠다는 것이다.

"그동안 나름대로 지역 교류를 많이 했습니다. 이 섬에서 나오는 농산물에 관한 홍보물도 만들어 홍보도 하고 도시의 소비자단체나 생협과 교류했습니다. 한강 배 띄우기 행사에도 참여해 아이들 100여 명을 갯벌에 초청해 캠프도 운영했습니다. 또 서울 강남의 신사동과 자매결연을 해 농산물을 직접 배달해서 팔기도 했습니다. 작목반원들과 함께 직접 서울과 인천으로 우리가 배달을 해서 소비자들과 만나면 소비자들은 물론이고 작목반도 아주 좋아했습니다. 쌀뿐만 아니라 새우젓, 고구마 등도 함께 팔았습니다."

사정이 이렇게 되니 섬마을 사람들의 인식도 조금씩 바뀌기 시작했다. 교류를 통해 소득도 늘고, 자부심도 생겨나기 시작한 것이다.

"우리를 통해서 농산물을 팔 수 있다는 사실을 주민들이 이제는 인정합니다. 몇 해 전 녹색연합과 교류를 했는데, 그때 우리 섬의 쓰레기 문제에 대해 논의를 했습니다. 그 와중에 녹색연합 사람들이 와서 민박을 여러 곳에 나누어 했는데 모두들 배낭에 쓰레기를 들고 가니 쓰레기가 남지 않았습니다. 음식물 쓰레기도 거의 남지 않았습니다. 그러니 이 섬을 아끼고 좋아하는 사람이 오면 쓰레기도 안 남고, 조개도 안 캐 간다는 것을 주민들이 조금씩 이해하게 되었습니다."

신뢰가 쌓여 가면서 배타적이었던 주민들도 돌아서기 시작했다. 하지만 오형단 씨는 아직 갈 길이 멀다고 말한다. 섬마을 사람들을 더 설득해, 더 많은 사람들이 볼음도의 생태를 유지하면서 도농 교류를 통해 마을의 소득도 올리는 방향으로 가야 한다는 말이다. 친환경 농업 경작지가 80퍼센트에 이르지만 이것도 더 늘려야 하고, 신재생에너지를 이용한 에너지 자립도도 높여야 한다. 그래서 궁극적으로는 "환경과 생태, 휴식과 평화로운 치유의 섬"으로, "주민이 스스로 설계하고 참여하는 자립도 높은 섬"으로 거듭나야 할 것이라고 말한다.

오형단 씨의 꿈은 크다. 볼음도란 섬 이름의 유래인 보름달만큼이나 크다. 꿈이 큰 만큼 할 일도 많단다. 그 꿈이 빈 곳 없이 가득 찬 보름달처럼 볼음도의 앞길을 환히 비추었으면 좋겠다.

2부
돈이 도는 생태 마을

성공적인 농촌 체험 마을

_ 경북 의성군 교촌체험마을

실패하지 않은 사례

경북 의성군 안계면 교촌리에 자리 잡은 교촌체험마을은 체험 마을의 성공적인 사례로 유명하다. 체험 마을이 유행하기 전부터 폐교가 된 교촌초등학교를 주민들이 직접 구입해 '교촌농촌체험학교'로 만들고 사람들이 오는 농촌 마을로 거듭나려고 노력했다. 마을을 살리기 위해 외부 컨설팅을 받은 것은 물론이고, 전국에서는 최초로 사무장 제도를 도입해 외부에서 사무장을 데려와 체험 프로그램을 짜는 등 체험 마을의 기반을 다져 나갔다.

당시로서는 혁신적인 일이었다. 웬만큼 열린 생각을 가지고 있지 않는 한 할 수 없는 일을 교촌체험마을 주민들은 스스럼없이 해냈다. 마을에 대한 사랑이 아니었으면 해낼 수 없는 일이었을 터이다.

그래서 교촌체험마을은 여러 언론 매체를 통해 성공 사례로 꼽혔다. 그도 그럴 것이 정부 부처 등에서 우수 마을로 여러 차례 선정되었기 때문이다. 교촌체험마을은 2005년 국가균형발전위원회로부터 지역 우수 사례로 선정되었고, 2006년에는 농림부의 마을 가꾸기 경진 대회에서 우수 마을로 뽑혔다. 2007년에는 농협중앙회에서 진행한 팜스테이 마을 평가에서 전국 4위를 차지했고, 2008년에는 도농 교류 국무총리상을 수상하기도 했으니 경력이 화려하다. 송종대 사무국장을 필두로 한 마을 주민들의 노력 덕분이다.

하지만 7년간 교촌체험마을의 사무국장을 지낸 송종대 씨는 교촌체험마을이 성공 사례가 아니라 "실패하지 않은 사례"라고 말한다. 겸양의 표현 같기도 하지만 그가 교촌체험마을을 실패하지 않은 사례라고 평가하는 이유는 교촌체험마을이 여전히 자리를 잡아 가고 있는 중이기 때문이다.

> "교촌체험마을은 성공 사례라기보다는 실패하지 않은 사례라 평가하는 것이 현실적인 것 같습니다. 아무래도 제가 7년 동안 업무를 보다 보니 행정, 주민, 체험객 등 모든 관계가 저와 익숙해졌는데 제 후임으로 오신 분과 새로운 관계를 형성하는 과정에서 서로가 부자연스러운 부분들이 있었던 것 같습니다. 제 후임자는 10개월 정도를 일하고 그만두셨고 현재는 중고등학교 교장 출신의 신임 사무국장이 오셔서 체험 학교의 활성화를 위해 열심히 노력하고 계시는 과정입니다."

7년 동안 사무국장으로 일했던 송종대 씨의 빈자리가 컸던 모양이다. 사실 체험 마을 만들기를 엄격하게 성공과 실패로 나누는 것은 무리가 있다. 성공의 기준이 무엇인지 모호하기 때문이다. 체험객의 많고 적음을 가지고 성공과 실패로 나누는 것도 무리이고, 현재에도 마을 만들기가 계속 진행 중이라면 성공과 실패를 확언할 수도 없는 일이다. 그래서 송종대 씨의 말은 옳다. 하지만 어찌 됐든 교촌체험마을은 지난 7년간 농촌 체험으로 수많은 체험객을 끌어들였고, 재방문율도 50퍼센트가 넘을 정도로 한번 오면 다시 찾는 체험 마을이 되었다. 실패하지 않은 사례라고 부르기에는 그 성과가 자못 실하다.

직장을 구하기 위해 농촌으로 왔다

교촌체험마을이 체험 마을로 탄생한 계기는 1994년 폐교된 교촌초등학교의 활용을 고민하면서였다. 끝은 또 다른 시작이라 했던가. 그 말처럼 교촌초등학교가 폐교되고 방치되면서 마을을 살리는 새로운 씨앗이 움트기 시작했다. 시골 마을은 보통 학교가 공동체의 구심점이 되곤 한다. 그런데 교촌초등학교가 폐교되면서 마을에 구심점이 없어졌다.

이 상황에서 마을 주민들은 예전의 활기찬 마을을 추억하며 한숨을 짓는 대신, 마을을 되살리기 위한 방법을 마련하기 위해 서로 힘을 모았다. 2002년 8월 주민 총회를 열어 폐교를 수련원으로 활용하자고 뜻을 모은 것이다. 그렇게 해서 56명의 주민이 무려 1억 8,000만 원이나 되는 돈을 모아 폐교를 구입했다. 그리고

2004년 2월에 교촌농촌체험학교로 명의를 변경하고 본격적으로 체험 학교를 운영하기 시작했다.

이를 위해 외부 컨설팅을 받았다. 농촌 마을이 스스로 외부 컨설팅을 의뢰해 받는다는 것은 당시로서나 지금으로서나 혁신적인 일이다. 이 과정에서 대구에서 살며 놀이디자인연구소를 운영하던 놀이 문화 전문가 송종대 씨가 교촌체험마을에 들어오게 되었다. 컨설팅을 해 주러 가는 사람을 따라왔다가 일할 사람이 없다는 얘기를 듣고 눌러앉게 된 것이다.

송종대 씨가 교촌체험마을에 들어오게 된 것은 우연을 가장한 필연이었을지도 모른다. 교촌체험마을이 농림부에서 선정한 녹색농촌체험마을이라는 것도 모르고, 체험 마을에 대한 이해도 부족한 상황에서 그가 교촌체험마을에 들어오게 된 것은 어떻게 보면 강한 '필연'의 끌림 때문이었을 것이다.

"처음에 이곳에 왔을 때는 체험 마을인 줄도 몰랐습니다. 체험 마을에 대한 이해나 역할을 고민하지도 않았습니다. 여기에 머무르다 보니까 이곳이 체험 마을이라는 것도 알게 됐고, 이런저런 활동을 하다 보니까 생각의 폭도 넓어졌습니다. 체험 학교 운영을 통해 얻어지는 수익 중에서 월급을 받습니다. 급여는 주민들로 구성된 체험 마을 이사회가 결정하는데 그동안 200만 원 정도를 받았습니다. 아마 전국의 녹색농촌체험마을을 통틀어 최고 연봉자가 아닌가 싶습니다. 교촌체험마을의 체험 학교는 56명의 주민이 1억 8,000만 원을 출자해 부지를 사고 녹색농촌체험마을 지원비를 받아 폐교를 리모델링해서 만든 것입니다. 이런 좋은 사례를 통해 저에게는 일할 수 있는 공간이 생겼고, 마을은 저를 통해 프로그램을 운영할 수 있게 되었습니다. 좋은 궁합이라고 생각합니다."

자기 완결 구조의 힘

체험 마을에 대한 이해도 없이 교촌체험마을에 들어왔지만 송종대 씨는 일을 해 나가면서 농촌 체험의 내용과 본질에 대해 고민하기 시작했다. 그리고 그 본질을 마을의 '자기 완결 구조'에서 찾았다.

"2004년 9월에 전국 단위의 모임에서 사례 발표를 한 적이 있습니다. 그때 제 순서에 앞서 몇 분이 주제 발표를 하는 것을 들으며 농촌을 모르는 사람들이 농촌 사람들을 모아 놓고 발표한다는 생각이 들었습니다. 그분들은 서비스 정신을 강조하고 있었습니다. 내용이 있어야 포장을 잘 할 수 있는데 내용은 경험하지 못한 상태에서 서비스를 잘 해야 한다, 고객한테 잘 해야 한다, 홈페이지 관리를 잘 해야 한다는 것만 이야기하고 있었습니다. 제가 교촌리에 와서 첫 번째로 고민한 것은 농촌 체험의 본질이 무엇이냐 하는 것이었습니다. 저는 그 본질이 자기 완결 구조라고 생각합니다. 과거의 농촌은 식료를 생산하고 소비하고, 에너지를 생산하고 소비하고, 문화를 생산하고 소비하는 등 마을 안에 완결 구조를 가지고 있었습니다. 자기 삶을 책임지는 것입니다. 이것을 농촌의 중심으로 잡아야겠다고 생각했습니다. 그래서 농촌 체험을 소득을 늘리는 것이 아니라 농촌 마을의 자기 완결적인 구조를 통해 산업사회의 문제를 해결하는 실험을 하자는 식으로 접근해 보자고 고민했던 것입니다."

자기 완결적인 구조와 함께 송종대 씨는 '자연과의 만남' 이 있는 체험 프로그램을 만들기 위해 노력했다.

"제가 교촌농촌체험학교 실무자로 일하면서 체험 프로그램 속에 담고자 한 것은 '자연과의 만남' 이었습니다. 자연은 어머니의 품과 같아 경쟁 사회 속에서 상처 받은 사람들을 품어 줄 수 있다는 개인적인 확신이 있습니다. 이러한 접근이 광의적으로 '생태' 의 범주 속에 포함될 수 있는지는 모르겠지만 '자연의 위대함과 경이로움을 인정하고 프로그램 속에서 담아내려고 했던 시도와 노력은 있었다' 정도로 정리하고 싶습니다."

스스로 체험과 놀이 문화의 결합

농촌 체험의 본질을 찾으니 농촌 체험 프로그램의 방향도 보이기 시작했다. 그것은 바로 무엇이든지 스스로 하고 전래 놀이를 복원하는 것이었다.

"저는 진작부터 전래 놀이를 연구해 왔습니다. 지금은 이 전래 놀이를 활성화하려는 노력을 기울이고 있습니다. 전래 놀이는 형식은 있는데 내용이 없습니다. 모두 똑같이 옛날과 같이 노는데 과거에는 주변의 자원을 활용했다는 전제가 있습니다. 전래 놀이를 이루고 있는 원리가 주변의 자연 자원이나 몸이나 주변의 도구를 활용하는 것입니다. 지금의 시대에는 전래 놀이의 원리를 활용해 주어야 하는데 예를 들면 쓰레기통의 종이를 꺼내어 종이를 접거나 CD를 활용하여 딱지치기를 한다거나 해야 합니다. 지금 농촌도 도시화되고 시장에 의존하고 있기 때문에 그것을 바꾸기 힘듭니다. 사람들이 체험하러 왔을 때 어떻게 하면 자기 완결적인 구조를 만들까를 고민합니다. 다른 곳에서는 불놀이를 할 때 관리인이 나무를 준비하고 쌓아 준 것을 가지고 불놀이를 합니다. 그러나 이곳에서는 아이들을 산으로 데리고 가서 나무를 해 가지고 직접 준비해서 불을 피우도록 합니다. 준비와 과정도 스스로 하도록 만든 것입니다. 구체적인 프로그램으로 누룽지 캠프를 해 보았습니다. 모든 것을 자신이 합니다. 산에 가서 나무를 해 오고 불을 때서 밥을 하고 설거지를 하는 것입니다. 체험의 시작과 준비와 과정과 내용을 모두 스스로 하도록 하고 있습니다."

스스로 체험과 놀이 문화의 결합은 교촌체험마을에서만 만날 수 있는 재미있는 체험 프로그램을 탄생시켰다. 이른바 '농촌 올림픽'과 '이장님 숙제'이다.

"농촌 올림픽이라는 프로그램을 운영하고 있습니다. 지게나 쌀자루, 리어카, 서까래, 돌을 가지고 운동회를 하는 것입니다. 특별한 운동기구가 아니라 농촌에서 흔히 보이는 도구를 가지고 합니다.

"교촌체험마을의 가장 큰 성과는
마을 프로그램의 회복입니다.
일반적으로 '마을 만들기' 나 '마을 가꾸기' 가
소득 향상을 위한 가공 시설, 체험 시설, 숙박 시설 등
소비자들의 편의 시설 중심으로 접근하는데
간과해서는 안 될 것은
마을 주민의 삶의 질 향상입니다."

이장님 숙제라는 것도 있습니다. 마을에 있는 모든 자원을 만나게 하는 숙제를 아이들에게 내줍니다. 일례로 이곳에 교촌 방앗간이 있는데 매일 두 명씩 당번이 돌아가며 방앗간에 머뭅니다. 그래서 그 당번의 이름을 적어 오라는 숙제를 내줍니다. 또 할머니에게 인사하고 이름 적어 오기, 집에 들어가서 양파나 고추 얻어 오기, 지렁이 잡아 오기, 향교의 광풍루 기둥 숫자 알아오기, 개구리 잡아 오기, 뱀 잡아 오기 등 열거하기 힘들 정도로 재미있는 숙제를 내줍니다. 그러면 진짜 뱀을 잡아 오는 아이들도 있을 정도로 아이들이 재미있어합니다. 이장님 숙제는 마을 주민들과 체험객을 만날 수 있게 해 준다는 점에서 의미가 있습니다. 이장님 숙제로 마을 사람들과 체험 관광객 사이에 관계가 만들어지는 것입니다. 이장님 숙제를 내주고, 몇 시까지 오라고 하면 아이들이 자기들끼리 뛰어다닙니다. 프로그램은 최대한 자유스럽게 진행합니다. 이렇게 하라, 저렇게 하라는 식의 말은 필요 없습니다. 또 맑은 공기 배 터지게 들이마시기 등 자연과의 만남을 위한 숙제도 내주곤 합니다. 예전에 캠프 지도자 생활을 했는데, 아침이면 꼭 음악을 틀었습니다. 그런데 저는 이게 싫습니다. 자연과의 만남을 방해하기 때문입니다. 농촌에 오면 풀벌레 소리, 새소리도 들으면서 자연을 만나야 합니다. 그래서 저는 아침에 아이들을 강가에 데리고 가서 맑은 공기를 마시게 하고, 도시 공기와 비교했을 때 어떠냐, 이렇게 맑은 공기를 마실 수 있는 농촌이 얼마나 좋으냐 하는 말들을 건넵니다. 그렇게 해서 잘 보이지도, 인식하지도 못하는 '맑은 공기'를 아이들에게 일러 주는 것입니다."

이런 프로그램 때문인지 교촌체험마을에 한번 방문했던 체험객 중 절반 정도가 다시 이곳을 찾는다고 한다.

"실제로 교촌체험마을 재방문율이 50퍼센트입니다. 전국의 녹색농촌체험마을 평균 재방문율 7퍼센트에 비하면 상당히 높은 편입니다. 우리 프로그램이 좋았고, 우리 프로그램의 내용에 동의하는 체험객이 많다는 이야기가 될 것입니다. 교촌체험마을에서는 너무 많은 인원은 가능한 받지 않았습니다. 제가 3배 이론을 주장하는데, 200명이 와서 실망하면 600명이 안 오게 됩니다. 그런데 50명이 와서 좋아하면 150명이 오게 됩니다. 이렇게 인원수를 제한하는 것은 농촌 체험이 제대로 전달되기를 바라는 마음 때문입니다."

밥 장사, 방 장사만 하는 체험 마을은 오래 못 간다

체험 마을의 인원수를 제한하는 것은 결국 제대로 된 체험을 하기 위해서다. 적정한 인원을 넘어서면 체험의 질은 떨어질 수밖에 없고, 결국은 그냥 왔다가는, 무늬만 체험 마을이 될 수 있다. 그래서 송종대 씨는 밥 장사나 방 장사만 하는 체험 마을은 오래가지 못한다고 얘기한다. 그 연장선상에서 송종대 씨는 농촌을 외형적으로 지나치게 상품화하는 것도 반대한다. 내용이 중요하기 때문이다.

"농촌의 이미지를 우선 상품화해야 한다는 요구가 있습니다. 하지만 저는 그렇게 가면 곤란하다고 생각합니다. 녹색농촌체험마을의 교육에서 상품화라는 이야기를 많이 하는데 여러 문제가 있습니다. 내용이 있어야 홍보도 할 수 있고, 포장도 할 수 있습니다. 식당을 예로 들어 보면 식당은 음식이 맛이 있어야 친절도 빛나고, 간판도 빛이 납니다. 농촌 체험도 마찬가지입니다. 농촌 체험의 중심은 농촌이 되어야 합니다. 새마을운동 이전의 농촌의 기억을 되살려야 합니다. 농민들은 농촌의 과거가 새마을운동이나 산업화로 죽어 가는 것을 경험했습니다. 저는 이것을 금제된 농촌이라고 부릅니다. 홈페이지를 잘 만들고, 서비스를 잘 하라고 이야기하면 농민들이 주눅이 듭니다. 그럴 필요가 없습니다. 과거의 것을 잘 풀어내면 됩니다. 과거의 놀이와 문화가 농촌에는 충분합니다. 할아버지, 할머니를 우리 시대의 선생님으로 다시 복귀시켜야 합니다. 전문가들이 이분들을 교육의 객체로 만드는 것이 아니라 주체로 세워 드려야 합니다."

포장만 그럴싸하게 하면서 농촌을 상품화하는 것은 체험 마을을 죽이는 결과가 된다는 게 송종대 씨의 생각이다. 성과 위주로, 또 수익 위주로 체험 마을의 성공 여부를 판단하는 것은 농촌을 왜곡하는 것은 물론이고, 또 다른 부작용을 낳을 수밖에 없다. 그래서 그는 언론의 역할이 중요하다고 말한다.

"체험 마을에 큰 소득이 만들어진다고 보기는 어렵습니다. 조금 늘어나기는 하겠지만 구조적으로 큰돈을 벌기는 어렵습니다. 로또 복권처럼 기대해서는 안 됩니다. 농촌 이미지를 방송이 크게 왜곡하고 있습니다. 맛있는 먹을거리, 재미있는 체험이 있는 마을, 이 두 가지로 소개합니다. 방송 등 언론 매체가 농촌을 왜곡하고 있는 것입니다. 할머니, 할아버지가 시에프 모델도 아니고 뭐하는 짓인가 싶습니다. 그래서 어떤 방송 피디에게 이런 제의를 했습니다. '할머니, 할아버지 이것을 가르쳐 주세요' 라는 프로그램을 만들어 짚 공예, 전통 음식, 대나무 공예 등을 가르쳐 달라고 하는 것입니다. 명인이 수대에 걸쳐 만든 신기한 물건을 파는 것이 아니라 평범한 농민으로부터 배우는 지혜를 보여 주라는 것입니다. 바로 이런 점 때문에 농촌 마을의 역할이 생기고 사람들이 찾아오고 농촌이 활성화되었다고 해야 합니다. 관점이나 시각이 너무 실적이나 돈 위주로 하다 보니 사람들 눈에 그것이 많이 띄니까 그것을 보고 체험 마을에 쉽사리 도전합니다만 성공은 드문 게 현실입니다. 그래서 정확한 정보를 언론 매체가 전달해야 합니다. 농촌은 교육과 문화 시설이 열악하지만, 가치 있는 유형, 무형적 자산이 많이 있습니다. 방송에서 이러한 것을 다루어 주었으면 합니다."

주민이 행복한 마을 만들기

앞에서 잠깐 언급했던 것처럼 교촌체험마을은 특이한 사례다. 주민들이 자발적으로 나선 것도 그렇고, 외부에서 사무장을 데려와 고용한 것도 그렇다. 송종대 씨는 이런 노력을 교촌체험마을의 모범적 사례라고 평가한다.

"교촌체험마을의 모범적 사례는 첫째, 주민 대부분의 참여로 기금을 조성하여 폐교를 매입했다는 것입니다. 현재는 자부담에 대한 개념이 보편화되었지만 2002년 당시로서는 감히 생각하기 힘든 일이었는데 교촌체험마을에서는 대단한 일을 이루었습니다. 두 번째는 자부담으로 부지를 매입하고 지원금으로 리모델링한 체험 학교를 주민 자체적으로 운영하기에 힘들다고 판단하여 외부의 전문 인력을 행정기관의 지원 없이 고용했다는 것입니다. 이 사례가 2003년 농림부 농촌 관광 종합 안내서에 사무장 운영 사례로 소개되고 2006년 사무장 제도의 모델이 되기도 했습니다. 세 번째는 부녀회의 활동입니다. 교촌마을부녀회는 1999년 여성 일감 갖기 사업장인 교촌 방앗간을 당번제로 운영하면서 교촌 참기름, 메밀묵, 손부두 등을 직접 만들어 판매하기 시작했고 교촌농촌체험학교 식당, 직거래 장터 등의 사업을 함께 펼칩니다. 마을 사업에 없어서는 안 될 소중한 보물입니다."

이런 모범 사례와는 별도로 송종대 씨는 교촌체험마을의 가장 큰 성과로 마을 공동체의 회복을 꼽는다. 그는 단순히 소득을 늘리거나 사람 수를 늘리는 것이 아닌 마을 주민이 행복한 마을 만들기가 제대로 된 마을 만들기라고 생각한다.

"저 개인적으로 평가하는 교촌체험마을의 가장 큰 성과는 마을 프로그램의 회복입니다. 일반적으로 '마을 만들기'나 '마을 가꾸기'가 소득 향상을 위한 가공 시설, 체험 시설, 숙박 시설 등 소비자들의 편의 시설 중심으로 접근하는데 간과해서는 안 될 것은 마을 주민의 삶의 질 향상입니다. 시설적인 접근도 중요하지만 더 중요한 것은 마을 프로그램이라 생각됩니다. 교촌체험마을에서는 체험 마을 사업 이후 마을 행사가 회복되거나 새로 생겼습니다. 정월 대보름날 대보름 기원제 및 주민 윷놀이 그리고 달집 태우기, 겨울철 1박 2일 주민 견학, 그리고 '교촌을사랑하는모임'이 결성되어 매년 5월 경로 잔치를 열고 있다는 것입니다. 결국 마을 주민이 행복한 마을 만들기가 전제되어야만 갈등의 요소도 많이 해소될 수 있습니다."

이런 경험을 바탕으로 송종대 씨는 마을 만들기 사업을 하고 있는 사람들에게 책임감이 가장 중요하다고 조언한다. 정부에서 지원을 한다고 하더라도 체험 마을을 운영하는 주민들의 책임감이 가장 중요하다는 것이다. 그래서 송종대 씨는 체험 마을의 성패는 주민들이 흘리는 땀과 비례하고, 마을 만들기에 성공하기 위해서는 경험을 받아들일 수 있는 긴 호흡이 필요하다고 말한다.

"'소금은 바다의 눈물'이라는 류시화의 시가 있습니다. 결국 체험 마을 사업의 성패는 주민들이 흘리는 땀과 비례한다고 봅니다. 농사도 씨만 뿌린다고 다 되는 것이 아니라는 사실을 너무나 잘 알고 있습니다. 체험 마을 사업도 마찬가지입니다. 실패는 시도하고 노력한 자와 마을에 해당되는 하나의 결과입니다. 그런데 해 보지도 않는 마을은 실패라는 결과를 이야기할 명분이 없습니다. 초보자의 운영 미숙을 너무나 빨리 '실패'로 단정 지어서는 안 됩니다. 걸음마를 배우기 위해 넘어지는 아이를 아무도 실패라고 이야기하지 않습니다. 경험이라는 과정을 받아들일 수 있는 긴 호흡이 필요합니다."

2011년 현재 송종대 씨는 교촌체험마을 사무국장을 그만두고, 체험놀이창작연구소라는 간판을 달고 체험 마을 관련 강의를 전업으로 하고 있다. 7년간 교촌체험마을에서 그가 쌓아 온 경험을 풀어내고 있는 것이다. 그래서 그의 조언이 더욱 와 닿는지도 모른다.

송종대 씨는 교촌체험마을을 실패하지 않은 사례라고 평했다. 하지만 7년간 사무국장을 지내며 느꼈던 것들을 풀어내는 그의 말을 들어 보니, 확실히 이 말은 겸양의 표현이다. 교촌체험마을은 마을 주민들이 자발적으로 나섰고, 주민들이 행복한 마을을 만들고 있다는 점에서 충분히 성공한 사례임에 틀림없다.

자연생태 우수마을

강원도 화천군 화천읍 동촌1리 동촌1리마을
(2007. 1. 1. ~ 2009. 12. 31.)

환 경 부 장 

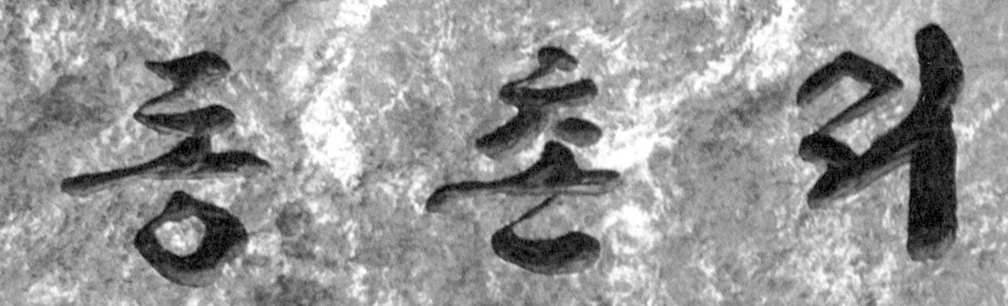

산골에 돈복 터졌네

__강원도 산속호수마을 동촌리

사람 발길이 끊이지 않는 오지 마을 동촌리

산속호수마을 동촌리를 찾아가는 길은 생각보다 힘들었다. 화천읍에서 길을 물어 갔는데 아주 길을 잘못 들어 한 시간이나 늦고 만 것이다. 주소가 화천읍이라고 해서 읍내에서 얼마 되지 않는 줄 알았더니 그게 아니었다. 심심산골로 들어가는데 산과 계곡이 끝날 줄을 몰랐다.

드디어 고갯마루에 올라서니 호랑이가 고개를 넘었다는 호음고개다. 거기서 다시 한참을 내려가면 파로호 옆에 자리 잡은 동촌리가 나타난다. 말하자면 이 마을의 앞은 파로호가 펼쳐져 있고 뒤에는 해산이라는 큰 산이 버티고 있다. 몇 해 전 호랑이 발자국이 나타나 화제가 되기도 했고, 호랑이들에게 잡아먹힌 사람들의 무덤인 호식총의 유적도 있으니 얼마나 오지 마을인지 충분히 알 만하다.

그런데 지금 그 오지 마을이 유명한 생태 마을로 회자되고 있으니 어떻게 보면 이해하기 어렵고, 또 어떻게 보면 당연한 일인 듯 여겨지기도 한다.

산속호수마을 동촌리는 2007년에 환경부의 자연생태우수마을로 선정됐고, 2009년에는 산림청의 우수산촌생태마을에 선정되었다. 그래서 수많은 생태 체험 관광객이 화천읍에서도 한참을 돌고 돌아 들어와야 하는 동촌리에 찾아들고 있어 산속호수마을은 오지라는 명성(?)에 걸맞지 않게 사람들의 발길이 끊이지 않는다.

하지만 동촌리가 처음부터 그랬던 것은 아니었다. 이곳은 그야말로 오지 중의 오지였다. 1997년 말 마을 고개에 도로가 만들어지기 전까지 이곳에 드나들기 위해서는 배를 타야만 했을 정도로 오지였다. 이런 오지가 자연생태우수마을로 탈바꿈한 것은 공직생활을 하다 퇴직한 박세영 씨가 귀향해서 마을 이장을 맡은 2001년부터다.

열여섯 살 때 고향을 떠나 조폐공사에서 30년간 공직 생활을 하다가 퇴직한 박세영 씨는 고향으로 찾아들었다. 1997년의 일이다. 그리고 2001년 마을 이장을 맡은 뒤부터 마을을 변화시키기 시작했다. 2009년 마을 이장을 그만둘 때까지 말이다. 그 사이 동네 주민들의 반대와 갈등을 조정하고 설득하면서 동촌리를 산속호수마을로, 생태 마을로 가꾸어 왔다. 자연생태우수마을로 선정되면서 지원금도 들어왔고, 체험 관광객도 드나들기 시작했다. 그러면서 이 마을은 생태를 중심으로 한 생태 체험 관광지라는 명성을 쌓게 된다.

모든 상과 지원을 독차지하다

지금은 산속호수마을이 널리 알려져 있지만 2001년 박세영 씨가 이장을 맡을 당시에는 전혀 그렇지 않았다. 다만 산림청의 산촌종합개발마을로 선정되어 있을 뿐이었다.

"이장이 되기 전부터 산림청의 산촌종합개발마을로 이미 선정이 되어 있었습니다. 2002년도에는 강원도의 새농촌건설운동 심사를 받아 2등을 했습니다. 1등을 해야 5억 원을 주는데 그나마 2등을 했다고 화천 군수님이 격려금으로 사업비 1억 원을 지원했습니다. 그 돈으로 폐교(동촌분교)를 인수하여 리모델링을 했습니다. 제가 이장이 되기 전에는 마을 주민들이 그 폐교를 인수할 생각을 하지 않아 마을 주민 아홉 명을 규합했습니다. 저까지 포함해서 열 명이 50만 원씩 내서 500만 원을 모아 교육청을 찾아가 임대를 했고 지금은 해산농촌체험연수원으로 쓰고 있습니다. 그리고 화천군에서 나온 1억 원의 지원금 중 1,000만 원을 들여 농촌경제연구원 송미령 박사에게 마을 컨설팅을 받았습니다. 또 지역활성화센터를 운영하고 있는 오형은 박사로부터도 자문을 받았고 강신겸 박사가 운영하고 있는 농촌관광대학도 다녔습니다. 그래서 2003년에는 강원도의 새농촌건설사업에서 1등을 했고, 새농촌건설운동으로 강원도로부터 5억 원을 지원받게 되었습니다. 그중 1억 5,000만 원은 장학금으로 썼고 1억 7,500만 원은 우리 마을 출신인 시조 시인 이태극의 기념관을 짓기 위해 땅을 사 군청에 기부 채납을 했습니다. 나머지 1억 7,500만 원으로는 폐교에 2층을 올려 워크숍 장소를 만

화천읍에서 산과 계곡이 끝날 줄 모르는 심심산골로 들어가다 보면 호랑이가 고개를 넘었다는 호음고개가 나온다.
거기서 다시 한참을 내려가면 파로호 옆에 자리 잡은 산속호수마을 동촌리가 나타난다.

2007년 환경부 선정 자연생태우수마을, 2009년 산림청 선정 우수산촌생태마을인 산속호수마을은
오지라는 명성(?)에 걸맞지 않게 생태 체험 관광객의 발길이 끊이지 않는다.

들었지요. 처음에는 주민들이 세미나실을 만든다고 반대했는데, 지금은 아이들의 교육 공간으로 잘 활용하고 있습니다."

산속호수마을이 자리를 잡는 데까지는 지자체의 도움이 컸다. 하지만 그 전에 마을 자체적으로 컨설팅과 자문을 받아 가며 마을을 바꾸려는 노력을 쉬지 않았던 것이 큰 힘이 되었다. 마을을 바꾸기 위해 지원금을 재투자하고, 다시 지원 신청을 하는 식으로 박세영 씨는 마을을 바꿔 나갔다. 그 사이 산속호수마을은 정부의 각 부처에서 진행하는 다양한 사업지로 선정되었고, 지원받은 금액이 커져 갔다.

"2003년에는 팜스테이 마을에 선정되었습니다. 지원금은 주지 않았지만 선전이 많이 되었습니다. 2004년에는 녹색농촌체험마을에 도전했는데, 2005년 가을에 선정되어 2006년에 사업을 시작했습니다. 사업비 2억 원을 받아 마을 위쪽에 2층 건물을 지어 토속 음식 체험관, 건강 관리실, 학생들의 공부방, 샤워실을 만들었습니다. 그 외에도 아이들의 교육을 위해 토속 생활 민속품들을 모아 놓은 동네 박물관을 만들었습니다. 2006년에는 농촌진흥청에서 시행하는 건강장수마을로 지정되어 1억 4,000만 원 정도의 사업비를 3년간에 걸쳐 받았습니다. 어른들의 찜질방을 만들고 노인정을 보수했습니다. 또 마을 어르신들의 건강 관리 프로그램도 만들어 진행했습니다."

토종 개구리, 반딧불이를 돌아오게 하다

산속호수마을이 단순히 지원만 받았던 것은 아니었다. 그 전에 이미 생태를 중심으로 한 마을 단위의 다양한 노력들이 있었다. 정부의 지원이 그냥 이루어진 것이 아니라는 말이다.

"2007년 1월에는 환경부로부터 자연생태우수마을로 지정받았습니다. 사업비 지원은 없었지만 우리 마을이 생태 마을로 인정받았다는 게 의미가 깊습니다. 사실 그동안 우리 마을은 마을 생태를 살리기 위해 많은 노력을 기울여 왔습니다. 2002년부터 토종 개구리 20만 마리를 양식해서 마을 주변의 다섯 개 계곡에 계속 일부러 풀어 놓았습니다. 주민들이 개구리를 잡지 않으니까 자연스럽게 생태계가 복원되었습니다. 토종 개구리가 없을 때에는 산에 참나무 싹이 조금 나왔을 때 벌레들이 갉아먹어 버려 산림이 풍성해질 기회가 없었습니다. 하지만 토종 개구리가 많아지고, 개구리가 벌레를 잡아먹게 되니 그런 일이 없어졌지요. 또 반딧불이를 복원하기 위해 다슬기를 사다가 뿌렸더니 다시 반딧불이가 나오기 시작했습니다. 이런 점들을 환경부에서 인정해 줘서 자연생태우수마을로 선정된 게 아닌가 싶습니다."

박세영 씨가 고향에 돌아왔을 때 가장 안타까웠던 것은 떠날 때나 돌아왔을 때나 고향 살림살이가 어렵다는 것이었다. 이것을 근본적으로 해결할 방법을 찾던 그는 생태에서 해답을 찾았다. 호수로 둘러싸인 천혜의 자연환경을 바탕으로 도시인들이 생태

"우리 마을은 생태에 초점을 두고 있습니다.
오지 마을이기 때문에 생태가 잘 보존되어 있고,
자연경관이 참 좋습니다. 특히 우리는 주민들에게 숲 교육을
받게 해 여기 오는 사람들에게 숲 해설을 하고 있습니다.
숲을 배우다 보니 숲이 공존 공영한다는 사실을 새삼스레 깨닫습니다.
숲 해설 등 이곳에서 하는 농촌 관광은
우리 주민들에게 소득도 되고, 도시인들에게는 휴식이 됩니다."

체험을 할 수 있는 공간을 만드는 것은, 마을 살림을 위해서도 또 마을 자체를 위해서도 좋은 일이었다. 하지만 마을 사람들은 생태와는 먼 삶을 살고 있었다. 그래서 고향에 처음 내려왔을 때 그는 한동안 시어머니 노릇을 해야 했다.

"처음에 고향에 오니까 마을 사람들이 계곡에 약을 뿌리고 배터리로 고기를 잡고 있었습니다. 그것을 못 하게 막았습니다. 눈에 보이기만 하면 못 하게 막았죠. 또 자연 생태계를 유지하기 위해 많은 노력을 하고 주민들에게 교육을 시켰습니다. 외부로 교육을 가라고 하면 죽어도 안 가서 유능한 교수님들을 불러서 교육을 많이 시켰습니다. 친환경 농업을 왜 해야 하는지도 가르쳤습니다."

그렇게 해서 현재 산속호수마을에서는 유기농을 많이 하고 있다. 그리고 박세영 씨는 유기농 표고버섯의 재배를 독려했다. 품이 많이 드는 농업보다 깨끗한 자연환경에서 나는 특산물이 경쟁력이 있다고 판단했기 때문이다. 유기농 표고뿐만 아니라 유기농 콩, 유기농 옥수수 등을 심어 팔면서 수익도 늘어 갔다. 마을에서 체험관을 운영하면서 거둬들이는 수익금도 있었다. 그런데 특이한 점은 이 수익금으로 마을 공동 땅을 사고, 그 땅에서 생산된 농산물을 팔아 마을에 재투자한다는 것이었다.

"마을 땅이 5,000평이 됩니다. 마을에서 체험관을 운영하면서 수익금도 났기 때문에 그 돈으로 땅을 산 것입니다. 노인들에게는 이 마을 농장을 경작하도록 하고 거기에 필요한 농자재, 종자를 사 드렸습니다. 그 외에도 부녀회에는 가을에 김장 만들기 체험을 위해 5,000포기 배추를 심도록 객토客土를 해 주었습니다. 청년회는 장뇌삼과 도라지를 한다고 했는데 그것은 만류했습니다. 산에 들쥐가 많아 다 파먹기 때문입니다. 그 대신 토종 산머루 묘목을 사 주었습니다. 의무적으로 사 준 것이 아니라 원하는 만큼 하고 30퍼센트를 자신이 부담하도록 했습니다. 그렇게 받은 30퍼센트의 부담금은 청년 회장에게 보관하도록 하고 잘 가꾼 사람들에게는 그 돈으로 거름을 사 주라고 했습니다. 이렇게 수익금을 개별 주민들에게 나누어 주지 않고 그 대신 마을 사업에 재투자하는 것을 원칙으로 정하고 추진했습니다."

공존 공영하는 숲을 가르친다

앞서 말한 것처럼 산속호수마을은 2007년에는 환경부 자연생태우수마을로, 또 2009년에는 산림청 우수산촌생태마을로 각각 선정되었다. 또 팜스테이, 녹색농촌체험마을로도 선정되었다. 이렇게 생태 마을로 소문이 나면서 산속호수마을은 매년 수많은 체험객으로 붐비는 곳이 되었다. 이른바 농촌 체험 관광이 활성화된 것이다.

"아이들이 체험을 하러 많이들 옵니다. 주로 서울이나 경기도 등 수도권에서 많이 옵니다. 최고 300명까지 수용이 가능합니다. 여름 방학 때는 교회에서 많이 오고 5월부터 7월까지는 회사나 단체에서 많이 옵니다. 연수도 하고 토종 흑돼지도 잡아먹습니다. 농촌 관광이 시작된 지 얼마 안 됩니다. 초기에는 정부가 하라는 대로 따라갔는데 지금은 각자 독창성을 발휘하고 있습니다. 우리 마을은 생태에 초점을 두고 있습니다. 오지 마을이기 때문에 생태가 잘 보존되어 있고, 자연경관이 참 좋습니다. 특히 우리는 주민들에게 숲 교육을 받게 해 여기 오는 사람들에게 숲 해설을 하고 있습니다. 숲을 배우다 보니 숲이 공존 공영한다는 사실을 새삼스레 깨달습니다. 숲 해설 등 이곳에서 하는 농촌 관광은 우리 주민들에게 소득도 되고, 도시인들에게는 휴식이 됩니다. 그래서 생태적으로 우리 마을을 자꾸 가꾸고자 하는 것입니다."

산속호수마을은 갖가지 체험으로 유명하다. 마을 뒤로 산이 있어 숲 체험도 할 수 있고, 농촌 체험도 가능하다. 마을의 특성을 살린 오지 마을 체험 프로그램도 준비되어 있다. 그리고 철마다 다른 즐길 거리를 마련해 놓고 있다. 봄에는 봄나물 체험과 봄맞이 체험 행사를 즐길 수 있고, 여름에는 여름 캠프와 더불어 쪽배 축제와 작은 예술가 캠프가 마련된다. 또 가을에는 이 마을의 자랑거리인 호랑이 축제가 열리고, 겨울에는 산천어 축제, 빙어 낚시 등을 즐길 수 있다. 또 언제나 와서 농촌 체험을 할 수 있고, 감자 송편 등 먹을거리를 직접 만드는 체험도 할 수 있다.

산속호수마을의 특성을 살린 이런 프로그램 중 눈길을 끄는 게 바로 호랑이 축제다. 마을에 호랑이 출몰이 잦았던 역사적 특성을 호랑이 축제로 되살린 것이다. 매년 10월 9일 한글날에 열리는 호랑이 축제는 참가자들이 나무로 만든 호랑이상에 옷을 입히는 행사를 비롯해 족구와 줄다리기, 민속놀이, 호랑이 페인팅 등 가족을 위한 다양한 행사를 펼친다.

가장 특이한 체험을 꼽자면 화전민 체험을 꼽을 수 있겠다. 산 아래에 있는 화전민 체험장에는 전기가 들어오지 않는다. 수도도 없고, 장작 외에는 난방을 할 방법이 없다. 이곳에 온 사람들은 당장 장작을 구해 와 아궁이에 불부터 지펴야 하고, 계곡에서 물을 길어 와야 한다. 이런 체험은 힘들긴 하지만 쉽사리 할 수 있는 것이 아니어서인지 인기가 높다고 한다.

박세영 씨는 이런 체험 프로그램을 운영할 때 한 가지 조심하는 게 있다. 체험이 힘들어서는 안 된다는 것이다.

"감자 캐기는 모든 마을에서 다 합니다. 우리는 감자를 캐는 것보다 아이들을 마을에 풀어 놓습니다. 왜냐하면 감자를 캐면 일이 힘들다고 해서 다음에 안 오기 때문입니다. 그래서 아이들이 즐겁게 놀 수 있도록 하고 있습니다. 농사를 시켜 보면 호미 던지고 도망가는 사람들이 많습니다. 그래서 우리는 방향을 바꾸었습니다. 체험보다는 휴식에 더 큰 비중을 둔 것입니다. 이런 체험 관광에는 보통 몇 명의 귀농자와 주부들이 참여합니다. 하지만 체험 관광객이 많으면 모든 주민들이 참여합니다. 체험객이 오면 농악단이 환영 행사를 하고 식사 때 함께 준비를 하기도 합니다."

산속호수마을은 파로호를 끼고 있기 때문에 낚시도 즐길 수 있다. 원하는 사람이 와서 낚시를 즐길 수 있는 것에도 박세영 씨를 비롯한 마을 사람들의 숨은 노력이 숨어 있다. 파로호에 인공 수

산속호수마을은 갖가지 체험으로 유명하다.
마을 뒤로 산이 있어 숲 체험도 할 수 있고, 농촌 체험도 가능하다.
마을의 특성을 살린 오지 마을 체험 프로그램도 준비되어 있다.
그리고 철마다 다른 즐길 거리를 마련해 놓고 있다.

초섬을 만들고 언제부턴가 사라진 70여 종의 담수어를 파로호에 복원했기 때문이다. 강원도와 농림부의 지원을 받아 향토 수종인 산메기와 쏘가리 등의 치어를 계곡과 호수에 방류했다. 그러자 파로호에는 수많은 토종 물고기가 살게 되었다.

이렇게 되자 파로호에는 낚시를 즐기는 사람들이 많아졌다. 그런데 여기서 한 가지 문제가 생겼다. 낚시를 하러 온 사람들이 쓰레기를 버리고 가는 등 주변 환경을 오염시키게 된 것이다.

"여름에 사람들이 파로호에 낚시하러 많이 옵니다. 그런데 쓰레기를 엄청나게 버리고 갑니다. 자동차 번호판을 보면 모두 서울 사람들입니다. 처음에는 낚시꾼들에게 돈을 받고 낚시 좌대를 빌려 주었습니다. 그러나 제가 이장이 되고 나서는 돈을 받지 않고, 대신 쓰레기를 버리지 말라고 요구했습니다. 꼭꼭 숨겨 두지 말고 비닐 봉지에 담아서 큰길 가에만 갖다 두라고 한 것입니다. 또 환경보호를 위해 우리 마을에 담배 가게도 없애 버렸습니다."

전기 만드는 마을

박세영 씨와 마을 사람들의 이런 노력으로 산속호수마을은 우리나라의 유명한 생태 마을로 남을 수 있었다. 그리고 그 바탕 위에 더 많은 사람들이 이곳에 와서 환경의 소중함과 생태의 필요성을 깨닫게 되었다. 또 가구 수도 늘어났고, 그러다 보니 2005년에는 25년 만에 이 마을에서 돌잔치가 열리기도 했다.

"최근에 제비가 아주 오랜만에 돌아왔습니다. 그런데 그 집 아이가 돌을 맞았습니다. 완전히 겹경사였죠. 이렇게 경사가 나는 것은 우리 동네가 잘될 징조입니다."

그 징조는 맞아떨어지고 있다. 2010년 여름 산속호수마을은 새로운 실험을 시작했다. 한국수자원공사 강원 지역 본부가 2억여 원의 예산을 들여 이 마을에 태양광발전 시설을 준공한 것이다. 주민들이 시설을 직접 운영하고, 점검도 하면서 매년 1,500만 원에서 2,000만 원 정도의 수익도 올리게 되었고, 수익금은 의료비와 건강 진단비, 전기료 등으로 쓰고 있다.

대안 에너지라 불리는 신재생에너지를 활용해 생태 마을을 유지하고 수익도 내면서 또 다른 대안 에너지 체험장을 마련한 일석 삼조의 효과를 톡톡히 누리고 있는 걸 보니, 박세영 씨가 말한 잘될 징조가 맞아떨어지는 듯하다.

그리고 모르긴 몰라도, 그 잘될 징조는 계속 맞아떨어지지 않을까? 조심스레 기대해 본다.

녹색농촌체험마을
자연과 함께하는 농촌체험여행
산채마을

산채의 본거지

__ 횡성 태기산 산채마을

'산채'로 승부를 걸다

강원도 횡성의 산골 마을이 산채를 테마로 해서 번영의 터전을 잡았다. 길을 물어물어 가다 보니 길의 막다른 지점에 태기산 산채마을이 자리 잡고 있었다. 이 마을은 태기산 자락의 산기슭에서 각종 산채와 약초를 가지고 살아왔던 역사를 기초로 해서 오늘날 새로운 테마 마을로 거듭났다.

2010년에는 전국 농촌 마을 가꾸기 경진 대회에서 대상을 수상하며 다시 한 번 이름을 날렸다. 대상을 받기까지는 10년 넘게 노력한 마을 주민들의 노력이 있었다. 이 마을 만들기의 일등 공신인 태기산영농조합법인의 산채지기 김학석 씨는 다음과 같이 상의 의미를 평가한다.

"명실상부 전국 제일의 농촌 체험 마을이라는 타이틀을 달았는데 이쯤 되면 엄청난 매출과 이익을 내고 방문객이 몇 십만 명은 될 거라고 생각하는데, 아직 그 정도는 아닙니다. 우리 마을은 중앙정부가 물 붓듯 쏟아부은 보조금으로 급조해서 만든 마을이 아니라 10년이 넘게 마을 주민들이 한 땀, 한 땀 정성을 가지고 만들어 일궈 온 것이고, 그것이 평가받은 것이라고 생각합니다. 10년이라는 세월 동안 마을 주민들의 바뀐 생각과 생태적 보전을 위한 마을 주민들의 노력, 도시민들에게 외갓집 같은 편안한 농촌 마을을 만들어 드리겠다는 마음이 평가받은 거라고 생각합니다."

도시화에 지친 사람들은 좀 덜 개발되고, 좀 더 자연이 살아 있는 곳을 원한다. 그런 곳을 찾는 사람들에게 산채마을은 안성맞춤이다. 그래서인지, 수상을 하기 이전부터 산골짜기 산채마을에는 사람들이 줄을 이었다.

"여름철에는 5,000명 정도, 겨울에는 7,000~8,000명 정도 옵니다. 겨울이 오히려 성수기예요. 주말에 오는 손님도 있고 단골도 꽤 됩니다. 식사를 즐기거나 산채만 구매하고 바로 가는 분들도 있는데, 1년에 1만 8,000명 정도 다녀가는 걸로 봅니다. 주변에 피닉스파크, 성우리조트 등이 있는데 거기는 비싸고 예약도 안 되고 여기는 싸고 마음대로 뛰놀고 밥도 먹을 수 있는데, 10분 거리밖에 안 되니 큰 장점이죠."

막상 이 마을에 당도해 보면 의외로 깨끗하고 잘 정리된 산장 같은 숙소들에 놀라게 된다. 여기저기 숲 속에 흩어져 있는 숙소에서 맑은 공기를 마시며 휴식하고 돌아갈 수 있다는 즐거운 예감에 눈으로만 봐도 기분이 설렌다. 한옥식 흙집도 있는데 아궁이에서 직접 불을 때는 체험만으로도 도시 사람들은 충분히 이색적인 즐거움을 만끽할 수 있다.

이 한옥집 마당에는 나무토막들이 굴러다니는데 자세히 보면 장기판의 말들이다. '차' 도 있고 '포' 도 있다. 마당 전체를 장기판으로 만들어, 나무토막 '말' 들을 가지고 장기를 둘 수 있도록 한 재미있는 아이디어다. 아이들을 데리고 온 가족들은 다양한 산속 체험과 즐거운 놀이들로 한바탕 웃으며 지내다가 갈 수 있다. 숙소들 사이에는 이런저런 들꽃들이 피어 있고, 산으로 이어지는 산책로는 '아침의 숲' 이라는 이름으로 사람들을 유혹한다.

마을 한쪽에는 큰 식당 겸 강연장이 놓여 있다. 동네 아주머니들이 당번을 정해 밥을 해 주신다. 산채들이 주 메뉴이다. 도심의 식당과는 달리 시골 아줌마들이 해 주는 소박한 밥상이 오히려 구미를 더 돋운다.

이 식당 입구에는 산채마을 특산품 전시 판매장이 있다. 특산품이라 해야 토종 꿀이나 오가피주, 각종 산채 등이 대부분이다. 이 특산품에는 '누구네 집이 만든 것' 이라고 쓰여 있어 소박한 맛을 더한다.

식당 옆에는 큰 공방이 있다. 이 공방에는 목공예 전문가 김성수라는 분이 지도하는 다양한 프로그램이 준비되어 있다. 아이들이 와서 이것저것 직접 만들어 보고 그것을 가져갈 수 있도록 하고 있단다. 이곳에는 나무뿌리나 가지, 넝쿨 등을 가지고 만드는 다양한 목공예 작품들이 전시되어 있다. 나무토막으로 만든 시계도 인기 있는 상품 중의 하나이다. 사람들이 사는 것에만 익숙해 있는데 스스로 만들어 본다는 것에 큰 만족을 느낀다고 한다. 아주 옛날에는 우리 모두가 스스로 만들어 쓰고 입지 않았던가.

이뿐 아니다. 이 마을에는 없는 것이 없다. 야외에서 놀 수 있는 다양한 도구나 시설, 기구들이 마련되어 있다. 움직이는 노래방도 있다. 노래방 기기를 리어카에 싣고 다니는 것이다. 높다란 그네가 있는가 하면, 물고기를 잡는 어망도 있고, 잠자리 등 곤충 채집망도 있다. 곳곳에 수레가 있고 아이들이 놀 만한 웅덩이도 시냇가에 만들어져 있다.

산채마을을 한참 돌아다니다 보니 나도 아이마냥 신이 난다. 절로 나이를 잊게 된다. 어릴 적 추억들이 스쳐 간다. 내가 놀던 옛 방식 그대로 지금의 아이들이 놀 수 있도록 해 놓았다는 것만으로도 이 마을은 충분히 매력적이다.

열악한 마을, 정부 지원으로 사업을 시작하다

한눈에 봐도 아기자기하고 푸근한 횡성 태기산 산채마을은 1999년 이전만 해도 오지 중의 오지였다. 마을 주민도 적고, 방문하는 사람도 드물었다. 이 마을을 오늘날과 같이 사람들이 먼저 찾는 매력적인 마을로 만든 주인공은 김학석 씨다. '산채지기'로 불린 김학석 씨는 지금은 농림부에서 지정해 관리하는 삽교1리의 체험 · 휴양 마을의 대표를 맡고 있다.

산채마을의 체험 마을은 김학석 씨를 비롯해 대표와 사무장,

먹을거리 팀과 목공 팀, 농장 체험 팀 등이 구성되어 운영되고 있다. 김학석 씨는 1999년 정부의 지원으로 마을 만들기 사업을 시작했고, 10여 년 넘게 공을 들인 끝에 산채마을을 전국적으로 유명한 체험 마을로 만들었다. 그 과정을 들어 보자.

"우리 가족이 이곳에서 살게 된 것은 1997년입니다. 그 전에는 저 혼자 여기 들어와 소를 키웠습니다. 사는 것이 너무 열악했고, 아이들 가르치기가 힘들어서 면사무소 쪽에 나가 집사람이 아이를 키우고 저만 혼자 여기에 머무른 것입니다. 그러다가 1997년에 집사람과 아이들이 들어왔습니다. 산채마을을 시작하게 된 것은 1999년입니다. 이해에 강원도에서 실시하는 새농촌건설운동이라는 것이 있었습니다. 제가 지원 사업에 신청을 해 보자고 했더니 마을 사람들이 저보고 하라고 해서 마을 일을 맡게 되었습니다. 과연 무엇을 가지고 신청할까를 고민하다가 여기는 산밖에 자원이 없으니까 산을 이용해서 뭘 해 보자고 해서 날로 줄어 가는 약초나 참나물을 심어 도시민들을 불러 모아 보자고 했지요. 그때 마침 중앙정부에서 녹색 농촌 지원이 생기면서 지원도 받게 되었습니다."

말만 들어 보면 순조롭게 일이 풀린 것 같지만 자세히 들어 보면 그렇지만도 않았다. 농사를 짓고 소를 키우고 약초를 캐던 이들에게 첫 단추라고 할 수 있는 서류 작업부터가 난관이었다. 그는 잘 못하는 서류 작업에 목을 매지 않고, 잘할 수 있는 것을 택했다. 바로, 작목반을 만들고 국유림을 임대해서 산채 단지를 조성한 것이다.

언론이 보도했고, 시민 단체와 함께 행사를 벌였다. 강원도나 횡성군에서도 점차 관심을 갖기 시작했다. 국가에서 돈을 받아 사업을 벌이기보다는 사업을 해 나가다 보니 정부에서 주목했다. 원래 이 순서가 맞는 순서다.

하늘은 스스로 돕는 자를 돕는다는 말이 딱 맞아떨어지는 듯하다. 만약 그때 공모를 포기했다면, 아니 그 전에 스스로 작목반을 만들어 산채 단지를 조성해 나가지 않았다면 산채마을은 탄생하지 않았을 것이다.

산채가 돈벌이가 되다

그렇게 산채 단지가 조성되기 시작했다. 산채 단지가 유명세를 타면서 사람들이 머물 수 있는 숙박 시설 등도 세우기 시작했다.

"2003년 말까지는 산채 단지 조성에 최선을 다했습니다. 사람들이 한둘 찾기 시작하면서 숙박 시설과 식당의 필요성을 느꼈죠. 도시민들이 와서 식사도 하고 체류도 해야 하는데 허름한 집에서는 머물기 어려워할 것 같았어요. 그래서 5,000평 규모의 산채마을 체험관이 조성되기 시작했고, 80~100명 정도의 사람이 머물 수 있는 펜션과 식당, 100여 평의 목공 등의 체험 공간, 산채 저장 공간, 사무실 공간이 만들어졌습니다."

이렇게 해서 한 해 평균 1만 8,000여 명이 다녀가는 산채마을이

산채마을은 10년 넘게 마을 가꾸기에 공을 들인 끝에
1년에 약 1만 8,000명이 찾는, 전국적으로 유명한 체험 마을이 되었다.

형성되기 시작했다. 산채마을은 마을 주민들에게 새로운 수입을 안겨 주었다. 산채마을 식당 등에서 일하며 일당을 받게 된 것이다. 고용 창출이다.

"아주머니들이 4인 1조가 되어 한 달씩 돌아가면서 식당에서 근무를 합니다. 네 명이 매일 나오는 것은 아니고 상황에 따라 나옵니다. 아주 바쁘면 다른 조도 투입됩니다. 일당이 4만 원인데 농사일하고 받는 3만 5,000원의 일당보다 많습니다. 그 외에도 시간 외 수당을 5,000원씩 더 드립니다. 저녁까지 하면 5~6만 원의 일당을 받게 됩니다. 그리고 소득에 대한 배당을 또 더 드립니다. 이렇게 일당 드리고, 소득에 대한 배당금 드리고 남은 수익은 영농조합법인의 수익과 기금으로 적립됩니다."

마을 주민들이 일해서 일당도 받고, 영농조합원으로서 배당도 받게 되면서 산채마을 주민들의 삶은 조금 더 여유 있어졌다. 그러나 이보다 더 큰 수익은 산채마을에서 나오는 농산물 판매를 통해 얻는다.

"제일 큰 수익은 산채마을 특산물 코너나 반짝 시장을 통한 판매 수익입니다. 달래나 냉이, 잡곡, 된장, 고추장, 간장, 옥수수 등을 각 개인이 내놓기 때문에 이 수익은 각자가 가져갑니다. 친환경 농산물이 아니면 안 된다고 엄격히 하고 있습니다. 이로 인한 수익은 얼마인지 제대로 잡히지 않지만 가장 큽니다."

민주적이고 공정한 마을의 룰이 만들어지다

어느 마을이건 수입이 생기면 갈등도 불거지기 마련이다. 산채마을도 예외는 아니었다. 하지만 산채마을은 서로 간의 대화와 타협으로 끊임없이 마을의 규칙을 만들어 나갔다.

"조합원은 우리 주민들이지만 식사를 제공하는 일은 반드시 모든 조합원이 다 하는 것은 아닙니다. 열심히 하는 조합원이 그만큼 더 받아 가게 되어 있죠. 식당에 나와서 열심히 일하는 것에 대한 배당이 필요했습니다. 그래서 식사 준비에 동원된 가족들에게 제대로 배당하는 것이 중요했습니다. 그렇다고 조합원에게 배당이 안 되면 안 되니까 50:50으로 나누게 되는 것입니다. 모든 조합원이 서로 대화를 통해 규칙을 만들었습니다. 자꾸 수익이 생기니까 공정한 분배가 중요하다는 사실을 깨닫게 됐습니다. 하지만 나눠서 가져갈 수 있는 돈이 생기니까 정리가 되는 측면도 있습니다. 우리끼리 갈등하면서, 고민하면서, 싸우면서 조금씩 조정해 가고 있습니다."

수익이 생기는 것도 처음이고, 분배를 해 보는 것도 처음일 텐데 어떻게 그렇게 갈등을 조정해 나갈 수 있었을까? 김학석 씨는 주민들에게 모든 정보를 제공하고 스스로 결정하게 하면 해결이 된다고 말한다.

"마을 사업에 대한 여러 교육들이 있고, 이런저런 마을 만들기 모델도 많이 제시하지만, 그것을 참고하기보다는 스스로 고민해 가다 보니 해결책이 찾아지더군요. 우리 마을은 모든 정보를 제공하고 스스로 결정하게 하니까 해결이 되었습니다. 동네 아주머니가 열심히 식사 제공을 하면 자기가 가져가는 배당금이 많아집니다. 그러니 열심히 할 수밖에 없습니다. 그리고 어려운 문제는 조합원 총회에서 결정하는데 해결이 날 때까지 토론을 합니다. 그래도 결정이 안 나면 다음 날 다시 소집하고, 또 다음 날 다시 소집합니다. 이렇게 3일쯤 가면 저절로 결론이 납니다. 이렇게 민주적으로 결정하고 있습니다."

산나물 체험 프로그램이 산나물 값을 올린다

산채마을은 당연히 산나물이 주인공이다. 그런데 태기산 산채마을에서 나는 산나물이 유독 좋을 리도 없을 터. 산채마을 산나물은, 또 산나물을 테마로 한 체험 프로그램은 어떤 특색을 갖고 있을까?

"산나물을 알아보고 체험하고 요리하고 먹어 보는 것이 우리 마을의 주요 테마입니다. 사실 산나물은 우리나라 어디에서나 볼 수 있고, 산나물 뜯는 체험 프로그램도 많습니다. 봄이 되면 전국에서 산나물을 뜯습니다. 이 경우는 자생 산나물을 뜯는 노동이 주요한 일이지만 우리는 산나물 자체에만 집중하는 것이 아니라 숲과 약초, 나무와 함께 스토리텔링이 강화된 프로그램을 만들었습니다.

임신한 분도 다닐 수 있는 프로그램입니다. 산나물을 많이 채취해서 돈 벌자는 것이 아닙니다. 먹어 보긴 했겠지만, 사람들은 대부분 곤드레나물을 잘 모릅니다. 또 곰취가 어떻게 생겼는지, 어떻게 몸에 좋은 것인지를 사람들에게 들려줍니다."

결론적으로 산채마을의 프로그램은 산나물을 포함해 자연에 스토리를 입힌 것이라는 얘기다. 스토리텔링의 덕분인지 산채마을의 산나물은 비싼 값에 팔린다고 한다.

"도시민들이 여기 산나물을 잘 먹어 주고 비싸게 사 주는 것은 우리 산나물에 대한 체험에서 비롯됩니다. 그래서 체험 프로그램이 중요합니다. 가격 정상화를 위해 가격 책정을 꼼꼼히 하다 보니 산나물 가격이 높은 편인데도 잘 팔립니다. 성우리조트에서나 횡성 곳곳에서 파는 산나물이 비싸게 팔리는 것도 우리 체험 프로그램의 영향 때문이라고 생각합니다. 같은 곤드레나물밥이라고 해도 서울에서 일부러 여기를 찾아오는 이유는 실제 곤드레나물이 자라는 것을 보고 체험했기 때문입니다."

여기서 더 나아가 김학석 씨는 산채를 가공식품으로 만들 꿈도 가지고 있다. 아이들이 산채를 더 쉽게 접하고, 산채를 많이 먹었으면 하는 바람 때문이다.

"곰취가 항암 성분이 제일 높습니다. 곰취를 가지고 티백을 만들어 차를 만들거나 국수도 만들 생각입니다. 곰취로 순대를 만들거나 일회용 밥으로 만들어 도시민들이 먹을 수 있게 해도 좋겠다고 생각합니다. 문제는 이런 것을 판매해 보려고 해도 식품 허가를 받아야 한다는 점입니다. 재료와 아이디어는 충분히 가지고 있지만 상품화하려는 고리가 없습니다. 기관에 가서 물어보고 요청해도, 농업기술센터에 가 보고 하소연해도 고리가 되어 주는 기관은 없더군요. 직접 대학 가서 알아보라고 합니다."

그의 아이디어와 바람이 이루어지는 일이 왜 이리 어려울까. 중요한 것은 목적이다. 가끔 목적을 이루기 위해 만들어 놓은 각종 사회적 수단이 오히려 목적 달성을 어렵게 하는 것을 느낀다. 앞으로도 그의 바람은 쉽게 이루어지지 않겠지만, 중요한 것은 아이들과 도시민들에게 몸에 좋은 산채를 쉽게 접하게 하는 일은, 그들이 건강해질 수 있도록 돕는 일이라는 것이다.

주변 관광지를 100퍼센트 활용하다

산나물 체험 프로그램을 통해 산나물을 파는 것처럼 김학석 씨는 주변 관광지를 잘 이용해 산채마을을 키워 왔다. 이른바 영업을 한 셈인데, 그 과정이 재미있다.

"2003년에 개간을 해 놓고 나니 막막했습니다. 산채마을은 길이 끝나는 곳에 위치하고 있어서 길을 가다 우연히 들를 수 있는 곳이 아닙니다. 일부러 찾아와야 하지요. 다른 마을은 길가에 간판을 세워 놓으면 호기심에 들르는 사람도 있지만 우리는 그렇지 못합니다. 펜션을 지어 놓긴 했는데 사람이 오지 않을 것 같았습니다. 그래서 일단 제가 무보수로 영업을 뛰겠다고 했지요. 마침 마을 주변에 있는 성우리조트 관계자가 스키 시즌 3개월 동안만 펜션을 빌려 달라고 했습니다. 겨울철에 기름 값만이라도 건지게 되어 반갑긴 했지만 시작부터 약하게 나갈 수는 없다고 생각했습니다. 보다 공격적으로 나가야 한다는 생각에 스키장의 스키 대여점에 광고지를 보냈습니다. 감자, 고구마를 공짜로 제공하겠다고 했습니다. 대여점 사장들이 와서 보고 신기하게 생각하고 방 못 구하는 사람들을 보내기 시작했습니다. 모닥불도 피우고 감자도 구워 먹을 수 있게 했습니다. 그렇게 해서 손님을 받을 수 있었습니다."

겨울철에는 스키 시즌을 맞아 주변의 리조트를 찾는 사람들을 산채마을로 끌어들일 수 있었다. 문제는 겨울 이외의 계절이었다. 봄과 여름, 가을에는 무슨 수로 사람들을 끌어들일 수 있을까를 고민하던 김학석 씨는 결국 성우리조트에 한 가지 제안을 하게 된다.

"겨울은 그렇게 잘 지나갔는데 봄과 여름이 문제였습니다. 주변의 관광자원이 많은데 농사꾼이 그런 곳에 가서 마케팅을 하기가 쉽지 않았습니다. 하지만 상황이 어려우니 할 수밖에요. 성우리조트에 스키 시즌이 끝나면 스키가 아닌 다른 무슨 프로그램이 있어야 하지 않겠느냐고 권유해서 패키지 상품을 만들어 제공했습니다. 리조트에 와서 농촌 체험을 할 수 있는 패키지 프로그램이 마련된 것입니다. 이때는 주로 당일 체험이었는데, 첫해에 5,000명이 왔다 갔고, 점점 입소문이 퍼지기 시작했습니다. 사실 단골손님 500명만 되면 충분합니다. 이 손님들이 또 입소문을 내기 마련이죠. 지금은 손님이 많아 더 이상 홍보가 필요 없을 것 같습니다."

누이 좋고, 매부 좋은 일이 아닐 수 없다.

산채지기, 마을을 변화시키다

성공 가도를 달린 것처럼 보이지만 산채마을을 꾸리는 데 물론 어려움도 있었다. 가장 큰 어려움은 스스로도 확신하지 못한 일에 주민들에게 성공을 확신시키며 동참을 유도하는 일이었다. "될지 안 될지 모르지만, 해 봅시다"라고 말한다면 그 누가 따라오겠는가. 가는 길이 어렵고 앞이 훤하지 않더라도 '우리는 된다, 우리는 할 수 있다' 독려해야 한다. 그래서 리더는 힘들다.

그런 어려움을 극복하고, 김학석 씨와 마을 주민들은 산채마을을 살기 좋은 마을로, 주민이 행복한 마을로 키워 냈다. 마을에 수익이 생긴 것도 좋지만, 가장 큰 수확은 마을 주민들에게서 일어난 변화다.

"산채마을이 조성되기 전까지는 마을 주민 모두 빚이 있었습니다. 언젠가는 땅 팔아 나갈 생각만 하고 있었죠. 하천 둑이 무너져도, 쓰레기가 산더미처럼 쌓여도 아무도 신경을 쓰지 않았습니다. 자기 동네라는 생각이 없었던 겁니다. 그런데 이제 마을이 제대로 서고 수입도 생기고 빚도 없어지니까 모든 것이 즐거워진 것 같습니다. 누가 시키지도 않았는데 마을 도로변에 꽃과 가로수도 가꿉니다. 스스로 마을 대청소도 하고 가로수 전지를 하고 꽃들을 심습니다. 우리 집, 우리 동네라고 생각하고 주인으로서 손님 대접을 준비하는 것입니다. 예전에는 마을 쓰레기나 비닐들이 쌓이면 제가 큰소리치고 했는데 지금은 그럴 필요가 없습니다."

마을 주민들의 이런 변화는 마을의 변화로 이어지게 마련이고, 마을 공동체가 다시금 살아나는 원동력이 될 터이다. 태기산 자락 해발 700미터, 길이 끝나는 지점에 자리 잡고 있는 태기산 산채마을은 이렇듯 행복한 변화를 거듭하고 있는 중이다.

농촌다움이 자산이다

__강원도 화천군 토고미마을

토고미, 품삯을 쌀로 주던 마을

토고미마을은 서울에서 승용차로 세 시간가량 떨어진 휴전선 근처의 작은 마을이다. 뒤로는 백암산 자락이 펼쳐져 있고, 앞으로는 파포천이 흐르는 전형적인 시골 마을이다.

강원도 화천군 상서면 신대리, 신풍리, 구운리, 장촌리 등 4개 리를 통틀어 '토고미마을'이라 일컫는다. 토고미마을의 지명은 한자로 흙 토土, 품 살 고雇, 쌀 미米를 쓴다. 마을 이름의 유래는 이곳에 기름진 옥토가 많아 부자가 많이 살았는데, 농사일에 품을 팔면 꼭 쌀로 품삯을 받았다고 해서 토고미라 불렀다고 한다. 쌀이 귀하던 시절에 품삯을 쌀로 받은 것으로 보아 과거 이곳은 부촌이었던 모양이다.

1990년대 후반부터 진행된 마을 사업으로 토고미마을은 부촌의 명성을 잇고 있다. 이 마을은 농산물뿐만 아니라 체험과 향수도 판다. 매년 철마다 나물 캐기, 물고기와 다슬기 잡기, 허수아비 만들기, 장 담그기, 고구마 캐기, 전통 두부 만들기, 소달구지 타기 등 다양한 행사로 도시민을 끌어들였다. 어린이들에게는 체험을, 어른들에게는 어렸을 적 향수를 파는 셈이다. 이런 내용이 알려지면서 2002년에는 4,500여 명이, 2006년에는 9,500여 명이 마을을 찾는 등 해마다 체험 관광객이 늘고 있다.

그 흔한 모텔이나 가든 하나 찾아볼 수 없는 평범한 농촌 마을인 토고미마을에 매년 수천 명의 체험객이 찾는 것은 그 마을이 가진 옛 모습 그대로의 농촌다운 모습 때문이다. 농촌다운 모습이 바로 이 마을의 제일의 자산이다.

우리는 군청에서 바로 토고미마을로 향했다. 화천읍에서 토고미마을까지는 10분 정도밖에 안 걸리는 짧은 거리였다. 듣던 대로 정말 평범한 마을이었다. 시원한 계곡도, 특별한 문화재도 없는 평범한 산골 마을이었다. 그러나 이런 평범한 마을을 특별한 마을로 가꾸어 낸 사람들이 아름다운 자연보다, 특별한 문화재보다 더 소중한 인간 문화재였다. 이제 이 토고미마을 전설의 주인공들로부터 그 성공의 비화와 비결, 그리고 한계와 어려움을 들어 보자.

토고미마을이 전국에 알려진 이유

토고미마을은 굉장히 큰 성공을 거둔 마을로 알려져 있다. 언론에서 사람도 많이 오고, 큰 소득을 올린다고 대대적으로 보도

할 정도다. 2010년에만 약 1억 7,000만 원의 소득을 올리는 등 그동안 4억 5,000만 원 정도의 소득을 올렸다고 한다. 방문객 수도 1만 7,000명을 넘어섰다니 '실적'으로만 따지면 그 어느 마을보다 성공한 것처럼 보인다.

토고미마을의 성공은 분명 사실이다. 하지만 실적 위주로만 한 마을을 평가하는 일은 위험하다. 실적도 무시할 수 없지만 숫자로만 마을을 평가하다 보면 중요한 것을 놓칠 수 있기 때문이다. 그래서 토고미마을 한상렬 위원장이 들려준 이 말이 마음에 와 닿는다.

"어느 마을이고 농촌에, 현실적으로 굉장한 것은 없습니다. 다들 어렵고 힘들지만 그래도 자연과 더불어 행복하게 생활하고 있습니다."

사실 마을을 평가하는 데 얼마만큼의 수익을 냈느냐보다는 마을 만들기를 통해 공동체가 어떻게 형성되고, 운영되는지가 더욱 중요하다. 한상렬 위원장의 말에서 아직 토고미마을이 가야 할 길이 남아 있고, 여전히 노력하고 있다는 함의를 읽을 수 있어 반갑다.

사정이야 어찌 됐든 토고미마을은 마을 만들기 사업의 대표적인 성공 사례로 유명세를 탔다. 토고미마을의 어떤 콘텐츠가 사람들을 사로잡았을까?

"마을이 전국에 알려진 것은 두 가지로 볼 수 있습니다. 다른 마을이 체험 마을을 하기 전에 선점한 이유도 있고 농민들이 농사를 지어 한계가 있었지만 행정기관이 중간고리가 되어 주고, 외부 전문가들이 자문위원으로서 역할을 해서 그런 것이 아닌가 싶습니다."

한상렬 위원장의 말처럼 토고미마을은 체험 마을이 유행하기 전부터 마을을 살리는 일에 나섰다. 그 방향은 친환경 농업이었고, 그러다 보니 정보화마을로 선정돼 정부와 지자체의 지원도 따낼 수 있었다.

"1999년에 목초액 활성탄을 지원받아 농사를 지은 적이 있습니다. 2000년에 농업기술센터로부터 환경농업시범마을로 지정되면서 환경 농업을 시작했습니다. 3헥타르부터 시작해서 15헥타르, 2002년도에 25헥타르로 친환경 농업 면적이 늘어났습니다. 소비자들이 쌀 외의 농산물도 요구해서 잡곡, 서릿대, 건고추, 감자 등을 유기농으로 전환해서 3년 전부터는 친환경이 가능한 호박 등도 시작했습니다. 2001년도에 강원도의 새농촌건설운동 우수 마을, 2003년도에 녹색농촌체험마을과 정보화마을로 지정되었습니다."

친환경 농업으로 시작한 토고미마을

토고미마을은 친환경 농업으로 그 시작을 알렸다. 그리고 그 중심에는 한상렬 마을 운영위원장이 있었다. 마을 토박이인 한상렬 위원장은 농협에서 오래 근무하다가 1999년 암 수술을 받은 뒤 농협을 그만두고 고향에 다시 터를 잡았다. 그리고 어떻게 하면 어려운 농업 현실을 극복할 수 있을지를 고민했다. 결론은 유기농이었다. 유기 농산물을 통해 도시민들과 직거래를 하는 것이 수익을 창출하는 방법이라고 생각했다. 그래서 마을 주민들과 '토고미 환경농업작목반'을 구성해 친환경 농업에 나섰다. 처음에 시작한 것은 오리 농법이었다.

오리를 이용한 친환경 농업을 시작했지만 이것을 마을 전체로 확산시키는 것이 문제였다. 마을 주민 대부분은 유기농보다는 기존의 농법을 고집했고, 그것을 바꾸는 것은 상당히 힘이 들었다. 하지만 한상렬 위원장은 마을 주민들을 설득해 가며 오리 농법을 마을로 전파했다.

설득 작업과 함께 한상렬 위원장은 도농과의 교류를 통해 오리 농법을 확대해 갔다. 도시민들이 오리를 보내 주면 농민이 그 오리를 가지고 농사를 지은 뒤 수확한 쌀을 보내 주는 직거래 방식을 도입한 것이다.

이 특이하고도 효과적인 방식은 오리 농법을 확산시키고, 도농 교류의 폭도 넓히는 계기가 되었다. 오리를 직접 보내지 못하는 도시민들은 오리 가격을 입금하면 토고미마을 회원으로 가입되고, 농산물을 직거래할 수 있게 했다. 이 방식으로 주민들이 오리 농법을 사용할 수 있는 발판을 만들었을 뿐만 아니라 도농 간의 직거래를 활성화시켜 농산물의 판로까지 확대하는 두 마리 토끼를 잡을 수 있게 되었다.

체험 마을로의 진화

여기서 더 나아가 한상렬 위원장은 토고미마을을 체험 마을로 만들기 시작했다. 이곳에 체험객이 많이 오면 농산물 직거래가 더욱 활성화되겠다는 생각 때문이었다. 친환경 농업에서 시작해 도농 간의 교류를 확대하려다 보니 체험 마을이 저절로 따라온 것이다.

"도시 소비자들이 농촌을 모르니까 체험을 하면서 농촌을 이해하고 접하게 되면 돌아가서 수입 농산물을 안 사 먹고 우리 농산물 사 먹게 됩니다. 그래서 도시 소비자들이 농촌을 직접 체험하는 게 중요하다고 생각했습니다. 지금 우리 토고미마을은 도시 소비자들을 회원제로 운영하고 있습니다. 1,100명의 회원과 계약을 맺어 농산물을 공급하고 있습니다. 또 폐교를 활용하여 묵을 곳을 만들었습니다. 폐교는 단체 체험객을 주로 받고 있고, 가족 단위 방문객은 펜션이나 할머니 혼자 계신 집에서 유치하고 있습니다."

체험객을 받기 시작하면서 마을의 수입은 늘어 갔다. 그러나 그와 비례해 일도 늘어 갔다. 주문을 받으면 당장 상품을 보내 줘야 하는 사람도 필요했고, 마을 체험 프로그램을 운영할 사무장도 필요했다. 그리고 친환경 농업을 지도할 작목 반장도 필요했다. 마을에 사람들이 찾아오고, 농산물 직거래 물량이 많아지면서 자연스럽게 사람이 필요하게 된 것이다. 그 결과 토고미마을에는 사무장 네 명과 작목 반장 등 상근자 일곱 명이 월급을 받으면서 일할 수 있게 되었다.

> "농촌 체험 프로그램을 잘 만들어서 체험을 하면 그 수익으로 네 명의 마을 사무장과 전화 주문을 받고 택배 보내는 사람, 작목 반장과 작목반 총무 등 일곱 명의 월급을 줄 수 있는 수익이 나옵니다. 식사 준비하고 청소하는 분들이 또 있습니다. 이런 유지 관리비만 나오면 됩니다. 펜션에 오신 분들도 회원 가입하게 합니다. 또 펜션 황토방은 10만 원을 받는데 조금 비싼 감이 있어서 쌀을 한 포대 드리기도 합니다."

한상렬 위원장은 상근자가 생기면서 체계가 잡히기 시작했다고 말한다. 사무장이 들어오면서 유통, 도정 공장, 홈페이지 관리, 체험 담당, 체험 유치, 체험 프로그램 등 분야별로 맡을 수 있게 되었다는 것이다. 마을 사무장만 네 명인 토고미마을의 규모가 새삼 크다 싶다.

토고미마을이 주목받았던 또 다른 이유는 삼성전기와 협약을 맺어 토고미마을에서 생산된 농산물을 삼성전기에 공급해 오고 있기 때문이다. 전국 최초로 1사 1촌 결연을 맺은 셈인데, 이는 나중에 한림대와 농촌경제연구원으로 확장되어 갔다.

삼성전기와 인연을 맺은 것은 2002년으로 거슬러 올라간다. 이 해에 농협 팜스테이 마을로 지정된 토고미마을에 삼성전기 일행이 몇 차례 다녀가면서 첫 인연을 맺은 뒤 2005년 삼성전기와 토고미마을이 결연을 맺게 되었다. 삼성전기 사원들이 토고미마을에서 농촌 체험을 하고, 5,000여 명이 근무하는 수원 본사 식당에

토고미마을은 친환경 농업을 먼저 실험하고, 친환경 농산물을 판매하기 위해
도농 간 교류를 확대하고, 이를 활성화하기 위해 체험 마을로 발전해 왔다.

서 토고미마을에서 생산한 농산물을 사용하게 된 것이다. 이를 계기로 한림대와 농촌경제연구원까지 판로를 넓힌 덕분에 토고미마을에서 생산되는 농산물의 85퍼센트 정도는 토고미 회원들이, 나머지 15퍼센트는 자매결연 기관에서 소비되고 있다.

단계별로 발전한 토고미마을

친환경 농업을 시작으로 도농 간의 교류를 확대하며 성공을 해온 토고미마을의 성공 이유는 어디에 있을까? 한상렬 위원장은 토고미마을의 사업이 체계적으로 진행되었고, 적당한 시기에 적절한 단계를 밟았기 때문에 발전할 수 있었다고 말한다.

"사업이 체계적으로 진행되어 왔습니다. 단계별로 이루어져 온 것입니다. 토고미마을은 친환경 농업을 먼저 실험하고, 친환경 농산물이 생산되기 시작하자, 이 농산물을 팔기 위해 체험 마을로 탈바꿈했습니다. 그리고 정보화마을로 선정되어서 농산물을 인터넷을 통해 판매하고 있습니다. 다른 마을에서는 이 순서가 뒤엉키거나 거꾸로 되어 부작용이 있지만 우리 마을은 착실히 단계를 밟아 와 조금씩 발전할 수 있었다고 봅니다."

원칙을 지키다

토고미마을이 성공하기까지는 마을 주민들과의 갈등이 문제였다. 물론 한상렬 위원장을 믿고 함께 참여하는 주민도 많았지만 그렇지 않은 주민도 있었다. 설득 작업이 필요했다.

"오리 농법을 하는 사람이 50퍼센트가 넘었습니다. 이들이 마을 리더의 결정을 지지해 주었습니다. 마을 리더 혼자 결정한다면 지치고 말았을 것입니다. 마을 리더는 계속 교육을 받는데 주민들은 교육도 안 받다 보니 의식의 격차가 생기고 갈등이 생기곤 했습니다. 앞서 생각하는 리더와 농촌을 한 번도 떠나 본 적이 없는, 그래서 시대를 읽지 못하는 농업인들과의 갈등이 계속 발생했습니다. 특히 일부 마을 주민은 규칙이나 약속을 지키지 않았습니다. 금방 회의를 하고도 나가면 딴소리를 하는 분들이 있었습니다. 농촌 마을의 고유한 특성이 있습니다. 규칙을 가지고 판단하는 것이 아니라 큰소리치고 힘이 있으면 그쪽으로 따라가곤 합니다. 우리 마을뿐만 아니라 농촌 마을이 다 그렇습니다. 회의에 참석하지도 않은 분이 따지고 들면 아무도 대항하지 못합니다. 그래서 우리 마을에서는 이사회를 열면 회의비를 드리고 회의록을 작성해 둡니다. 이렇게 하면 회의 참석자들의 책임감이 훨씬 커집니다."

한상렬 위원장은 마을 내부의 문제가 제일 큰일이라고 말한다. 친환경 농업을 시작할 때 주민의 인식을 바꾸는 게 큰일이었고, 마을이 변해 가면서 각종 수익이 나면서 또 다른 갈등이 불거지곤 했던 것이다.

"토고미마을을 만들 때 느낀 건데 3단계가 있었습니다. 1단계는 제일 흥이 나고 좋았습니다. 제가, 꽃길을 조성하면 2억 원이 지원된다고 하면 주민들이 열심히 일을 합니다. 그런데 막상 돈을 벌어오면 일이 생깁니다. 거기서부터 2단계가 시작됩니다. 리더가 잘 통솔하면 2단계를 거쳐 3단계로 넘어갑니다. 마을에서 일하는 주민들은 생활공동체입니다. 경제 공동체란 생각이 없습니다. 그래서 돈이 들어오면 변합니다. 생활공동체에서 경제 공동체로 넘어가는 데 주민들이 생활공동체 생각을 버리지 않으면 갈등이 계속 생깁니다. 또 하나 문제가 되는 게 바로 참여입니다. 쌀 팔러 가고, 교육 가는 데 주민들한테 같이 가자고 하면 안 갑니다. 그렇게 참여를 하지 않고는 나중에 주민을 참여시키지 않았다고 합니다. 이 과정을 견뎌야 합니다. 욕도 먹어 가면서 차근차근 조금씩 가야 합니다."

주민과의 갈등은 여전히 해결해야 할 문제로 남아 있다.

"체험 마을로서 방문객 수 1만 7,000명과 농산물 판매 실적 4억 5,000만 원 등으로 보면 성공했다고 볼 수는 있지만 해결해야 할 점들은 많이 산재해 있습니다. 마을이 공동 사업을 하면서 크고 작은 일들은 규정에 따라 시행되어야 하지만 농촌의 정서나 풍습, 관습과 습성들을 이해하고 설득하지 못한다면 아주 작은 문제들이 불씨가 될 수도 있습니다."

이렇듯 갈등이 있지만 한상렬 위원장은 "마을 주민이 스스로 참여하고 주민들로 조직하여 운영하는 원칙"으로 끈질기게 주민들을 설득해 나갔고, 지금도 그러고 있다. 어쩌면 그 원칙을 지킨 게 토고미마을 최고의 성공이 아닐까?

진정성 담긴 소망

현재 토고미마을은 조금 변했다. 우선 조류인플루엔자의 영향으로 더 이상 오리 농법을 사용하지 않고 있다. 대신 우렁이 농법으로 친환경 농업을 이어 가고 있다. 그리고 계절별로 다양한 농촌 체험 프로그램을 운영해 일상에 지친 도시민들의 발길도 계속 이어지고 있다.

처음에 토고미마을은 친환경 농산물의 판로 확보를 위해 체험마을로 저변을 넓혔다. 하지만 이제는 토고미마을에서 자연과 환경의 중요성을 가르치는 데 무게중심을 두고 있다. 그래서 자연과 환경의 중요성 그리고 농촌과 농업을 이해하고 생태 보전의 중요성을 인식할 수 있는 체험을 중점적으로 계획하고 실행하고 있다.

앞서 말한 것처럼 토고미마을의 사례는 굉장한 성공 사례처럼 언론에서 다루어졌다. 하지만 그 이면에는 여전히 현재 진행형인 문제도 있고, 꾸준히 해결해야 할 문제도 있다. 중요한 점은 성공했다는 외부 평가에 흔들리지 않고 한상렬 위원장이 그 문제점을 정확히 알고, 그것을 해결하고자 한다는 것이다.

그래서 한상렬 위원장은 이렇게 소박한 소망을 말한다.

"소득은 생각보다 많이 높아지지 않았지만 아름다운 자연 속에서 농촌다움을 유지하며 행복하게 살아갈 수 있는 사례가 되었으면 하고 생각합니다."

이 한마디 말 속에 토고미마을의 진정성이 담겨 있다. 결국 내실이 중요하다는 얘기고 원칙이 중요하다는 얘기다. 자연이 중요하고, 농촌다움이 중요하고, 마을 사람들의 '행복'이 중요하다는 얘기다. 이 작은 소망의 말 한마디에 참 많은 뜻이 담겨져 있다. 곱씹어 볼 일이다.

술은 익어 가고, 삶은 풍요로워지고

__ 충북 보은 구병아름마을

술 익는 장수 마을

속리산 자락과 구병산 자락 사이에 위치한 구병아름마을은 조선 시대에 〈정감록〉을 신봉하는 사람들이 모여 형성한 마을로 전해진다. 행정구역상 지명은 충북 보은군 속리산면 구병리.

'술 익는 장수 마을'이란 별칭에서 알 수 있듯이 구병아름마을은 장수 마을로도 유명하고, 열두 달 특색 있는 술로도 유명하다. 1월에는 솔방울술, 2월은 산사술, 3월은 마가목술, 4월은 다래술, 5월은 칡술, 6월은 복분자술, 7월은 오미자술, 8월은 매실술, 9월은 오디술, 10월은 대추술, 11월은 보리뚝술, 12월은 살구술을 이곳에서 맛볼 수 있다. 이 마을의 대표적인 술인 송로주와 옥수수술은 언제든지 맛볼 수 있다.

그뿐인가. 우리 콩 손두부 만들기, 떡메 치기, 천연 염색 체험, 천연 비누 만들기, 다도 체험, 메밀 베개 만들기 등 다양한 체험 프로그램이 마련되어 있어 매년 수많은 체험객이 구병아름마을에 다녀간다. 또 매년 9월에 열리는 메밀꽃 축제도 유명하다.

구병아름마을의 매력은 이처럼 다채롭다. 그런데 보은군에서 주로 홍보하고, 또 언론에서 주로 다루는 것은 구병아름마을에 조성된 황토 펜션 등 숙박 시설이다. 실제로 구병아름마을에는 충북 보은군의 황토 마케팅의 일환으로 시작된 '구병아름마을 가꾸기 사업'으로 마련된 황토 하우스, 황토 찜질방, 황토 펜션 등 숙박 시설이 자리 잡고 있다. 그리고 실제로 2006년 5월부터 황토 펜션을 운영해 큰 인기를 끌었고, 여름 휴가철 내내 관광객의 발길이 이어져 유명세를 탔다.

영농 체험을 겸한 가족 단위 관광객이 대부분으로, 그들이 영농 체험과 함께 마을 특산물도 불티나게 사 가 주민 소득 향상에도 적잖이 도움이 됐다고 한다. 덩달아 외지인들이 구병아름마을로 모여들기 시작했다. 외지인들이 늘어난 덕분에 인근 초등학교 분교도 폐교를 면하게 됐다는 후문이다.

막상 구병아름마을에 가 보니 황토가 이 마을을 특별하게 만드는 것 같지는 않다. 오히려 구병산의 아름다운 자태와 맑고 깨끗한 공기, 작은 산책로와 개울, 좁은 골목길과 아름다운 꽃들이 참 매력적이다. 이 동네를 지원한 행자부나 군의 돈이 많이 투입되어 많은 변화를 겪고 있지만 그래도 산골 마을의 고졸한 맛을 여러 군데에서 느낄 수 있어 좋았다.

그러나 임희순 이장님의 말씀으로는 군 공무원들은 무관심하고, 새로 들어온 주민들은 동네 사람들과 어울리지 않아 인심이 조금은 야박해졌다고 한다. 보은군에서 선전한 것처럼 황토도 이

동네와는 큰 관계가 없는 것 같다.

어찌 됐든 구병아름마을은 다채로우면서도 소박한 매력을 지닌 마을임에는 틀림없다. 임희순 이장과 마을 주민들은 이 소박한 밥상처럼 꾸며진 구병아름마을에서 체험객을 맞이하고, 마을을 아름답게 가꾸기 위해 노력하고 있다.

정감록 비결파가 전국에서 모여들어 만든 마을

구병리는 조금은 신기한 마을 이력을 가지고 있다. 구병리는 아홉 개九의 병풍屛으로 둘러싸인 마을이란 뜻이다. 아홉 개의 봉우리가 마치 병풍처럼 마을을 감싸고 있어 붙여진 이름이다. 오지 중의 오지였던 이곳에 사람들이 모여들기 시작한 것은 조선시대부터다. 〈정감록〉의 십승지로 알려지면서 구병리에는 사람들이 모여들기 시작했고, 일제강점기, 한국전쟁 등으로 피난민들도 몰려들었다.

"여기가 우리나라의 중심지입니다. 삼파수가 흐르는 곳이 속리산뿐입니다. 여기가 금강 상류 지역이기도 합니다. 정감록에 나오는 십승지입니다. 정감록의 비결파들이 여기 다 모여 살았습니다. 북한 지역에서 온 사람들이 70퍼센트가 넘습니다. 피난도 잘 했고 생명도 구했으니 잘한 일이 아니겠습니까. 이 동네가 기막힌 산골이었습니다. 차 다닌 지가 20년이 채 안 되고 우리 어릴 때만 해도 지게에 물건 지고 보은 장터까지 나갔습니다."

십승지는 삼재불입지三災不入地라고 하여 흉년, 전염병, 전쟁이 들어올 수 없는 곳으로 알려져 있다. 그래서 한국전쟁 때 구병아름마을에 피난민이 많이 몰려와 이곳에서 화전을 해 먹으며 정착을 했다고 한다. 그래서인지 몰라도 아홉 개의 봉우리가 병풍처럼 둘러싸인 구병아름마을에 들어서자마자 정감 있는 기운이 느껴지는 듯했다.

구병리 마을 가꾸기

한국전쟁 이후에 흥성했던 마을은 1970년대 이농이 시작되고, 젊은이들이 도시로 떠나가면서 점점 쇠락해 갔다. 이 마을을 다시 살리기 위해 임희순 이장을 중심으로 마을 주민들이 나서게 된 것은 2001년이었다. 이해에 행정자치부에서 진행한 아름마을가꾸기사업에 선정되면서 구병아름마을은 마을 가꾸기 사업에 본격적으로 나서게 된다.

"보은군에서 구병리를 높이 평가해 아름마을가꾸기사업 대상지로 정해 주었습니다. 충북에서 유일하게 선정되어 13억 원(행자부 10억 원, 보은군에서 3억 원)을 지원해 주었습니다. 전국에서도 성공한 사례라고들 합니다. 당시 행자부 장관이 여기 와서 보더니 기분이 좋아서 술도 마시고 시간을 많이 할애하고 더 지원해 주겠다고 했었지요. 그런데 나중에 행자부 장관이 사임하면서 흐지부지되고 말았습니다. 아이들이 놀 공간이 좀 미흡한데, 지원이 조금 더 추가 됐다면 가족 단위 체험객을 위한 시설을 강화할 수 있었을 텐데 그 점이 좀 아쉽습니다."

당시 행정자치부로부터 지원받은 돈은 마을 개발과 환경 개선 사업에 투자되었다. 학술 용역도 받아 그 용역 결과대로 마을 개발 사업을 시작했다. 황토 집을 지었고, 마을 문화관을 목재로 지었고, 펜션과 민박 집도 지었다. 황토 찜질방과 목욕탕도 만들었고, 마을 공동 작업장도 만들었다. 그렇게 차근차근 구병아름마을을 만들어 갔다.

구병아름마을은 행자부뿐만 아니라 농림부로부터도 지원을 받았다. 산촌마을가꾸기사업의 일환으로 마을 사무장을 한 사람 쓸 수 있는 인건비를 지원받게 된 것이다. 외부에서 사무장을 데려온 덕분에 홍보나 홈페이지 관리 등을 수월하게 할 수 있었다.

또 마을을 마을 주민 전체가 나서서 운영해 가기 시작했다. 이장과 사무장은 마을의 대외적인 업무를 처리하고, 청년회는 마을의 실질적인 활동을 책임지며, 부녀회는 마을 화합을 위한 봉사활동을 펼치고 있다. 노인회도 마을 정화 활동으로 힘을 보탠다. 마을 사람들 모두가 마을 가꾸기 사업에 나선 것이다. 그 덕에 구병아름마을은 주변 풍광과 어우러져 단장을 해 갈 수 있었고, 체험 프로그램과 메밀꽃 축제 등을 마을 주민이 합심해 같이 진행해 갈 수 있었다.

홍수가 가져다준 메밀꽃 축제

구병아름마을은 메밀꽃 축제로도 유명하다. 매년 9월이면 구병아름마을로 들어서는 길이 꽉 막힐 정도로 많은 사람들이 축제를 보러 몰려온다. 메밀꽃 축제는 2004년 처음 시작됐는데 그 이유가 참 재미있다. '홍수' 때문에 메밀꽃 축제가 시작될 수 있었기 때문이다.

1998년 구병아름마을이 때 아닌 홍수로 수해를 입었다고 한다. 이후 2~3년간 수해 복구 공사를 하느라 땅을 뒤집어 놔서 농사를 지을 수도 없었다. 고민 끝에 임희순 이장은 메밀을 심었다고 한다. 강원도와 비슷한 조건이었고, 손이 별로 안 가는 메밀을 키우기가 좋겠다는 생각 때문이었다.

그래서 메밀을 심었는데 메밀꽃이 피어나자 사람들도 예쁘다고 하고, 군청에서도 칭찬을 하더란다. 그렇게 매년 메밀을 심어오다가 '이왕 시작한 것 제대로 해 보자'며 마을 주민들이 뜻을 모아 메밀 밭을 늘리고 2004년부터 메밀꽃 축제를 시작했다.

시작은 미미했다. 첫해에는 겨우 50여 명이 방문했을 뿐이었다. 그러나 해를 거듭하면서 구병아름마을 이름도 알려지고, 메밀꽃 축제도 알려지면서 사람들이 많이 몰려오기 시작했다. 2006년에는 2,300여 명이 다녀갔고, 2008년에는 5,000여 명이, 2009년에는 1만여 명이 다녀갔다. 축제 기간도 3일에서 보름으로 늘어났다. 그만큼 인기 있는 축제가 된 것이다.

구병아름마을의 메밀꽃 축제는 주변 산세, 마을의 고즈넉한 풍광과 어우러진 덕분에 매력적인 축제가 될 수 있었다. 물론 메밀

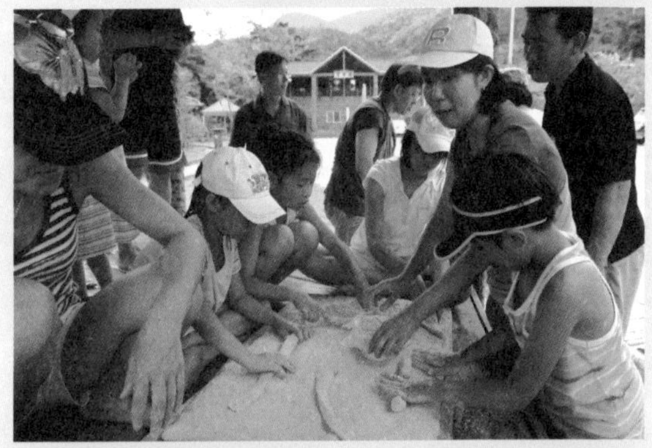

축제로도 유명하고, 각종 체험 프로그램 등으로도 유명하지만
구병아름마을의 자랑은 마을 그 자체다.

로 만든 각종 먹을거리, 메밀 베개 만들기 같은 체험 프로그램도 사람들의 발길을 끌어 모으고 있지만, 무엇보다 매력적인 것은 주변 풍광과 어우러진 하얀 메밀꽃의 향연이다.

구병아름마을의 양과 음

축제로도 유명하고, 각종 체험 프로그램 등으로도 유명하지만 구병아름마을의 자랑은 마을 그 자체다. 마을 가꾸기 사업을 통해 이처럼 아름다운 마을을 만든 것을 두고, 일단은 성공했다고도 할 수 있지만 그 성공의 이면에는 그늘도 있다. 임희순 이장은 구병아름마을의 성공과 한계를 이렇게 말한다.

"현재 구병아름마을은 도시 이주민이 많이 들어왔고 더불어 마을 인구가 늘었습니다. 기존에 있던 민박 식당들 외에도 민박집들이 마을 공동 운영 민박(80명 수용) 규모만큼 큰 곳도 여러 곳 생겼습니다. 마을에서 경제활동이 원활히 이루어질 수 있다는 것은 마을 가꾸기가 성공한 부분이라고 얘기할 수 있을 것 같습니다. 어려운 부분은 마을 경관과 어울리지 않는 건물을 짓는 것입니다. 사유재산에 대한 지나친 침해라는 생각으로 마을의 의견을 수용하지 않는 사람들도 있습니다. 그런 사람들이 짓는 주택 때문에 예부터 내려오는 마을의 경관이 훼손되고 토착민과 귀농자들 사이에 거리감이 생기고 있는 현실이 참 마음 아픕니다. 농촌의 경관이 잘 지켜지려면 공공이 우선되어야 한다고 생각합니다. 농어촌 경관 보존을 필요로 하는 마을을 선정하여 새로이 건립하는 건물들은 마을 경관과 조화가 되는 건물을 건립할 수 있도록 하고 마을별 특색이 있는 공간은 보존할 수 있도록 지원해 주는 법이나 조례가 만들어져야 할 때라고 생각합니다."

어떻게 보면 당연한 수순처럼 여겨진다. 이주민이 늘고, 찾아오는 사람이 늘면 주변 경관을 지켜 내기가 쉽지 않을 것이다. 이것을 지키기 위해 법이나 조례 등을 만들어야 한다는 임희순 이장의 말도 수긍이 간다. 특히 구병아름마을은 자연과 마을의 어우러짐이 멋들어지고, 그 매력 때문에 사람들이 찾아오고, 또 메밀꽃 축제도 성공할 수 있었다. 그래서 임희순 이장이 주변 경관을 중시하는 것 또한 당연하다.

임희순 이장은 이제껏 잘 지켜 왔으니 이 자연경관을 계속 지켜 나갔으면 하는 바람을 갖고 있다. 그런데 구병아름마을에 새로운 사람들이 이주하면서 그 경관을 해치는 일이 발생하기 시작했고, 또 방문객들이 늘어남에 따라 시설 확충에 대한 필요성도 느끼게 되었다.

"외부 유입 인구가 늘다 보니 마을 경관과 어울리지 않는 건물이 들어설 때 강력한 법규가 없기 때문에 문제점이 있습니다. 마을은 어느 정도 궤도에 올라섰다고 볼 수 있지만 아쉬운 점은 지속적인 행정적 지원이 없기 때문에 공익 사업이나 도시민들의 즐길 거리가 없다는 것입니다. 마을 특성을 잘 살린 전원 공원 조성 등 한 단계 더 성장하기 위한 인프라 구축이 필요한 시점입니다."

경관 보존 마을의 꿈

임희순 이장은 마을 경관을 해지지 않아야 한다는 점을 계속 강조했다. 주변과 어울리지 않는 건물이 들어서면, 그 건물이 마을의 경관을 해치고, 결국 구병아름마을의 매력이 반감되기 때문이다. 구병아름마을을 몇 십 년, 아니 몇 백 년 후에도 사람들이 찾아오는 곳으로 만들고 싶은 게 임희순 이장의 바람이다.

"저는 우리 마을을 현재를 바탕으로 몇 십 년, 아니 몇 백 년 후에도 사람들이 찾아오는 마을 특색을 잘 살린, 주변 경관을 보존하고 잘 보존된 경관을 대표할 수 있는 '경관 보존 마을'로 만들고 싶습니다. 경관이 잘 어우러진 마을로 만들기 위해서는 노후한 마을 시설을 정비하고, 주변 경관을 보존하는 사업이 필요합니다."

구병아름마을에서 마을 경관과 어울리는 건물 짓기는 물론이고, 마을 공동 하수처리장(정화 연못)을 운영해 맑은 시냇물을 유지하는 것도, 또 생태 보막이 설치와 휴경지 경관 작물 심기를 계속해 오고 있는 것도, 분리수거와 세제 및 농약 사용을 줄이려는 노력을 계속 기울이는 것도, 결국은 경관 보존 마을의 꿈 때문이다. 임희순 이장은 이런 작은 실천들이 구병아름마을의 매력을 계속 유지시켜 줄 수 있을 것이라고 믿는다.

"마을 만들기는, 아름다운 우리 마을의 경관을 훼손하지 않고 잘 보존해서 후손들에게 돌려주어야 한다는 생각에 주민들 모두 동의

하고 있기 때문에 가능한 것이라고 생각됩니다. 마을 주민들의 의식과 합의를 통해 미래를 계획한다면 오랜 세월이 흘러도 아름다운 마을을 만들 수 있으리라 믿습니다."

주변 산세와 어우러진 안온한 터에 마을 사람들이 살아가는 풍요로운 마을. 구병아름마을 홈페이지에서 임희순 이장은 구병아름마을에서의 '아름'의 뜻을 설명하며, 구병아름마을을 이렇게 자랑한다.

"구병아름마을의 '아름'은 '아름답다'는 의미로도 쓸 수 있지만, 두 팔을 벌려 껴안은 둘레 길이를 뜻하는 순 우리말로서 '주민 공동체', '풍요로움' 등을 강조하는 말이라고 합니다. 즉, 우리 구병리는 환경과 경관이 수려한 아름다운 마을이기도 하지만, 인심 좋은 사람들과도 함께할 수 있는 풍요로운 마을입니다."

구병아름마을에 대한 사랑이 뚝뚝 묻어나는 이 글을 읽으며, 몇 백 년 후에도 수많은 사람들이 아름답고 풍요로운 구병아름마을에 찾아들기를, 임희순 이장의 바람이 바람으로만 끝나지 않고 꼭 실현되기를 나도 함께 바란다.

3부
도심 속 생태 근간, '도시 농업'

새터보전시민
Korean ecoclub

도심 생태의 수호자

__ 생태보전시민모임

대도시 안의 생태계를 보호하라

생태보전시민모임의 사명은
인간의 욕심에 의해 위협받는 자연을 보전하며,
그 자연을 지금 현재 그리고 미래에도 교감하며,
공생 공존하는 아름다운 세상을 만드는 데 있습니다.
주위를 둘러보십시오.
우리와 같이 숨을 쉬는 생명들이 무참히 사라지고 있습니다.
한번 눈을 감고 상상해 보십시오.
나무도 없고, 새도 없고, 물도 없는 세상을.
지금 시작해야 합니다.
우리 생명의 어머니인 이 자연을 지켜 가는 데,
당신의 관심과 노력이 필요합니다.

1998년 창립된 생태보전시민모임의 사명은 어찌 보면 다른 환경 단체와 비교하여 특별할 것이 없다. 그러나 이 모임을 창립하고 지금까지 이끌어 온 여진구 위임 대표와 민성환 사무국장의 말을 들어 보면 아주 특별하다는 것을 금방 알게 된다.

"창립하면서 가진 문제의식은 작으면서도 강한 조직이 필요하다는 거였습니다. 깊이 들어가면서 대안을 만들어야 한다는 거죠. 활동 영역 역시 자연 생태 보전을 중시하면서도 특히 도시 생태에 집중하자는 결심을 했습니다. 현재 삼천리 방방곡곡에서 도시화가 진행되고 있습니다. 그래서 대도시 안에 남아 있는 생태계를 보전하고 새롭게 녹색 공간을 창출하고 관리하자는 것이었습니다. 동시에 도시 생태계 보전은 시민 의식과 함께 가야 한다는 것을 느꼈습니다. 이것이 우리 모임이 생태 교육에 집중하는 이유입니다. 도시 생태 보전과 이를 위한 생태 교육, 이것이 수레의 양 바퀴처럼 꾸준히 추진되어 왔습니다."

자연과 사람이 조화를 이룬 도시, 생태보전시민모임이 태동한 출발점이자 목표이다. 생태보전시민모임이 문제에 접근하는 방식은 '생태 보전 활동'인 도시 자연의 보전과 복원, 창출, 관리이고, 다른 하나는 '생태 교육 활동'으로 정리되는 생태적인 가치와 철학의 확산이다.

'마을 주변 작은 산 살리기', '도시 습지 살리기', '동네 하천 살리기', '북한산국립공원 보존' 등이 대표적인 생태 보전 활동들이다. 생태 교육 활동은 '길동자연생태공원', '강서습지생태공원', '고덕수변생태복원지', '인천 월미산', '인천대공원', '이말산' 등 지역 거점을 중심으로 지역 주민과 함께 교육을 펼쳐 온 것을 들 수 있다.

이외에도 자연 생태계 현장에 대한 지속적인 관찰과 모니터링 작업, 양서류 보호를 위한 활동 등을 펼쳐 왔으니 '모임'이라는 소박한 이름 안에서, 도심지 생태를 보호하기 위한 모든 활동들을 벌이고 있는 셈이다.

이 활동들이 더욱 큰 빛을 발하는 것은 '함께하는 사람들'에 있다. 그들만의 운동이 아니라 시민과 함께하며, 작은 변화를 들불처럼 퍼뜨려 나가는 것이 생태보전시민모임이 거둔 가장 큰 성과다. 사람이 변화하지 않으면 지금 당장 살려 낸 맹꽁이 몇 마리, 마을 작은 산은 또 금세 버림받게 된다. 시민의 참여가 전제되어야 한다. 생태적 각성이 이루어진 시민의 힘. 그 힘을 통해, 내 주변의 변화가 마을로 번지고, 그 변화는 결국 한국을 넘어 푸른 지구를 만들어 내는 씨앗이 될 수 있으리라.

"생태 운동은 한 사람의 열 걸음보다, 열 사람의 한 걸음이 더 중요합니다. 어떤 활동이든지 우리가 중요하게 생각하는 점은 시민과 어떻게 하면 함께 갈 수 있을까라는 점입니다. 그러다 보니 어떤 사업이든지 항상 초기에는 자원봉사자 양성과 같이 운영해요. 그 과정을 통해 시민을 만나고, 그분들과 함께 활동을 전개해 나가는 거죠."

이렇게 구성된 자원봉사자 모임은 지역에 기반한 소모임이나 단체로 성장하기도 한다. 서울 강서 지역을 중심으로 한 자원봉사자 모임인 '하늬가람'의 경우가 대표적이다. '하늬가람'은 녹색 마을과 녹색 도시를 만들기 위한 모니터링, 생태 교육, 캠페인 등 다양한 활동을 자발적으로 기획하고 실천하고 있다. 이들은 맹꽁이 서식처를 개발로부터 지켜 내고, 동네에서 인간을 위한 보행자 도로를 만들어 내는 등의 성과를 거두었다.

'하늬가람' 같은 작은 모임들이 마을에 퍼져 그렇게 한국이 바뀌는 놀라운 변화의 불씨가 이곳에서 자라고 있던 것이다. 언론의 플래시를 받으며 수백억 원을 쏟아붓는 정부의 정책이 아니라, 이런 작은 단체에서 몇몇 사람들의 진심이 모일 때 진짜 변화는 탄생한다.

그래서 생태보전시민모임은 마을 단위로 활동한다. 동네 소모임을 조직하고, 이를 지원하는 프로그램을 기획하고 운영하여 주민이 주체로 나서 지역사회의 생태계 현장을 지키고, 생태적 가치를 확산시켜 나가도록 하는 것이다. '생각은 지구적으로 하고, 실천은 지역에서 하라'는 말이 가장 잘 어울리는 단체가 생태보전시민모임인 듯하다.

인간만이 아닌 생명체 모두를 위한 '생태 공원'

1999년 길동생태공원 위탁 관리는 그 결실의 하나였다. 길동생태공원은 사실상 우리나라 최초의 생태 공원이다. 공원도 생태적 패러다임의 전환이 필요하지만 행정가들은 일반 공원과 생태 공원의 차이를 알지 못했다. 생태 공원은 하드웨어도 중요하지만, 소프트웨어가 훨씬 더 중요하다. 당시 생태보전시민모임이 이 길동생태공원에서 프로그램을 만든 뒷이야기이다.

"서울시 녹색위원회에 우리가 공원 프로그램을 만들겠다고 했더니, 지원해 달라고 해서 1,900만 원을 받고 해 주었습니다. 사람들은 몇 억 원짜리 일을 2,000만 원도 안 되는 돈에 해 주느냐고 힐난하기도 했지만 우리의 목적은 돈이 아니었습니다. 이 프로그램의 핵심은 지역 주민이 주체가 되게 하는 겁니다. 그러나 생태적 지식이나 전문성은 단기간에 얻을 수 없습니다. 꾸준히 자연을 보고, 관찰하고, 기록하고, 남에게 이야기하다 보면 저절로 생태에 대한 관심과 지식이 생기게 되죠. 이를 위해 자원 활동가들과 일주일에 한 번씩 모여 모니터링하면서 관찰하고, 기록하고, 어떻게 포장해서 탐방객에 알려 낼지 고민했습니다. 요일마다 담당자를 결정하고 담당 업무를 정확히 하는 매뉴얼로 만들었죠. 또한 길동생태공원은 '예약제'를 도입해 탐방 시간과 인원을 제한했습니다. 탐방객 제한을 한 최초의 공원이 된 거죠. 만일 예약을 어기고 오지 않으면 3개월 동안 들어오지 못하게 했으니 꽤나 엄격했습니다. 처음에는 시민들의 항의가 많았어요. 하지만 취지를 홍보하고 설득하다 보니 점차 정착되어 갔습니다. 이런 게 가능했기에 길동생태공원의 생태성이 유지되고 있는 겁니다. 후에 선유도공원에도 같은 시스템이 도입되었죠."

두 사람이 이야기한 것처럼 핵심은 주민 참여이다. 주민을 중심에 놓고 이들을 훈련시켜 생태 공원의 관리와 보전의 주역으로 등장시킨 것이다. 그리고 그 과정을 모두 기록하여 하나의 매뉴얼로 완성시켰다. 위탁 기간이 끝난 후에도 그들의 프로그램은 10년간 유지되어 왔다. 매뉴얼 덕분이기도 하고, 시민 교육 덕분이기도 하다.

한국 최초의 생태 공원 격인 길동생태공원이 태동한 지 10년여가 지났지만, 아직도 많은 이들이 청계천과 같은 인조적인 공간과 생태 공원의 차이에 대해서 잘 알지 못한다. 공원은 인간을 위한 공간이다. 인간의 필요에 의해 창조된 개념이고 공간이다. 그런 공원의 역사에서 '생태'의 개념을 도입한 것은 특별한 의미를 가진다. 사람과 풀과 곤충과 벌레 등 모든 생물의 관점에서 공원을 바라보기 시작한 것이기 때문이다.

생태 공원에서는 생물의 서식처를 조성하고 복원하는 과정과 결과물이 매우 중요하다. 생태 공원은 '공원'이라는 좁은 울타리를 넘어 생물 서식처로서 기능할 수 있고, 그렇게 본다면 시멘트 덩어리 도심 속에서 괜찮은 생태 공간을 확보할 수 있을지도 모른다.

하지만 대한민국의 모든 공원이 길동생태공원처럼 될 수는 없음을 생태보전시민모임은 곧 경험했다. 생태보전시민모임은 길동생태공원의 성과를 '강서습지생태공원'을 중심으로 강서 지역으로 확산시키고자 했다. 이곳의 보전을 위해 모금 활동도 펼치고, 교육 프로그램도 진행했다.

그러나 서울시와의 파트너십에서 어려움을 겪었다. 의식화된 활동가들의 눈에 서울시의 정책들이 눈에 거슬리기 시작한 것이다. 서울시는 이 지역에 가로등을 설치한다거나 화장실을 짓겠다는 행정적인 판단을 했고, 생태 운동가들은 생태 보전에 어긋난다며 반대했다. 결국, 합의점을 찾지 못했다. 그나마 다행인 것은 생태보전시민모임은 나왔지만, 함께했던 자원 활동가들이 강서습지생태공원 운영에 참여하고 있다.

어려움 속에서도 생태보전시민모임은 한 발씩 앞으로 나아가고 있다. 이 단체는 최근 '고덕생태경관보전지역'을 위탁받아 운영하고 있다. 시민 단체가 서울시 등 공공 기관으로부터 자연 생태 공간 전체를 위탁받아 모든 것을 책임지고 관리하고 운영하는 첫 번째 사례이다. 여기서 좋은 모델을 만들면 지자체에 확산될 것이라 믿는다. 지자체나 단체에서 보존 공간을 관리하려 하는데 위탁하는 것도 가능하다는 것을 보여 주려는 것이다.

이 고덕생태경관보전지역이 더 기대를 모으는 것은 총체적인 관리를 생태보전시민모임에서 한다는 데 있다. 관리의 책임을 관이 가지고, 단체들은 일부 프로그램만 진행해 오던 게 보통이다. 하지만 고덕생태경관보전지역의 총체적인 책임은 생태보전시민모임에 있다. 어깨는 무거워졌지만, 다양한 시도를 과감하게 진행해 볼 수 있는 계기이기도 하다.

"서로 이해관계가 다른 사람끼리 모여 조정하고 양보하고 협의해 나가는 과정은 약자의 입장, 즉 을의 입장에서 보면 참 힘들죠. 그런데 고덕 지구는 반대입니다. 총체적인 책임을 우리가 집니다. 서울시가 예산을 주면, 우리가 프로그램을 관리하는 것을 다 하는 거죠. 그래서 과거보다 훨씬 수월하게, 서로 원만한 관계망을 만들어

자연과 사람이 조화를 이룬 도시,
생태보전시민모임이 태동한 출발점이자 목표이다.

작업을 하고 있습니다. 다른 많은 공원과는 달리 우리는 지역 주민들과 전문가들이 참여하는 협의회를 구성해서 이런 원활한 운영을 뒷받침하고 있습니다."

마을에 불어오는 생태적 변화

생태보전시민모임은 꾸준히 한 지역을 거점으로 활동을 하다 보니, 자연스레 지역 사람들과 마찬가지로 공공 기관과 네트워크가 형성돼 도움을 받기도 한다. 이러한 관계망을 통해 강서교육청이나 지역 내 학교들과 함께 강서의 생태 지역을 널리 알리고 자부심을 키우기 위한 '한강생태문화캠프' 등을 개최했다.

'녹색문화확산사업' 도 이런 것 중 하나다. 일상생활 속에서 녹색 문화를 확산시키기 위해 매달 녹색 장터를 연다. 처음에는 어린이 녹색 장터로 시작했던 이 사업은 가족 전체로 확대되었고, 별도의 교육 프로그램도 있어 인기가 많다.

이 모든 것들은 '기본' 을 잘 다졌기에 가능한 일이다. 생태보전시민모임은 관찰하고 기록하며 늘 준비한다. 관찰과 기록은 그들의 모든 활동에서 기본이 된다. 관찰과 기록이 얼마나 중요한지는 여진구 위임 대표와 민성환 사무국장의 말을 들어 보면 알 수 있다.

"지역민들이 지역의 정보를 가장 많이 가지고 있지 않으면 개발 업자들과 마찰이 있을 때 이길 수 없어요. 어느 지역에서도 그 지역을 잘 관찰하고 기록하는 것이 중요합니다. 우리는 이것을 모니터링 사업이라고 부릅니다. 맹꽁이를 예로 들자면, 개발자 측에서는 맹꽁이가 나타나면 문제가 된다는 것을 압니다. 왜냐하면 맹꽁이는 환경부 보호종이어서 이들로서는 골치 아픈 존재거든요. 그래서 맹꽁이가 나오거나 서식지로 밝혀지더라도 덮을 가능성이 많아요. 그런데 이런 상황에서 우리가 자세히 관찰하고 기록해 둔 것이 있으면 그 증거를 대면서 강력하게 문제를 제기해 이길 수 있습니다. 전문가와 상의해서 꾸준하게 문제가 될 소지가 있는 장소와 생태, 동식물, 식생을 계속 기록하고 보존해야 합니다. 어떤 새가 찾아오고 늘어나고 있는지 소상히 기록하는 게 중요해요."

막무가내의 운동이 아니고 갑작스러운 운동도 아니다. 반대를 위한 반대도 아니다. 이렇게 미리 준비하고 대안이 있는 운동이 되면 생태 보전은 한결 쉬워진다. 마을이라는 현장, 관찰과 기록이라는 방법의 힘을 보여 주는 대표적인 사례가 강서구 '제비마을'이다.

서울에서 제비가 가장 많이 오는 지역이 강서구란다. 강서구에 작은 마을이 있는데, 서울시 보호종으로 지정되어 있는 제비 수십 마리가 오고 집을 짓는단다. 그래서 생태보전시민모임은 이곳을 제비 생태 마을로 만들어 보려고 지역민과 구상하고 있다. 그 구상 중 하나는 제비 센서스를 통해 제비에 이름을 붙이는 작업이다. 이름을 붙여 집주인과 함께 앨범을 만들고자 하는 것이다. 이를 위해 지금은 매년 찾아오는 제비를 꾸준히 관찰하고 기록한다. 이 또한 자원봉사자를 통해서 가능하다.

강서에서의 활동이 7~8년 지속되면서 생태보전시민모임은 점점 뿌리를 내리며 지역화하고 있다. 원래 이 단체의 지역 모임에 불과했지만, 이제 독립을 생각하고 있다. 독립하면, 생태보전시민모임과 파트너십을 형성하며 활동을 벌이게 된다.

생태보전시민모임은 빠르지 않지만 차곡차곡 생태적 변화를 불러오고 있다.

주민 중심의 활동 원칙

관찰과 기록이 생태보전시민모임의 최대의 전략이라면, 그들이 가진 최고의 무기는 '사람'이다.

주민이 주도적으로 참여한다는 것은 이 단체의 활동에서 가장 중요한 원칙이다. 먼저, 시민들을 교육하고 이들이 중심이 되어 모든 프로그램을 주도하게 한다. 가급적 지역에서 벌어지는 활동들은 지역 단체에 귀결이 되도록 하거나 네트워크 조직으로 발전시킨다. 단체의 규모에 비추어 그 많은 사업들을 할 수 있었던 것은 이 덕분이다.

자원봉사자로 참여하는 사람들을 훈련된 자원 활동가로 키워내는 것과 동시에 지역의 주민들을 생태 보전의 리더로 키워, 지역 단체들과의 네트워킹을 충실히 해낼 수 있도록 한다. 자고로, '여럿이 함께' 하면 잘하기 마련이다.

간사가 겨우 10여 명뿐인 생태보전시민모임에서 자원 활동가들은 수사로서가 아니라 진짜 주인공들이다. 생태 보전 활동을 현장에서 벌이고 교육 프로그램을 진행하면서 발굴된 인재들을 자원 활동가로 영입하고, 이들을 다시 현장에 투입한다. 앞서 말한 강서습지생태공원은 이렇게 해서 생태보전시민모임의 활동 영역으로 남았다. 민성환 사무국장 역시 이런 자원 활동가 출신이라고 한다.

그렇지만 요즘은 자원봉사자 모집에 어려움이 커졌다. 자원봉사자를 활용할 때 돈을 주는 관행이 많아졌기 때문이다. 이 지역에서는 돈을 받고, 저 지역에서는 돈을 안 주면 어려움이 생길 수밖에 없다. 그래서 요즘은 돈을 안 주고 자원봉사 활동을 시킨다고 오히려 의아해하는 사람들마저 생겼다고 한다. 시민사회 전반적으로 고민해 볼 일이다.

생태 교육 프로그램의 중심, 생태교육센터

생태보전시민모임은 북한산 자락 아래에 있는 본부 사무실에 생태교육센터를 운영하고 있다. 이 센터는 곳곳에 흩어진 생태 교육의 정보나 결과물을 집대성하고 공유하며 동시에 좋은 프로그램으로 발전시켜 가는 역할을 한다.

최근에는 강사 파견 업무도 많다. 교육 복지 투자 대상으로 은평구에서도 여러 학교가 지정되어 있다. 자원 활동가들이 직접 파견되어 교육을 담당한다. 이것도 이미 4년째 진행하고 있는 사업이다. 국립공원 직원들이 길동생태공원에 관해 배우러 오기도 할 만큼 생태교육센터는 정평이 나 있다. 여러 지역에 교육 프로그램을 확산시키는 모델이 되었다. 여진구 위임 대표는 이렇게 평가한다.

"우리가 능력이 넘쳐서 다 하는 것이 아니라 하나의 프로그램이라도 끝을 보자는 생각이었습니다. 그렇게 하다 보니 프로그램에 대한 좋은 평판을 얻어 전국의 기관, 국립공원, 서울시 공원 운영 부서 등에서 많이 반영하곤 했습니다. 지역 단체들과는 자원봉사자들끼리 서로 교류합니다. 제주참여환경연대, 부산 생태보전시민모임 생명그물, 대전 충남 생태보전시민모임 등이 그 예입니다. 인천대공원 등에는 우리가 1년간 생태 프로그램을 전수해 주기도 했고요."

'숲속자연학교'도 이런 프로그램의 하나인데 2000년에 시작되었다. 이것은 일종의 대안 학교일 수도 있고 방과 후 학교일 수도 있겠다. 봄에 모집해서 11월에 졸업하는 이 프로그램은 유치원, 초등학교 저학년, 특수학교 학생들을 대상으로 한다.

학교가 끝난 후 일주일에 한 번씩, 방학 때는 캠프를 열어 진행한다. 그 프로그램은 서울대 환경대학원 석사 논문으로도 발표된 적이 있을 만큼 성공한 모델로 꼽힌다.

지난 2009년부터 추진하는 것이 '숲동이 놀이터' 프로그램이다. '숲에서 자라나는 아이들의 놀이터'라는 뜻이란다. 특히 이 프로그램은 생태보전시민모임에서 자원 활동하고 숲 교육을 받았던 사람들이 자녀들을 대상으로 해서 스스로 프로그램을 만든 것으로, 아이들과 부모가 함께 참여한다.

생태보전시민모임의 더 큰 미래

생태보전시민모임의 정신과 자세는 '굵고 길게'란다. 굵고 길게, 지속적이고 열정적으로 지역을 모니터링하고 생태적 가치를 확산하는 일을 하겠다는 의지다. 하지만 가끔 그 의지가 초라해질 때도 있다. 너무나 급변하는 세상 속에서 스스로의 작은 발걸음이 너무 더딘 것 같은 답답함을 느낄 때이다.

"거점을 활용한 생태 교육 프로그램 개발과 운영, 그를 통한 생태적 가치의 확산이라는 모델은 저희 단체가 일정 정도 기여한 부분이 있어 마음 뿌듯합니다. 하지만 이러한 성과는 초라하기 그지없습니다. 여전히 개발의 광풍은 거세고, 지키고 보존한 공간보다는 대규모 개발과 이용으로 훼손되거나 사라진 자연이 더 많고 넓기 때문입니다. 여전히 사람과 재정은 한정되거나 열악하기에 하고 싶어도, 해야 함에도 못 하는 일들이 너무 많습니다."

그러면서도 그들은 더 큰 앞날을 계획하고 있다. 절망하지 않고 꿈을 키우는 이들이 있기에 우리는 희망을 이야기할 수 있다.

"13년 전에 꿈꾸었던 비전, '자연과 사람이 조화로운 세상'은 여전히 도달해야 할 우리의 미래입니다. 너무 범위가 크다면 이렇게 좁힐 수도 있겠습니다. '자연과 사람이 조화로운 도시', '사람과 자연이 조화로운 우리 마을'. 저희는 내가 살고 있는 우리 마을이, 우리 은평구가, 우리 서울이 그런 마을, 그런 도시가 되었으면 좋겠습니다. 그런 미래를 현실로 만들기 위해 현장에서의 생태계 보전 활동과 그런 가치를 공유하는 생태 교육 활동을 열성적으로 펼쳐 나갈 생각입니다. 그런 활동은 '굵고 길게' 라는 정신과 자세로 지속적이고 열정적으로 지역을 모니터링하고 활동할 때 가능하다고 생각합니다. 지금보다 훨씬 더 많은 시민들과 함께 소통하고, 고민하고, 나누고, 나아가는 자세도 잃지 말자고 이야기합니다. 사업적으로는 생태적 철학에 기반을 둔 생태 분야의 '싱크탱크' 를 고민하고 있습니다. 다른 한편으로는 생태 보전, 관리 분야의 '사회적 기업' 도 염두에 두고 있습니다."

시민사회에 몸담고 있는 사람으로서 그들의 답답함과 허탈함을 모르는 바가 아니다. 그럼에도 날로 확장되는 시멘트 빌딩 속에 작은 꽃을 피우는 그런 활동들이 계속되다 보면 언젠가 그 꽃이 빌딩을 덮지 않을까. 지치지 않는 생태보전시민모임의 열정처럼 자연은 지치지 않고, 실망하지 않고, 우리 인간들을 기다려 주지 않을까.

도시 농업의 씨를 뿌린다

__ 인천도시농업네트워크

도시 농업의 모든 것, 인천도시농업네트워크

아직 시작에 불과하지만 도시 농업의 씨를 뿌리는 사람들이 있다. 청소년 문제를 고민하고 운동해 오던 젊은이 한 사람이 그 해결 방법으로 도시 농업을 생각했다. 그렇게 시작한 도시 농업 운동이 인천 지역에 튼튼하게 뿌리내리고 있다. 바로 '인천도시농업네트워크' 다.

인천도시농업네트워크는 지난 2007년 도시가 안고 있는 여러 문제들을 해결해 나가는 대안으로 '도시 농업' 을 활성화하기 위해 청소년 단체, 지역아동센터, 어린이 도서관 등 아동 · 청소년 단체와 여성 단체, 노인 복지 단체, 시민 단체 등의 네트워크로 출발했다.

네트워크다 보니, 초창기에는 각 영역의 시민 단체나 시설이 도시 농업의 다양한 프로그램을 활용해 단체의 활동에 활력을 제공하는 방식으로 운영됐다. 아동과 청소년에게는 상자 텃밭 보급과 생태 교육 프로그램, 시민 단체에는 공동체 활성화, 노인 복지 단체에는 독거 노인과 노인정 여가 활동 프로그램의 일환으로 활용된 식이다.

시간이 가면서 점점 도시 농업의 활성화를 중심으로 단체가 재편되기 시작했다. 사업 또한 도시 텃밭 보급 활동, '도시농부학교', 노인 텃밭 관리사 양성, 생태 텃밭 강사 양성 등 다양한 교육과 활성화 프로그램 등 도시 농업 모든 영역으로 확대됐다.

"인천도시농업네트워크는 여러 단체와 기관이 만난 네트워크 중심 단체에서 전문성을 갖춘 활동가 중심의 회원 조직으로 발전해 왔습니다. 그 결과 올해(2011년) 회원 총회를 거쳐 네트워크 중심의 체계에서 회원 중심의 체계로 바꾸게 되었죠. 회원들은 생태 텃밭 강사 활동과 공동체 텃밭 회원 활동을 중심으로 하고 있습니다."

도시 안에서 농사 공간을 확보하는 일이 그들 일의 시작이다. 햇볕만 잘 드는 곳이라면 시멘트 위에도 텃밭을 만들 수 있다. 상자 텃밭과 화단 형태의 한 평 텃밭 보급 사업은 그렇게 시작됐다.

전문 강사단을 양성해 생태 텃밭 교실 프로그램 진행도 맡기고 있다. 도시 농업과 관련된 다른 곳의 인터뷰에서도 들은 이야기지만, 작은 텃밭도 전문 강사가 가르쳐야 한다. 텃밭은 집 안 작은 상자 텃밭을 넘어 도심을 재생하는 도시 농업의 시작이기 때문이다. 그래서 인천도시농업네트워크는 전문 강사 양성 과정을 지난 2009년부터 개설해 총 40명의 생태 텃밭 전문 강사를 배출했다. 여기에 여성 일자리 창출 사업과 관련해 여성개발센터와 연계한 강사 양성 프로그램도 운영하고 있다.

텃밭을 일구는 이들에게도 농업에 대한 공부는 필요하다. 그래서 시작한 것이 도시농부학교다. 2009년부터 매년 진행해 총 180명이 거쳐 가 도시의 농부가 됐다. 2011년부터는 '2000 도시 농부 양성'에 도전하고 있다. 도시 농업 관련 다양한 교육 프로그램을 운영하여 생태적 가치를 실현하는 도시 농부를 양성한다는 계획이다.

또 지방정부와 협력해 남동구의 공공 주말농장과 부평구의 도시 농업 공원 조성도 함께 진행하고 있다. 여기에 대구, 대전, 부천, 서울 등 타 도시의 도시 농업 관련 단체와 네트워크를 구성해, 다양한 도시 농업 프로그램과 사례를 전국에 알리는 활동도 펼치고 있다.

도시 농업에 대해 생각할 수 있는 모든 활동들을 이 작은 단체에서 진행하고 있다니 놀랍다. 생명이 사라져 가는 도시에서 도시 농업의 필요성은 점점 더 커진다. 아직은 초창기이지만 이들이 뿌린 씨앗이 점점 커져 나갈 것임이 틀림없다.

도시문제의 해법, 도시 농업을 생각하다

인천도시농업네트워크의 김진덕 대표는 처음부터 농사를 짓던 사람도 아니고, 농업 운동을 하던 사람도 아니다. 그는 사회문제를 해결하는 고리의 하나로 맨 처음 도시 농업을 생각했다.

"도시가 과밀화되고 아스팔트로 채워지면서 환경문제 등 도시문제가 발생하고, 도시의 생활 구조 속에서 여가 활동의 문제 등이 계속 생겨납니다. 처음에는 그러한 도시문제의 해법이 무엇일까 고민하다가 도시 농업을 생각하게 되었습니다. 쿠바의 아바나도 생각했죠. 제가 청소년 단체를 운영하다 보니 아이들의 교육과 복지, 공동체 문화를 만들어 가는 데 텃밭의 기능이 중요하다는 것을 경험으로 알 수 있었습니다. 그래서 관련 단체들을 모았습니다. 어린이도서관협의회 소속의 도서관들, 지역아동센터, 공부방, 노인 복지 단체, 청소년 단체, 인천연대 등의 시민 단체들이 모여 2007년 5월 도시농업네트워크를 구성했습니다."

여러 단체들은 그들 단체가 고민하는 문제를 해결하는 방식의 하나로 도시 농업에 접근했다. 시민 단체들은 공동체 운동을 하니까 주말에 텃밭을 함께 가꾸며 공동체 의식을 키워 나갔고, 여성 단체는 아이들과 주부들이 모일 수 있는 계기로 텃밭을 활용한 것이다. 학교나 청소년 단체들은 텃밭 동아리를 만들어 함께 활동하기도 한다.

그들의 활동은 도시 농업의 다양한 가능성을 보여 준다. 우리가 살고 있는 도시 한 곳에서 도시 농업을 한다면, 아이들과 손잡고 상추며 고추를 직접 길러 따 먹으면 안전한 먹을거리를 얻을 수 있을 뿐만 아니라 아이들에게 작물이 자라는 과정을 함께 경험하게 함으로써 텃밭을 살아 있는 생태 교육의 장으로 활용할 수 있다. 뿐만 아니라 가족에게는 TV, 컴퓨터 등의 미디어 중독적인 삶에서 벗어나 생산적인 여가 활동을 할 수 있는 장을 제공할 수 있다.

도시 환경적인 측면에서 보면 도시 농업은 녹지율을 높이고, 아스팔트와 콘크리트로 덮인 삭막한 도시의 공간에 녹색의 푸름을 더해 준다. 여기에서 한 발 더 나아가 도시의 생태 순환적 기능을 복원할 수 있도록 하는 것도 도시 농업이다. 도시 생활 속에서 배출되는 음식물 쓰레기, 똥, 오줌 등 수많은 오염 물질을 발효해 퇴비로 만들면 훌륭한 자원이 될 수 있다.

하지만 그들이 사회문제를 해결하는 수단으로서만 도시 농업에 접근했던 것은 아니다. 그들은 농업 그 자체에 주목했다. 김진덕 대표와 김충기 사무국장은 당시 FTA 문제로 대한민국 전체가 시끌벅적했던 상황 속에서, 전반적으로 우리 사회 전체가 농업에 대한 이해가 크게 떨어진다고 판단했고, 그래서 농업과의 연대가 필요하다는 생각을 했다고 한다.

모든 것이 자본주의의 논리, 경쟁과 자본의 논리로 접근하다 보니 당연히 농업이 위기에 처할 수밖에 없는 일이다. 그들은 대한민국 전체가 도시화되어 가는 가운데, 도시민들이 농업에 대한 이해를 넓히고 인식을 전환할 필요가 있다고 본 것이다. 농업에 대한 인식의 변화가 이루어지기 위해서 그들이 택한 방법이 도시에서 농업을 작게나마 해 보는 것이다. 자고로, 직접 몸소 행해 보는 것은 모든 것을 이해하는 가장 빠른 지름길이다.

그래서 그들은 농사에 도전했다. 먼저 20평 정도의 텃밭을 마련했다. 거기에 감자, 토란, 고구마, 콩, 오이, 들깨, 쌈채소 등을 심었다. 껍질째 데쳐 먹는 토종 종자인 갓끈동부콩과 밭에서 자라는 밭벼도 심었다.

도심지 한 곳에 어엿하게 자리한 텃밭은 곧 동네의 명물이 되었다. 아이들이 와서 보기도 하고, 어른들은 옛 추억을 떠올렸다. 그들은 이 텃밭으로 농사를 연습했다. 화학비료를 주지 않고 벌레와 싸웠다. 집에서는 소변을 따로 받아 일주일 정도 삭힌 후 거름으로 삼았다. 자기 소변을 받아 거름으로 삼고, 남은 음식물을 퇴비로 만드는 것, 이것은 그냥 텃밭에 대한 에피소드가 아니다. 도시의 환경에 대한 진지하고 대안 있는 접근이다. 그들은 그렇게 텃밭을 가꾸면서, 그 작은 실천을 통해 환경에 대해 이해와 인식의 폭을 넓혔다.

도시 농업, 농촌과 연대를 꿈꾸다

인천도시농업네트워크가 처음 가장 먼저 했던 사업이 '상자 텃밭' 보급 운동이다. 상자 텃밭은 도시 농업에 가장 쉽게 접근하는 방법이었고, 인천도시농업네트워크는 이 운동을 통해 도시 농업에 대한 이해를 넓혀 나갔다. 이를 위해 별도의 배양토를 만들어 사용했다.

그냥 흙은 무겁고 딱딱하게 굳기 때문에, 이끼의 한 종류인 피터모스와 화산석인 펄라이트, 질석과 흙을 섞어 사용했다. 이렇게 만든 배양토는 물을 오래 머금고, 통기성이 생겨 작물이 잘 자란다. 이 배양토를 상자 안에 넣는다. 상자는 스티로폼 박스나 사과 상자, 고무 대야 등 우리 생활 주변에서 쓰레기로 쉽게 버려지는 것을 사용하면 된다.

인천도시농업네트워크는 도시 텃밭 보급 활동, 도시농부학교, 노인 텃밭 관리사 양성, 생태 텃밭 강사 양성 등 다양한 교육과 활성화 프로그램 등 도시 농업 모든 영역을 아우른다.

인천도시농업네트워크는 이 상자에 배추나 상추, 고추 등을 심어 어린이 생태 프로그램으로 지역아동센터와 장애인 단체, 동네의 작은 어린이 도서관에 분양했다. 그 상자들은 아이들의 집으로 입양돼 부모들과 아이들이 함께 키운다. 상자 텃밭은 도시 농업에 대한 작은 홍보 활동의 시작이지만, 여기에서 자라는 것은 단지 농산물이 아니다. 이를 키우는 부모와 아이 간의 사랑도 함께 자란다. 인천도시농업네트워크 사람들도 도시 농업을 먼저 배운 사람일 뿐, 몇 십 년간 농사를 지어 온 이들 또한 사업을 하면서 배워 나간다.

> "처음에 아파트에 사는 분들은 베란다에서 키우면 잘 안 된다고 하더라고요. 일조량도 적고, 환기도 잘 안 되고 그러다 보니 그런 것 같아요. 그럴 때마다 저희가 바로 해결할 수 있는 건 아니고, 하나씩 문제에 봉착할 때마다 해결해 가면서 스스로 배워 갑니다. 잘 살펴보면 도시 곳곳에서 노인들이 각종 채소나 화초를 키워요. 이 분들이 떠나고 나면 젊은 사람들은 농촌 경험이 없으니 애착도 없고 기술도 없게 되겠죠. 세대가 끊기는 겁니다. 젊은 사람들이 농사를 지으면서 즐거움을 가지기도 하면 좋겠어요."

인천도시농업네트워크가 가장 성과를 내고 있는 부분은 활동가 양성이다. 생태 텃밭 강사의 활동은 텃밭의 가치를 학교, 어린이집 등 저변으로부터 확산시키고, 시민운동의 영역에서 도시 농업의 모델을 만들어 간다.

도시 농업을 하면서 이들은 '토종 종자'에 대해서 눈을 떴다.

세계화와 다국적 기업의 거센 입김 속에서, 우리의 종자 주권을 의제로 삼고자 하는 것이다. 획일적으로 개량된 종자보다 우리나라의 환경에 맞게 자연적으로 자라는 농작물의 씨앗인 토종 종자가 당연히 우리의 몸에 더 맞을 수밖에 없다.

인천도시농업네트워크는 토종 종자의 문제가 도시와 농촌의 연대를 이룰 수 있는 기초가 될 수 있다고 본다. 도시 농업은 '농업'이라는 큰 줄기를 타고 농촌과 연계해야 된다는 게 그들의 입장이다. 인천도시농업네트워크의 설립 취지문 첫 문장이 '농자천하지대본農者天下之大本'으로 시작하듯 말이다. 농업은 천하의 근본이니까.

"도시농업네트워크를 만들어 내가 옥상에서 농사를 지으면 농민들과 관계할 일이 없습니다. 그런데 종자로 말미암아 서로 만날 일이 생기죠. 토종 종자의 채종 기술이나 종자를 주는 일이 가능합니다. 전국여성농민회에서 토종 종자를 보급하고, 그 씨를 채종해서 종자를 늘려 나가는 운동을 시작했습니다."

인천도시농업네트워크는 최근 로컬 푸드 운동도 시작했다. 학교에서 텃밭을 만들어 급식에 사용한다거나 친환경으로 재배된 것이 급식 구조 속에서 소비될 수 있게 하는 것이다. 그렇다고 도시 농업에서 완전한 자급자족은 될 수 없다. 그래서 농촌과 직거래 운동을 하는 큰 그림도 그리고 있다. 중요한 것은 얼굴 있는 농산물을 먹자는 것이다. 생산자와 소비자가 서로 알고, 서로 믿음을 가지자는 것이다.

인천도시농업네트워크의 앞날

인천도시농업네크워크는 도시 농업과 관련해 의미 있는 사회적 기업을 만들 계획이다. 지금까지는 서두르지 않고, 내부적 자생력을 갖추기 위해 탄탄히 준비한 기간이었고, 지금까지 다진 힘을 바탕으로 앞을 향해 더 힘찬 날갯짓을 하고자 하는 것이다.

> "희망찬 일과 공동체, 농을 살려 도시를 바꾸는 활동가들의 공동체를 만들고 싶어요. 사회적 기업은 그 출발에서 중요한 역할을 할 수 있을 것 같습니다."

한국의 도시 농업이 갈 길은 멀었다. 이제 갓 출발선에서 발을 뗀 상태라고 해도 과언이 아니다. 하지만 결국에는 멋지게 해내리라는 생각이 드는 것은 현실 감각 없는 나만의 착각은 아니다. 몇몇의 활동가들을 넘어 일반 시민들이 도시 농업에 관심을 갖기 시작했다. 인천도시농업네트워크와 같이 도시 농업 운동을 하는 단체들은, 태풍에도 쓰러질지언정 뽑히지 않는 저 들판의 벼처럼 억센 의지를 보여 주고 있다.

"비영리단체로서 운영하는 데에 상시적인 재정적 어려움이 존재한다"면서도, "실패와 성공을 두려워하지 않은 즐거운 도전의 영역이라면 불가능은 없다"고 말하는 그들에게서 더 큰 미래가 읽힌다.

조금 더 먼저 출발한 인천도시농업네트워크가 도시 농업을 꿈꾸는 사람들이나 단체들에 전하는 이야기에도 긍정의 힘이 가득하다.

"도시 농업과 관련해 많은 단체와 지역이 우리를 찾아오곤 합니다. 도시 농업이 각계각층 여러 지역에서 여러 가지 색깔과 모양으로 확산되고 있어요. 매우 좋은 일이고 고무적이죠. 저희는 먼저 도시 농업을 통해 꿈꾸는 세상이 무엇인지 물어요. 꼭 생각해 봐야 할 문제지요. 호미 하나로 도시를 경작하는 꿈을 꿔요. 개발과 성장 위주의 삶에서 벗어나 농이 살아 있는 생태 도시, 어울림과 나눔이 있는 복지 도시, 참여와 공동체가 살아 있는 희망의 도시를 만드는 시민운동을 도시 농업을 통해 펼쳐 나갈 겁니다."

농업, 도시 농업이 살 길이다

__ 전국귀농운동본부

귀농이라는 말은 더 이상 낯선 말이 아니다. 귀농은 더 이상 패배의 언어가 아니다. 지난 2010년 한 해 동안 도시를 떠나 귀농귀촌을 택한 가구는 모두 4,067가구에 달하고 사람 수는 9,732명이란다. 2001년 당시 불과 880가구 수준이던 귀농 가구 수가 꾸준히 늘어나고 있다. 귀농의 증가는 주로 베이비붐 세대들의 은퇴와 관련해 설명되지만, 고도의 산업사회가 주는 피로감에 따른 젊은 귀농도 늘고 있다.

이들 중 상당수는 인간과 자연이 함께 어울려 사는 삶, 생태적인 삶의 한 대안으로서 귀농을 택한다. 이들에게 귀농은 단순히 거주지를 시골로 옮기거나 직업을 농업으로 바꾼 것 이상의 의미를 지닌다. 이들에게 귀농은 삶의 태도에 대한 근본적인 변화다. 자연의 하나로서 인간을 바라보며 생태적인 가치를 몸소 실천하고, 직접 기른 생명의 먹을거리로 건강하고 자립적인 삶을 추구하는 것이다.

귀농으로 생태적 가치와 자립적 삶을 살고자 하는 이들을 돕는 단체가 1996년 창립한 '전국귀농운동본부'다. 전국귀농운동본부는 귀농을 "자기의 삶을 근본적으로 구조 조정하는 자기 혁신"이라고 본다. 그렇기에 전국귀농운동본부는 함께 배우고 뜻을 다지며 귀농을 준비하고, 귀농해서는 인간과 자연이 공생하는 유기순환적 생태 질서를 실천해 나가도록 다독인다.

하지만 모두 귀농할 수는 없는 현실이다. 또 도시와 벽을 쌓고, 농촌에서만의 생태를 부르짖는 것은 의미가 없다. 도시 안에도 생태 공간을 만들어 내고 생태적 삶에 대한 철학을 불어넣을 필요가 있다. 도시에 살고 있는 더 많은 사람들에게 생태적 가치와 농업에 대한 새로운 영감을 불러일으켜야 한다. 전국귀농운동본부가 '도시 농업'에 주력하는 이유다.

전국귀농운동본부에서는 도시 농업을 위해 어떤 사업을 펼치고 있고, 그 이유는 무엇인지, 전국귀농운동본부의 텃밭보급소 안철환 소장을 만나 물었다. 그는 안산에서 바람들이농장을 운영하면서 텃밭보급소 소장으로 다양한 활동을 펼치고 있다.

얼떨결에 결심한 귀농

그도 귀농한 사람이다. '서울 촌놈' 안철환 씨는 책 한 권에 농부가 되기로 결심했단다.

"저는 서울에서 나고 자랐기 때문에 농사에 대해서는 전혀 몰랐어요. 그러다가 두밀리자연학교를 만드신 채규철 선생에 대한 책을 읽고 큰 감동을 받아서 농부가 되어야겠다고 결심했죠. 하지만 몸이 불편해 쉽게 엄두를 내지 못하다가 1998년 여기 귀농운동본부에 들어오면서 마침내 첫발을 뗐습니다. 처음 시작은 5평짜리 주말 농장이었고, 그다음 해에는 친구들과 함께 800평을 얻어 농사일을 시작했죠. 얼마나 농사가 재미있던지, 새벽 5시에도 라면 하나, 막걸리 하나 들고 가서 내내 머물 정도였어요. 처음에는 반대하던 집사람도 직접 손으로 기른 농작물을 보면서 생각을 바꾸었습니다. 집사람의 지지 덕분에 지금 농사를 짓고 있는 안산 부곡동 터를 잡아서 본격적으로 농사를 업으로 삼게 됐죠."

그는 계속 터를 넓혀 현재는 600평에 달하는 개인 농장을 운영하고, 그 옆에는 회원들의 공동 농장 800평이 자리 잡고 있다. 처음 농사를 시작하면서 그는 정말 열심히 공부하고 농사를 지었다. 영농 일기도 썼다. 그러다가 귀농은 하지 못하지만, 도시 안에서 생태적인 삶을 살고자 하는 사람들을 만나게 됐고, 그는 자연스레 '도시 농업'에 관심을 갖기 시작했다. 때마침 《생태 도시 아바나의 탄생》이라는 책을 번역하면서 도시 농업에 대한 생각을 굳힌 그는 《도시 사람들을 위한 주말 농사 텃밭 가꾸기》라는 책을 쓰게 됐다. 2003년 말, 전국귀농운동본부는 본격적으로 주말농장 회원을 모집하며, 도시 농업에 대한 관심을 사업으로 실천하기 시작했다. 얼떨결에 귀농하게 된 안철환 씨는 도시농업위원회 위원장, 텃밭보급소 소장 등 다양한 직함을 거치면서 도시 농업 사업의 중심에서 역할을 하고 있다.

도시 농업을 보급하는 도시농업보급원

2004년 전국귀농운동본부 안에 '도시농업위원회'가 만들어졌다. 처음으로 시작한 것이 '도시농부학교'다. 1년 코스로 3기까지 진행했고, 4기부터는 3개월 코스로 바꿔서 2011년 봄 10기생들까지 모두 400여 명이 수료했다.

심화 과정과 자격증 과정으로 '텃밭보급원' 과정을 신설해, 2011년 5월 현재 5기를 진행하고 있다. 전문가 과정이라고 볼 수 있는 텃밭보급원 과정은 쿠바 아바나에서 아이디어를 얻은 것이다. 아바나에 '도시농업보급원'이라는 것이 있는데, 그런 도시농업보급원을 양성하고자 만든 것이란다. 이 과정을 마친 50여 명은 도시 농업을 널리 보급하는 역할을 맡게 된다.

2006년부터는 주말 농업식 도시 농업에 한계를 느껴, 도시에 텃밭을 가꾸는 운동을 시작했다. 현재 수도권에는 20여 개의 도시 농업 농장이 있다. 여기에 더해 유기농 급식을 추진하는 단체인 생태유아공동체와 함께 유치원 텃밭 30여 곳, 초등학교 텃밭 20여 곳을 도와주고 있다.

도시 농업을 통해 전국귀농운동본부가 꿈꾸는 것은 결국 국민 모두가 농부가 되는 세상이다. 도시의 콘크리트 속에 갇힌 흙을 살리고, 국민 모두가 생태적인 삶을 실천하는 농부로서 살아갈 수 있도록 하는 것, 그것이 그들의 꿈이다. "국민 모두가 농부"라는 수사적인 표현 뒤에는, 자연과 인간이 공생 공존하는 조화로운 삶의 태도를 바라는 마음이 있다.

전국귀농운동본부는 이를 위해 도시농부학교와 텃밭 공원 만들기 운동이나 상자 텃밭 보급 운동, 학교 텃밭 조성 사업 등을 펼쳐 나가고 있다. 또 도시 농업을 대중운동으로 발전시키기 위해 얼마 전 도시농업위원회를 '텃밭보급소'로 개명해 독립 사업단으로 조직해서 활동 영역을 넓혀 가고 있다. 최근 수도권을 중심으로 대략 20여 개의 도시농부학교를 기획해 협조하고 있고, 군포, 안산, 벽제, 수원, 사릉, 서울 강동 등에 교육 실습 농장도 운영하고 있다.

그러나 텃밭을 확대하기 위한 활동은 마음처럼 쉽지만은 않다. 건물의 옥상을 텃밭으로 바꾸는 활동을 벌이지만, 대부분의 건물 옥상은 위험하다는 이유로 닫혀 있다. 난지도물재생센터 등 몇 곳에 텃밭 제안을 했으나 받아들여지지 않았다. 텃밭은 관리를 제대로 하지 않으면 쓰레기장이 되기 십상이라 관리하는 측에서는 텃밭을 쉽게 승인할 수 없다. 정직한 땅은 사람들이 들인 정성만큼 싹을 틔우니 어쩔 수 없는 일이다.

"처음에는 생태 공원으로서 텃밭이 역할을 할 수 있도록 하는 '텃밭 공원'을 공공 기관에 많이 제안했지만 번번이 거절당했어요. 도시에서 텃밭은 참여하는 생태 공원입니다. '참여'는 당연히 많은 손을 필요로 할 수밖에 없죠. 일반 공원은 업자에게 맡겨서 설계하고 시공하면 끝이지만 텃밭은 만들어 놓은 후에 더 신경을 쓸 수밖에 없습니다. 그러니 공무원들을 설득하기 힘듭니다."

하지만 도시 농업이 인기를 끌면서, 공무원들이 먼저 주말농장 사업을 펼치기도 했다. 경기도는 직접 주말농장을 조성해 분양했

전국귀농운동본부는 귀농으로 생태적 가치와 자립적 삶을 살고자 하는 이들을 돕는 단체이다. 하지만 모두 귀농할 수는 없는 현실이다. 도시 안에도 생태 공간을 만들어 내고 생태적 삶에 대한 철학을 불어넣을 필요가 있다. 전국귀농운동본부가 '도시 농업'에 주력하는 이유다.

다. 2007년 경기도 김문수 지사가 독일을 방문해 별장형 주말농장인 클라인 가르텐klein Garten을 보고 와서 경기도 양평과 연천 등에 별장형 주말농장을 조성했다. 경쟁률이 150 대 1이었을 만큼 인기 많았던 그 농장의 1년 사용료는 320만 원이었다. 비싼 사용료에, 펜션처럼 지어 놓은 번지르르한 건물에 딸린 작은 주말농장. 이것은 도시에서의 생태가 아니라 또 다른 별장일 뿐이다. 애초 녹색 공간이 없는 소시민들에게 임대해 주던 독일의 클라인 가르텐과도 엄연히 다르다.

전국귀농운동본부 안철환 소장도 도시 속의 농업으로서 주말농장을 생각하고 있다. 하지만 그가 생각하는 주말농장은 전기도 들어오지 않는 불편한 주말농장이다.

"나도 이곳 안산에 주말형 농장을 만들려고 하는데, 정말 농사를 짓고 싶어 하는 사람과 함께하고 싶습니다. 지금 우리나라에서 하는 클라인 가르텐은 상업주의에 불과해요. 우리의 모델이 될 수 없죠. 정말 생태에 대해서 고민해 볼 수 있는 공간과 안전한 먹을거리를 생산해 내고 친환경적인 삶을 살고자 하는 사람들. 그들을 위한 진짜 주말농장을 조성하고 싶습니다."

콘크리트를 걷어 내고 흙을 부활시키는 꿈

안철환 소장에게 농업은 단지 개인의 꿈이 아니다. 안 소장뿐만 아니라 전국귀농운동본부 전체, 또 귀농을 꿈꾸거나 실행한 많은 사람들에게 농업은 현대사회의 '대안'으로서 생태에 접근하는 하나의 방법이다. 귀농을 하지 않더라도 도시에서 생태적 가치를 실현하기 위해 도시 농업을 하거나, 그보다 더 작은 실천으로 자원을 절약하는 삶을 살기 시작한 이들까지, 친환경적인 삶은 우리가 가야 할 삶의 방향이다.

그렇기에 안철환 소장에게 현대사회의 사람들은 적벽대전 속 조조 같아 보인다. 모두들 지금 불어오는 훈훈한 순풍에 속고 있지만, 언제 역풍이 불지 모른다. 삶의 방향을 전환해 올바른 방향으로 나아가야 할 시간이 얼마 남지 않았다.

"우리 사회를 보면 아슬아슬합니다. 수도권에 전체 인구의 반이 살고, 부산 등 도시를 다 치면, 우리 모두 도시에 산다고 해도 과언이 아닙니다. 에너지 자급률은 10퍼센트도 되지 않고, 식량자급률은 26퍼센트에 머물고 있습니다. 모든 식량이 무기가 됩니다. 옥수수가 바이오 에너지 분야로 넘어오면서 가격이 두 배가 뛰었고, 식량작물은 모두 메이저 회사에 귀속되었습니다. FTA로 쌀도 넘어가고 있는 상황입니다. 지금은 석유나 쌀이 모두 잘 들어오는 순풍이 분다고 생각하지만 언제 역풍이 불지 모릅니다."

농촌과 도시의 경계를 넘어선 농업은 이에 대비할 수 있는 최고의 방법이라는 게 그의 생각이다. 우리 손으로 기른 믿을 수 있는 농작물, 그 농작물을 함께 기르고 나누며 공동체 정신을 복원하는 사람들, 농업을 통해 자연과 함께 더불어 사는 삶.

"전국귀농운동본부의 궁극적인 꿈은 도시에 콘크리트를 걷어 내고 흙을 부활시키는 겁니다. 하다 보니 농사만이 참 공동체를 만드는 방법이라는 것을 깨달았습니다. 농사는 남는 것이 많습니다. 벼는 하나를 심으면 천 알이 넘게 나오죠. 팔기 힘들어도 나눌 것이 많은 게 농사입니다. 그러니 삶의 근본에서부터 나눔의 삶이 될 수밖에 없는 게 농부들이죠. 농업은 도시화에 따른 환경오염, 지나친 자본주의와 경쟁 구도에 따른 인간의 피폐화, 공동체의 붕괴까지 현대사회의 다양한 문제를 해결할 수 있는 대안입니다."

그저 하나의 업으로서 농업이 아니라, 그저 도시가 아닌 시골이 아니라, 현대사회의 대안으로서 농사와 제2의 인생으로 농사를 선택하는 귀농자들 또는 도시의 농부들. 그렇기에 전국귀농운동본부는 최근 새로운 소농 운동에 주력하고 있다. 이들이 펼치는 소농 운동은 19세기에 벌어지던 계급적 소농 운동이 아닌 생태적인 대안 운동이다.

기계와 화학 자재 등 석유에 의존하지 않는 진정한 생태 농업은 소농만이 실천할 수 있다고 보기 때문이다. 그렇기에 전국귀농운동본부는 소농은 특정 계급이 아니라 생태 대안의 주체임을 알리고자 한다. 이는 귀농 운동이나 도시 농업 운동을 넘어서는 생태적인 삶에 대한 대안 운동이다. 도시 농업도 일종의 도시 속 소농 운동이라고 볼 수 있겠다. 현재 2기가 진행 중인 전국귀농운동본부의 소농 학교는 바로 이러한 소농 운동의 시작을 알리는 첫 프로그램이다. 이들은 향후에는 이를 소농 대학으로 발전시킬 전망도 갖고 있다고 한다.

또한 전국귀농운동본부의 농업에 대한 근본적인 접근은 소농 운동과 함께 토종 종자를 이용해 전통적인 방법으로 농사를 짓는 것에서도 드러난다. 토종 종자는 화학비료나 농약이 없던 시절부터 오랜 세월 농민들에 의해 육종된 우수 종자다. 소출이 적기는 하지만 해마다 반복되는 재해를 통해 병충해에 강하고 환경 적응력이 뛰어나 살아남은 우량 종자들이 토종 종자인 것이다. 그렇기에 토종 종자는 자연 농업의 시작이다.

"토종 종자를 모으고 있는데 우리 땅에서 가장 적합하게 나고 자란 토종 종자가 우리에게 가장 맞을 수밖에 없습니다. 특히 저희는 도시 농업에서 무제초제, 무화학비료, 무비닐 농사를 성공적으로 확대해 보급하고 있습니다. 이는 전통 농업의 시작으로도 의미 있지만, 더 나아가 자기 거름 만들기 등 생태 순환적 농업으로 이어지는 중요한 첫 단추이기에 더 큰 의미를 갖습니다."

자연의 순환 – 농업의 본질

최근 농사에서 자주 거론되는 순환형 농업은 인간의 몸에서 나온 노폐물 또는 기르는 가축의 노폐물을 이용해 거름을 만들고, 그 거름을 먹고 자란 농작물을 먹어 자연과 인간에게 모두 이로운 선순환 구조의 농업을 말한다. 전국귀농운동본부도 결국 자연의 순환이 농업의 본질이라고 본다. 그렇기에 그들의 다양한 사업은 농업의 본질, 즉 순환형 농업을 실현하기 위한 방식으로 구성된다. 도시 농업 사업과 귀농 사업 등을 통해 농부를 늘리고, 그 농부들이 전통적 농업 방식으로 농사를 짓도록 하는 것이다.

"농사를 정의하라면 농사는 똥에서 시작해서 종자에서 완성된다고 생각합니다. 전통 방식의 농업을 추구하는 것은 그 방식이 자연과 인간을 모두 살리는 생태적인 방식이기 때문입니다. 모든 것을 퇴비화했습니다. 사람이 못 먹는 것은 가축이 먹고, 사람과 가축의 똥이나 오줌은 퇴비가 되어 농작물을 키웠습니다. 환경오염은 결국 이러한 순환 구조가 틀어졌기 때문에 생기는 겁니다."

농사는 대안이다. 심화된 도시화와 지나친 경쟁 구도, 심각한 환경오염 등을 막기 위해 농사는 대안이 될 수 있다. 그리고 이는 우리나라 농촌을 살리는 길이기도 하고, 이 길은 우리나라 전체를 살리는 길이기도 하다. 결국 "모두가 농부가 되어야 한다"는 안철환 소장의 이야기는 단순한 과장이 아니다. 진심의 호소다. 그래서 귀농 운동은 그들이 이야기하는 귀농이 소수만의 운동에 그치지 않도록 앞서 이야기한 것처럼 다양한 귀농 프로그램과 도시농부학교, 도시 농업, 텃밭 보급 등 다양한 사업을 펼치고 있는 것이다.

이는 궁극적으로 토종 종자와 전통 농업 방식으로 우리의 땅과 농작물을 건강하게 하고, 농사를 통해 사람들의 삶이 조금 더 정신적으로 풍요로워지며, 생태적 가치의 실현을 통해 자연과 인간이 함께 더 오래 살 수 있는 방법이다.

부산에도 농업이 있다

__부산시농업기술센터

해양 도시 부산의 농업

서울에 이어 제2의 도시로 불리는 부산은 우리나라 제1의 무역항이라고 할 만큼 해양과 물류가 발달한 대도시다. 바다를 배경으로 높다란 빌딩이 들어선 풍경을 보노라면, '해양 도시' 라는 부산의 별칭은 꽤 잘 어울린다.

이런 부산에 대단위 비닐하우스 단지가 있고, 푸르른 들녘에서는 벼가 자라는 모습을 상상하기란 쉽지 않다. 하지만 부산에도 농업이 있다. 날로 도시화되어 가고 있는 부산의 숨통이 되어 주는 농업 지대와 그 농업을 이끌어 나가는 뚝심 있는 2만 7,000명의 농민이 부산에 있다.

편입에 편입을 거듭한 부산광역시의 확장사를 생각하면 이해가 되지 않을 일만도 아니지만, 이미 한국 사회에서 뒷방 늙은이 취급을 당하고 있는 '농업' 이 부산과 같은 대도시에서 그 명맥을 유지하고 있고, 꽤 많은 농민이 있다는 게 낯설다. 그러면서 한편으로는 마음이 놓인다. 이는 아직 부산이 자연과 도시, 사람과 자연이 함께 호흡하고 있다는 안도감이다.

"부산에 농민이 없다고 하는데 그렇지 않아요. 360만 부산시 인구 가운데 농민이 2만 7,000명이니까 0.7퍼센트의 농민이 있지요. 농업기술센터는 농민을 지도하는 곳인데 전체 군 단위가 2만 7,000명이 채 되지 않는 곳도 있으니 비율로는 적어 보이지만, 사실 아주 적은 것만은 아닙니다. 경남 전체에서 보면 상당량의 쌀이 부산 지역에서 생산돼요. 하지만 항만 해양 도시를 지향하는 부산시는 농업에 대한 관심이 크지 않아서 농민들이 소외감을 많이 느끼고 있습니다. 예전 김해 지역이던 가락 · 강동 · 천가 · 녹산 · 대저 등의 강서 지역이 부산에 편입되면서 부산 농업의 주축이 되었습니다. 낙동강 건너 북구 지역의 하천 부지에 농사를 짓는 농민들도 있고, 금정 지역도 있고요. 나머지 30퍼센트의 농업 지역은 양산 지역에서 부산으로 편입된 기장군 지역입니다."

'부산에도 농민이 있다'며 이야기를 시작한 이들은 부산시농업기술센터의 유미복 씨와 김윤선 씨다. 그들의 첫 이야기는 소외되어 있는 농민을 대변해 항변하는 것 같다. 부산에서 농업의 활성화와 농민을 위한 다양한 지원 프로그램을 운영하고 있는 농업기술센터에서 일하는 두 여성은 농업에 대한 확고한 철학을 분명한 목소리로 전했고, 그 목소리에 힘을 실어 주는 것은 성공하고 있는 부산의 도시 농업이다.

"도시 농업에 대해 꾸준히 관심을 가지고 사업을 펼치던 부산시농업기술센터는 2008년부터 도시 농업을 역점 사업으로 추진했고 그 결과, 그해 '도시소비자농업모델센터'로 선정되었습니다. 이듬해인 2009년에는 농촌진흥청 지역농업특성화사업에 '도시 농업' 분야 공모 1위 및 성과 1위를 달성, 2년간 8억여 원의 국비를 확보해 다양한 도시 농업을 펼치게 됐죠. 그 덕분에 '도시민 원예 클리닉', '우장춘 자연 학교', '팜-아트 들판 축제', '유치원 옥상 텃밭 조성 사업', '친환경 주말농장 운영', '농촌 그린 투어 체험 농장 육성', '도시 농업 교실', '텃밭 기술 교육' 등 다양한 사업을 펼쳐 농업 활동이 즐겁고, 친근하고, 생활 속에서 가능하다는 것을 알렸습니다."

그렇다. 부산에도 농업은 있고, 더구나 부산의 도시 농업은 성공했다. 타 지역 사람들에게는 전혀 어울리지 않는 조합으로 여겨지겠지만, 같은 부산에서도 도시민에게는 관심 없는 이야기겠지만 부산의 도시 농업은 성공했다. 그래서 부산 시민들에게 건강한 로컬 푸드를 제공하고, 빌딩 숲에 갇힌 도심지에 자연의 숨결을 전하고 있다.

낙동강 하류를 끼고 있는 부산은 16개 자치구군 중 강서구, 기장군이 농업 지역이다. 삼각주로 형성된 8,300헥타르의 비옥한 토지와 2만 7,000여 명이나 되는 농민이 대표적인 평야 지대 중 하나인 김해평야를 중심으로 벼농사와 토마토, 시설 채소, 꽃을 주로 재배하고 있다. 특히 지금은 거의 일반명사처럼 사용될 만큼 그 맛으로 유명한 '대저토마토'는 부산 대저 지역에서 자란 토마토를 말한다. 매년 3월 중순부터 5월 하순까지 부산 강서구 대저동을 중심으로 생산되는 대저토마토는 일반 토마토보다 당도가 3~4브릭스(Brix, 당도를 재는 단위) 높고, 짠맛과 신맛을 동시에 지니고 있어 '짭짤이 토마토'라고 불리기도 한다.

부산은 시설 원예 발상지이기도 하다. 좀처럼 눈을 보기 힘든 부산에는 한겨울 시설 하우스가 눈처럼 펼쳐진다. 시설 하우스는 부산 시민에게 사계절 신선한 농산물을 공급하고 있다. 광역시이므로 정부로부터의 농업 지원 비율은 상대적으로 낮지만 신선한 농산물을 신속하게 공급함으로써 유통 물류 비용을 줄이는 이점도 있다.

개발에 밀려나고 있는 농업

한때 우리나라의 중심이던 농업이 경제 논리에 밀리고 밀린다고 해도, 아직 우리 몸에 맞는 농산물을 제공하고, 아스팔트 속 생태 공간이 되어 주고 있다는 것은 고마운 일이다.

그러나 농업은 힘들다. 농사일 자체가 쉽지 않지만, 날로 도시화되는 한국이라는 공간 안에서 농사를 짓는다는 것은 더 어렵다. 그렇기에 우리의 농업은 늘 위기다. '개발 공화국'이라고 불릴 만큼 모두 '개발'에 목말라 있고, 개발을 통해 큰 경제적 이득을 볼 수 있지 않을까 기대하며 산다. 농업지대는 그저 '놀리는 땅'이라고 쉽게들 생각한다. 그 땅을 개발해서 높은 빌딩을 세우고, 땅값으로 다른 자영업 등을 계획하는 것이 경제적이라고 생각한다. 부산 역시 다르지 않다.

"부산의 주요 농업 지역인 강서 지역은 최근에서야 편입된 지역인데, 이 지역도 그린벨트가 해제되고 신도시로 개발된다는 이야기가 있어요. 지지와 반대가 나뉘고 있지만, 농업을 하는 사람 대다수는 임차농입니다. 당연히 도시민이 대다수인 부재지주들은 개발을 바랄 수밖에요. 땅값이 크게 오를 테니까요. 신항만이 가깝고 도로가 지나가고 있어 결국 개발이 될 것으로 봅니다. 농업 지역은 점점 줄어 없어지겠지요. 강서구 구정 백서나 부산시 시정 백서를 보면 모두 개발 이야기뿐입니다. 지역 주민들도 개발에 대한 기대심리가 높고요. 지금까지 농업을 해 왔고, 농업에 전문성을 가지고 있는 농민들에 대한 이야기는 없습니다. 마찬가지로 개발 논리에 밀려 사라져 갈 우리의 농업에 대한 이야기도 없습니다. 안타까운 일이죠."

부산시농업기술센터 유미복 씨의 이야기다. 김윤선 씨도 사라져 가는 농업지대를 안타까워하기는 마찬가지다. 경작지는 우리가 먹고살 수 있는 농사를 짓는 곳일 뿐만 아니라 도시의 허파 역할을 감당하고 있기 때문이다.

"그린벨트 해제와 도시 개발, 산업 부지 확장 등으로 인해 부산광역시는 경지면적이 급속히 줄어들고 있습니다. 그나마 농지의 80퍼센트 이상을 도시민들이 소유하고 있고 실제 농민들 대다수는 법적 보호를 받지 못하는 임차농입니다. 부산시의 허파 기능을 감당해야 할 강서구와 기장군이 도시화되면서 생태 공간은 급속히 감소하고 있습니다. 이미 시멘트로 덮인 도시를 재생하는 방법은 그 위에 식물을 키우고 옥상을 녹지 공간인 텃밭으로 조성하여 도심의 녹지를 확대하는 것입니다. 나아가서는 시멘트를 걷어 내는 시민 운동으로 번져야 하지 않을까요? 조금의 불편을 감수할 수 있는 여유와 지혜가 필요할 때라고 봅니다."

경작지가 없어질 것이라는 우려, 그래서 결국 한국의 농업은 씨가 마를 것이라는 걱정은 단지 기우가 아니다. 얼마 전에 대한민국의 개발 병에 대한 대대적인 언론 보도가 있었다. 그에 따르면, 정부가 각종 개발 사업을 하겠다며 전국적으로 지정해 놓은 지역 · 지구는 종류만 53가지에 이르고, 지정된 지역 · 지구 수는 시 · 군을 기준으로 1,553곳이다.

이중 183곳은 2개 이상 중복 지정돼, 개발 사업 구역으로 지정된 전체 지역 · 지구의 면적이 우리나라 전체 국토 면적보다 더 크단다. 더구나 개발 사업 구역으로 지정된 1,553개 지역 · 지구의 땅값 상승률은 5년간 127퍼센트에 이른다. 그야말로 전 국토가 누더기 개발 계획에 몸살을 앓고 있고, 한국의 '개발' 열망은 병 수준이다. 그러니 온전한 경작지가 남아날 리 만무하다.

그러나 농사로 지은 우리 먹을거리 없이, 자연 없이 사람은 살 수 없다. 그렇기에 김윤선 씨의 말대로 도시를 재생하는 방법, 녹지를 확대하는 방법을 고민하고 실행에 옮겨야 한다. 도시 농업은 참으로 생명과 환경, 경관과 즐거움으로 도시인들의 행복 지수를 높일 법한데, 오히려 계속 축소되고 경시되어 마침내 사라질 운명에 있다니……. 도시 안의 농업에 대한 특별한 생각을 가져 볼 때이다.

도시를 재생하는 도시 농업

부산뿐만이 아니라 전국이 오로지 '작은 서울'을 지향하고 있는 대한민국의 도시들에, 생태 공간을 넓히고 도시를 재생하는 가장 좋은 방법은 '도시 농업'에 관심을 갖고 실행에 옮기는 일이다. 도시 농업은 이미 세계적으로 지속 가능한 도시를 구성하기 위한 새로운 패러다임이 되고 있다. 도시 농업을 일목요연하게 정리해 쭉 훑어 주는 김윤선 씨와 유미복 씨의 이야기를 듣자니, 생활 속 생태 수업을 받는 것 같다.

"지구온난화 등으로 인한 탄소 줄이기 공감대가 형성되고 자연에로의 회귀 욕구가 높아지고 있는데 그 하나의 방법이 '도시 농업'입니다. 도시 농업은 녹화율을 높여 도시를 재생해 지속 가능한 도시로 만들고, 공동체를 회복하며, 다양한 교육적 기능까지 갖춰 세계적으로 새로운 패러다임이 되고 있습니다. 상황과 목적에 따라 나라별 도시 농업은 제각기 다른 특색을 보이고 있는데요. 대표적으로 국가의 식량 자립을 위해서 출발한 쿠바의 생태 도시 정책, 환경 회복과 도시 미화, 취미와 여가를 목적으로 활성화된 일본의 시민 농원, 러시아의 다차dacha, 독일의 클라인 가르텐, 영국의 얼롯먼트allotment garden, 미국 뉴욕의 도시 텃밭이 있습니다. 최근 미

도심지 한편에서도 농업의 명맥을 이어 가며 도도하게 경작을 해 나가는 부산의 농민들처럼
부산시농업기술센터는 도시 농업을 확대하기 위한 굵직굵직한 사업들을 수행하고 있다.

셸 오바마의 백악관 텃밭 조성은 유명한 사례죠. 캐나다의 커뮤니티 가든도 많이 거론되고 있고요. 이들 나라는 각기 법 제도 아래에서 도시 농업을 활성화하고 있으며 대부분 시민 단체의 공동체 활동으로 출발하여 입법화하고 정부 정책으로 채택, 발전시키고 있습니다. 우리나라는 서울시의 주말 텃밭을 시작으로 도시 농업이 시작되어 도시 및 도시 근교 농촌에서 이루어지는 농촌 체험과 도농 교류 등을 중심으로 확대되고 있습니다. 하지만 '도시 농업'이라는 용어가 거론되기 이전부터 도심의 자투리땅을 일구고, 폐용기에 채소를 심어 가꾸며 도시 농업을 실천해 왔었죠. 농촌진흥청은 2009년 도시 농업 중장기 로드맵을 발표하고, 도시농업연구팀을 출범시키며 도시 농업의 활성화에 본격적으로 나섰습니다. 현재는 대도시의 농업기술센터에서 소비자 농업 – 도시 소비자 농업 – 도시 농업으로 용어가 정리되면서 지방마다 나름의 도시 농업을 펼쳐 가고 있습니다."

실제로 도시 농업에 대한 관심은 계속 확대되고, 이를 위한 다양한 프로그램과 지원 정책도 꽤 진행되고 있다. 몇몇 지자체에서는 도시 농업 조례를 제정해 시행한 곳도 있으며, 국가적으로는 '도시 농업 육성 및 지원에 관한 법' 제정이 논의되고 있다.

하지만 도시 농업이 도시 재생의 역할을 제대로 수행하기 위해서는 많은 준비와 깊은 관심이 필요하다. 도시 농업과 관련된 법이 제정되어야 하고, 전문 인력이 갖추어져야 한다. 말로만 떠들어 대는 도시 농업은 오히려 왜곡되고 국민들의 피로감을 불러올 수 있다.

체계적인 도시 농업 교육, 공한 사유지 및 국공유지 활용, 폐교 활용 방안 등을 잘 살펴 제도적인 보호와 규제로 텃밭이 자연환경을 훼손하고 미관을 해치도록 해서는 안 된다. 텃밭 등록제로 일정 기간 보호를 받을 수 있고 친환경 농자재 영세 적용 혜택, 도시 농업 관련 법 제정, 우리나라에 맞는 도시 농업 정의, 도시 농업에 적합한 농자재 개발 등도 요구된다.

텃밭 등록제는 일반 생산 농업에 있는 농지 등록제와 같이 도시민도 텃밭을 보호받을 수 있고, 친환경 농자재 사용 등에 따른 영세 적용을 받을 수 있도록 하는 제도적 장치다.

또한 도시 농업 교육을 비전문가, 농업을 전혀 모르는 활동가들이 운영하는 경우가 많다. 안전한 먹을거리를 외치며 도시 농업 생산물을 유기 농산물이라 오도하기도 한다. 도시 농업의 장기적 목적은 식량의 자급자족이다. 농업 예비군으로서의 도시 농부 양성도 필요하다. 그렇기에 도시 농업 전문가 양성은 시급한 과제이다. 농업은 생명을 다루는 일임을 잊어서는 안 된다. 어느 것 하나 허투루 할 수 없는 일이다.

"도시 농업은 전 국민의 농업입니다. 농업은 먹을거리면서 자연이죠. '먹어야 산다'는 대명제 아래에서 최소한 자신이 먹는 것에 대한 상식을 가져야 할 것입니다. 하여, 전 국민의 교양으로서의 도시 농업이 필요하다고 생각합니다. 학교 교과 과정은 물론이고 각종 사회 교육을 통하여 농업을 알게 할 필요가 있는 거죠. 더불어 도시 농업 영역을 무한 확대해야 합니다. 특히 젊은 세대들을 위해 스마트폰을 활용한 도시 농업 정보 제공 서비스 개발과 같은, 신세대가 쉽고 재미있게 접근할 수 있는 프로그램이 있어야겠지요. 자연스럽게 농업을, 먹을거리를 익히고 실행할 수 있도록 해야 합니다."

농업은 자연이며 먹을거리라는 그들의 이야기가 설득력 있다. 인간의 삶은 농업이 있어 가능하다. 계산기를 두드려 봐도 농업의 가치가 산업에 뒤지지 않는다. 우리나라에서 농업의 가치를 계산하면 32조 원이 된다고 한다. 대구에서 가로수를 확대해 평균온도를 낮추었다는 말도 있듯이 보이지 않는 가치가 많다. 환경이나 경관, 도시 건강에 큰 영향이 있지 않겠는가. 경제 가치로만 볼 일이 아니다.

농민과 소비자의 가교, 부산시농업기술센터

농업인에게 새로운 농업 기술을 보급하고, 시민들에게 농업과 관련된 유용한 생활 정보를 제공하여 농민과 소비자 사이에서 가교 역할을 하기도 하는 곳이 농업기술센터다. 그러나 몇 십 년간 농사만 지어 온 농민의 경험의 무게를 무시할 수 없는 일이다. 농민이 알아서 하는 부분이 많다. 때로 농민이 더 앞선 기술을 제시하기도 한다. 경험은 그러나 관행으로 빠지기 십상이다.

"농업기술센터는 기본적으로 새로 나온 시범 기술, 에너지 절감 시설과 기술, 친환경 농업 과정에서 천적 농업 기술 보급 등을 위해 노력합니다. 벼 종자를 계속 개량해서 보급하는 일도 중요한 일이죠. 새로운 기능성 작물을 시범 재배하고 이를 확대하는 일도 주요 업무 중 하나입니다. 그러나 우리들은 현장에서 일하지 않기 때문에 농민들이 우리보다 더 기술이 앞서기도 하죠. 하지만 현장에 매몰되어 또는 관행적으로만 농사를 짓다 보니 놓치는 것이 많습니다. 예컨대 벼 이앙 시기는 6월 10일이 적기인데 5월 말이면 끝내 버리는 식이죠. 관행으로서가 아니라 과학으로서 농사에 접근하게 하는 일이 중요합니다."

생산 기술 외에도 농업의 모든 문제를 다 해결하려고 노력하는 곳이 농업기술센터다. 각 지자체마다 모두 농업기술센터를 가지고 있는데 여기서는 생산자로서의 농업과 더불어 소비자에 대한 고려를 하지 않을 수 없다. 여기에서 '소비자 농업'이라는 말이 나온다.

전통적으로 생산 중심이던 농업이 소비자를 대상으로 한 마케팅을 포괄하면서, 소비자와 호흡하는 농업으로서 거듭나게 하는 것이다. 이를 위해 소비자들을 초청해서 농촌 체험프로그램을 하면서, 농업과 소비자 사이에 신뢰가 형성되도록 하는 것이 주요해졌다.

농업기술센터의 업무는 각 지역에 맞춰 특성화되어 있다. 전통 농촌 지역은 그 지역대로, 도시 농업 지역은 도시 농업대로의 특성을 갖고 활동을 하고 있다. 그래서 농업기술센터의 조직 구성에서 기술 파트 외에도 사회 파트를 가지고 있어 농업인의 사기 함양, 정신적 교육, 농촌 노인 지도, 부녀자 지도 등의 역할도 하고 있다.

부산시농업기술센터는 대도시권이라는 특성에 맞춰, 도시 농업의 확대에 주력하고 있다. 도시 농업 특성화 사업을 추진하면서 도시 농업의 다양한 사례를 전국으로 확대시켰으며, 지역 협의체를 육성하고 전문가 네트워크를 형성해 도시 농업에 대한 공감대를 확대해 나간다.

부산의 강점을 살린 도시 농업 시범 사업, 그린 투어, 텃밭 사업, 커뮤니티 가든 등 과제 개발 보급과 도시 농업 박람회 개최 등으로 도시 농업의 저변을 확대하는 것은 물론, 도심 속에서 자연을 꿈꾸는 도시민들을 위해 주말농장, 옥상 농원, 베란다 원예, 상자 텃밭 등 도시 농업을 주제로 한 총제적인 산업과 연구 활동의 활성화를 도모하고 있다.

이를 통해 도시 농업의 가치를 전국에 확산하여 도시 농업 산업화를 촉진하고, 지역 간 상호 교류와 전문가 네트워크를 구축하는 등 미래 농업의 가능성을 도시로 확장시켜 나가는 성과가 있었다. 또한 2011년도 부산시 신규 정책 과제로 도시 농업 박람회 확대 개최, 도시 농업 공원 조성 등이 채택되는 성과도 거두었다.

적은 인력과 예산은 부산시농업기술센터가 양적인 사업을 해내는 데 한계로 작용한다. 이에 부산시농업기술센터는 도시농업 지역협의체를 육성하여 그들의 지지와 협력으로 극복해 가고 있다. 또 2011년에는 도시 농업 과제를 함께 해결해 나가기 위한 전문가와 학계, 유관 기관 등으로 구성된 '부산도시농업포럼'을 출범시켰다.

한국에서 줄어드는 농업의 입지만큼 부산뿐만 아니라 대한민국의 모든 농업기술센터의 입지도 좁아질 수밖에 없다.

> "부산시농업기술센터는 부산시 산하기관입니다. 농지가 개발의 논리에 밀려 줄어들듯 농업기술센터 또한 구조 조정 이야기가 나오기도 하고, 예산이 줄기도 하고, 이전이 논의되기도 합니다. 하지만 아무리 농업이 사라지고 생산 면적이 줄더라도 농업의 기술은 이어 가야 하지 않겠어요. 농업기술센터는 농민과 함께여야 합니다. 농촌 지도사들이 현장으로 나가 농민들과 대화하고 희로애락을 함께하는 것이 중요합니다. 우리들 스스로, 그리고 밖으로는 함께하는 농민과 가족같이 끈끈한 관계를 유지할 수밖에 없는 이유입니다."

그럼에도 부산시농업기술센터는 도심지 한편에서도 농업의 명맥을 이어 가며 도도하게 경작을 해 나가는 부산의 농민들처럼, 오늘도 도시 농업을 확대하기 위한 굵직굵직한 사업들을 수행하고 있다. 도시 농업을 확대하기 위한 '전 시민 도시 농업 교육', '1가구 1텃밭 가지기' 운동은 물론 차세대 농업 활동 공간으로 '옥상 텃밭' 사업을 꾸준히 지원하고, 교육 활동으로서 농업 과제 개발, 도시 농업 생태 공원 조성 등도 추진해 나갈 계획이다.

이를 통해 부산시농업기술센터는 시민들이 안방처럼 드나들 수 있는 농업 기관으로 거듭나고자 한다.

"부산 전체 면적의 최소 5퍼센트는 농지로 남아 친환경 영농 단지가 조성되어 사계절 신선한 농산물이 도시민에게 직접 전달되고, 텃밭을 가꾸는 시민들의 활발한 모습이 공원의 한 풍경이 될 수 있도록 하는 게 부산시농업기술센터의 목표입니다. 이를 위해 도시 농업을 도시 경관과 도시 디자인에 접목하는 '부산도시농업포럼'과 협력하여 녹지 공간을 확대하고 학술적으로 정립해 나가는 한편, '부산도시농업박람회'를 '국제도시농업박람회'로 격상하여 박람회를 부산 문화 콘텐츠로 자리 잡도록 할 계획입니다."

도시와 농업을 하나로 묶는 도시 농업은 인간의 가장 기본적인 권리이자 욕구인 먹을거리에 대한 생각을 바꾸는 새로운 패러다임이다. 도시 농업은 황폐화된 도시를 재생한다. 생명을 가꾸고 돌보는 과정에서 도시 생태를 회복하는 것은 물론, 세대 간의 벽을 허물어 인간관계를 회복시켜 주는 역할을 하기도 한다. 인구수가 줄어들고, 생산적 복지에 대한 의미가 되새겨지는 요즘, 도시 농업은 다양한 분야에서 대안이 될 수 있다.

생명과 환경, 경관과 즐거움으로 도시인들의 행복 지수를 높이는 도시 농업에 대해 다시 생각해 봐야 할 것이다.

구 친환경 도시텃밭 가을 농장 개장

도시에서 꽃피는 농업
__서울 강동구청

오이, 어디 갔어요?

오이, 가지, 고추, 호박, 토마토, 수박 등 갖가지 과일과 채소가 마당에 가득하다. 토마토가 빨갛게 주렁주렁 달려 있는가 하면 둥근 호박이 살포시 얼굴을 내밀고 오이가 무게를 감당하지 못할 정도로 커져 있다. 이 마당만 보면 시골 어느 농촌 마을의 텃밭에 와 있는 것 같다.

그러나 이곳은 도심 한가운데에 위치한 텃밭이다. 바로 강동구 명일1동의 주민센터 앞마당. 수많은 사람들이 오며 가며, 신기한 듯 도시 한복판에 열린 이 신기한 과일들을 관찰하고 만져 보곤 한다. 사실 이 도시 텃밭이 이 동사무소를 방문하는 민원인들이나 인근의 주민들, 바로 옆에 위치한 전통 시장인 명일시장을 오가는 주부들의 관심을 사로잡은 지는 오래된 일이다. 한번은 탐스럽게 열린 오이를 땄더니 '오이 어디 갔느냐' 고 묻는 사람들이 많았다고 한다. 오가는 주민들이 하루하루 커 가는 오이를 모두 지켜보고 있었다는 이야기이다.

시민들의 관심은 점차 행동과 참여로 이어졌다. 어떤 주민은 더덕이나 돌미나리, 완두콩 등을 기증했다. 그만큼 이 도시 텃밭은 날로 풍요로워지고 있다.

겨울이라고 해서 이 텃밭이 텅 비는 것은 아니다. 마늘이나 보리, 꽃배추 등 겨울에도 자랄 수 있는 것들이 심긴다. 이렇게 명일1동 주민센터 앞 텃밭에는 현재 40여 종의 각종 채소류와 과일류가 자라고 있다. 원래는 주차장의 일부였던 곳을 시멘트를 걷어 내고 흙을 넣어 채마밭으로 가꾼 것이다.

특히 재미난 것은 버리는 거리 조경 시설이나 그릇, 폐가구, 플래카드 등을 활용하여 화단이나 화분으로 활용하고 있다는 사실이다. 도시에서 농산물이 자라는 것을 보는 것만으로도 신기한데, 그 화단 시설이나 화분 등도 색다르게 꾸며져 있으니 사람들의 관심을 끄는 것은 당연한 일이다.

홍성욱 동장이나 강혜연 담당 공무원 외에도 이곳에서 일하는 모든 공무원들은 매일 아침 출근하며 이곳에 먼저 들러 농작물이 잘 자라는지 확인하고 나서야 사무실에 들어온단다. 밤사이 싹은 얼마나 자랐는지, 열매는 얼마나 통통해졌는지, 벌레 먹은 곳은 없는지 자식처럼 살피는 게 자연스러운 일이 된 것이다. 점심때와 쉬는 시간에도 발걸음은 항상 이 텃밭을 향한다. 푸른 싹을 보고, 고운 열매를 보다 보니 이들 모두 하나같이 표정이 밝을 수밖에 없다.

이 주민센터 인근에 있는 옹달샘학교의 아이들과 그 엄마들도 함께 와서 이 텃밭을 돌보기도 하고 여기서 맺은 과일을 따서 먹는 방법도 익힌다고 한다. 그야말로 동네의 텃밭이 되었고 모두가 즐기는 마당이 된 것이다.

강동구, 도시 텃밭 확산의 진원지가 되다

주민센터 텃밭이 보기 좋은 명일1동을 지나, 그다음 간 곳이 강동구가 직영해 온 1호 공공 텃밭인 친환경 도시 텃밭이다. 강동구에 설치된 공공 텃밭 6개 중 하나란다. 이곳은 약 3,000여 평의 비교적 큰 텃밭이다. 한눈에 다 안 들어올 정도의 규모이다. 현재 이곳은 400개의 개인 농장으로 나뉘어 분양된 상태다.

강동구가 비교적 짧은 기간 안에 도시 텃밭의 선두 주자가 된 것은 구청이 선도는 하되, 도시 농업의 전문성을 가진 단체와 협력 체제를 구축했기 때문이다. 전국귀농운동본부 텃밭보급소와 협약을 맺고, 단체에 도시 텃밭의 운영과 관리를 위탁했다. 전국귀농운동본부 측은 아예 텃밭보급소의 서울 지소를 강동구에 내고 본격적으로 도시 텃밭 확산을 위한 전진기지로 삼아 다양한 활동을 벌이게 되었다.

전국귀농운동본부 역시 혼자서 이 사업을 추진하지 않고 이 지역에 기반을 두고 주민 참여 운동을 벌여 온 강동시민연대, 학교텃밭 운동을 펼쳐 온 여성환경연대, 생협 조직인 한살림 등과 협력하고 있다.

강동구는 도시 농업 조례를 만들어 도시농업위원회를 설치하고 거버넌스의 가능성을 보장하고 있다. 강동시민연대의 경우 교육 프로그램을 만들어 실버 도시 농업 교육을 하고 있다. 가을에는 강동구의 대표 축제인 '선사문화축제'와 병행하여 '도시농업 축제'가 열릴 계획이고, 한살림에서 주관하는 '가을걷이 축제'도 열린다니, 도시 텃밭 하나로 도시 전체가 풍성해졌다.

도시 텃밭은 사업 아이템으로 이어져, 성내2동 주민센터는 서울시 프로그램 응모 사업을 통해 지렁이 배설물을 퇴비로 만드는 마을 기업도 준비하고 있다고 한다. 그야말로 삭막한 도시 속 생태 공간이 되어 주는 도시 농업이 강동구에서는 다방면의 대박 아이템이 된 것이다.

가장 중요한 파트너인 전국귀농운동본부가 하는 주요한 일은 도시 텃밭 관리와 텃밭 분양자 교육, 농자재와 농기구의 대여 등이다. 가능하면 관에 의존하지 않고, 자립적으로 도시 농부가 될 수 있도록 만든다는 것이 전국귀농운동본부의 원칙이다.

그래서 호미 등 농기구도 자신의 것을 가지고 다니도록 하고, 친환경 약제도 가급적 스스로 만들도록 한다. 보통 주민들의 경우 수확물에만 관심과 욕심을 가지는데 파종과 재배의 전 과정을 제대로 익혀야 농업과 농산물에 대한 이해와 애정을 가질 수 있기 때문이다.

특히 전국귀농운동본부는 우리 종자를 사용함으로써 '토종 증식 농장'으로 만들어 보겠다는 꿈을 가지고 강동구를 도시 농업의 천국으로 만드는 데 힘을 보태고 있다.

구청장의 최우선 공약으로 시작된 강동구의 도시 농업

강동구가 이렇게 도시 농업에 적극 나서게 된 것은 구청장의 선거공약에서 비롯됐다. 지난 지방선거에서 이해식 구청장은 로컬 푸드와 도시 농업 활성화 두 가지를 중요 공약으로 내세웠다. 이해식 구청장은 관내에서의 친환경 농업과 로컬 푸드, 특히 친환경 급식에 대한 이해가 높았고 그것을 공약으로 내세웠던 것이다. 그냥 말로만 한 것이 아니라 도시 농업에 관한 조례 제정과 전담 부서 조직에 관한 구체적인 공약을 포함시켰다. 그 공약대로 작년인 2010년에 조례가 만들어졌고 이어서 '2020도시농업종합운영계획'이 수립되었다.

먼저 도시 농업 조례가 만들어진 것이 2010년 11월 10일이다. 조례를 만들기 위해 구청장과 담당 공무원들은 직접 구의원 18명을 만나 도시 농업의 필요성과 향후 계획을 설명하며 협조를 구했다고 한다. 당시 배추 값 파동, 곤파스 태풍, 서울에서 몇 백 년 만에 처음 온 집중호우 등 기후 환경문제와 도시 주민들의 먹을거리 문제 등이 부각되면서 구의원들이 도시 농업의 필요성에 곧 동의했다고 한다.

의회를 설득하기 위해 왜 도시 농업을 해야 하는지, 도시 농업이 가지고 있는 다양한 가치가 무엇인지에 대해 담당 공무원들이 전 세계를 돌아다니며 도시 농업과 정책에 대해서 공부했다지만, 백 마디 공무원의 말보다 현실로 드러난 지구온난화의 파장이 더 주요했던 것이다.

조례가 통과되자, 전담 팀인 친환경도시농업팀을 2011년 1월

강동구는 친환경 농업과 농산물에 대한 관심과 애정, 경험을 바탕으로
권역별로 공공 텃밭을 계획하고, 공급하고, 관리한다.

1일 자로 만들었다. 아예 내년에는 도시농업과를 만들 계획이다. 팀장까지 다섯 명이 되는 적지 않은 조직이 된다. 기존의 농업 업무에 도시 농업이 부가된 것이다.

서울 강동구에 기존의 농업 업무라니 낯설다. 하지만 강동구 내에 농업 인구는 305농가이고, 그들의 농지는 274헥타르에 이른다. 더구나 이중 62농가는 친환경 농가이다. 강동구는 로컬 푸드를 구축하고자 친환경 농작물 재배 농가에 유기농 자재를 지원함으로써 친환경 농산물을 늘리는 한편, 이를 바로 지역에서 소비하고 있다. 이를 통해 2008년도 4가구였던 친환경 농가는 2010년 62가구로 늘었다. 그들이 생산한 친환경 농산물들은 학교 급식으로 공급하고 있다. 또한 양평 공사와 MOU를 체결해 직거래를 현실화시켰고, 매월 두 차례 열리는 '상일동어울마당'에서 친환경 농산물을 홍보하고 있다.

강동구는 이러한 친환경 농업과 농산물에 대한 관심과 애정, 경험을 바탕으로 권역별로 공공 텃밭을 계획하고, 공급하고, 관리한다. 또한 상자 텃밭을 공급하고, 아이템을 개발한다. 아울러 상자 텃밭 체험단과 상자 텃밭 멘토 기동대를 운영하고, 어린이 체험 농장, 퇴비 농장 등 다양한 도시 농업정책을 펼치고 있다.

강동구청, 도시 농업에 빠지다

조직이 만들어지자, 공무원들의 발등에 불이 떨어졌다. 도시 농업을 할 만한 땅을 찾아야 했던 것이다. 국공유지라거나 나대지 등을 찾아다녔고, 그렇게 해서 만들어진 것이 네 개의 큰 도시 텃밭이다.

전체 부서에 도시 농업의 특명이 떨어졌다. 지난 2월에 분야별로 도시 농업에 접목할 수 있는 사안을 발표하는 대회가 열렸다. 올해의 목표는 800구좌였는데 발표 대회 후 1,600개 구좌로 늘어났다. 동에서 만든 텃밭도 많아졌다. 교육지원과에서는 도시 농업 교육을 담당하고, 푸른도시과에서는 공원에서 도시 농업을 하는 방법, 총무과에서는 청사에서 도시 농업을 하는 방법을 찾아나섰다.

도시 농업에 대한 관심이 높아지자, 공원에서 허브 공원은 물론 벼농사까지 하게 되었다. 그린벨트 관리 구역에 도시 농업을 할 수 있는 가능성도 찾았다. 에너지 팀에서는 바이오 에너지를 만드는 일을 하는데, 유채를 공원 안에 심어 그 유채 기름으로 바이오 에너지를 만든다.

봄에는 유채를 심고 가을에는 해바라기를 심는다. '에너지 밭'이다. 이 밭은 자라나는 세대에게 화석연료에 의존하지 않고 살아야 한다는 것과 친환경 재생에너지의 필요성을 가르치는 교육장이기도 하다. 유채나 해바라기들이 자라서 그곳에서 에너지로 전환되는 과정을 체험하도록 하고 있다.

일을 하며 도시 농업에 대한 애정은 더 커졌다. 공무원들은 도시 농업에 대한 열정을 바탕으로 다양한 아이디어를 쏟아 내며, 각 부서 안에서 할 수 있는 일을 스스로 찾기 시작했다. 그렇게 등장한 것이 '도시 농업 아이디어 경진 대회'다. 처음에는 구청 직원들끼리 시작했단다. 경진 대회에서는 각 부서끼리 경쟁이 붙어, 도시 농업에 대한 재미난 아이디어들을 쏟아 냈다.

명일동에서는 포대 같은 곳에 흙을 담아 호박을 심고 현수막을 새활용해서 자루로 만들어 그 속에 작물을 심었다. 어느 동에서는 주민자치 위원들이 인근의 양평 등지에 가지고 있는 땅에 농산물을 경작하며 대화도 나눈다. 그 수확물을 가지고 경로당이나 지역아동센터를 돕기도 한다. 하지만 구청 내 모든 부서를 도시 농업과 연계하기는 어렵지 않을까? 강동구청은 그렇지 않다는 걸 사례를 통해 직접 보여 준다.

"구청 내 몇몇 부서의 경우 도시 농업과 상관없다고 여겨질 수 있지만 사실 그렇지 않아요. 자치행정과 같은 경우는 행정 지원 부서로 언뜻 도시 농업과 연결되는 것 같지 않지만, 그 부서는 민방위 대원 훈련, 전체 동을 평가하고 지원하는 업무가 주업무거든요. 오히려 전체를 지원하는 매니저 역할을 하며, 도시 농업을 활성화시킬 수 있는 최상의 부서죠. 예컨대 민방위 훈련 때에도 도시 농업에 관한 교육을 하며, 도시 농업의 필요성을 알릴 수 있겠고, 주민센터 프로그램에 도시 농업 관련 프로그램을 공급하고 지원할 수 있겠으며, 주민 단체 보조금 지원에서도 녹색 생활의 실천을 과제로 한 사업에 보조금 비중을 두는 일 등이 가능합니다."

강동구청 지역경제과 김형숙 과장의 설명이다.

그래서 강동구청은 지금, 도시 농업이 핫 이슈다. 강동구 공무원들에게는 가는 곳마다 길거리, 베란다, 옥상에 자투리땅까지 모두가 농작물을 키울 땅으로만 보인단다. 전혀 다른 시각이 열린 것이다. 강동구청은 구청장실을 포함하여 3층 베란다 창틀에는 모두 토마토 화분이 설치되었고, 구청 앞 한 식당 입구에는 상추, 토마토가 자란다.

지금은 '그리니티'라는 공무원들의 동아리 모임도 생겼다. 자기 집에서 직접 농산물도 키워 보고 지역을 돌아다니며 좋은 텃밭 후보지도 찾아본다. 강일동 도시 텃밭에 테마 텃밭을 시작했다. 다둥이 텃밭, 장애인 텃밭, 그리니티 텃밭을 만들었다. '그리니티 텃밭'은 공무원들의 동아리 모임에서 운영하는 텃밭이다.

행복의 원천, 도시 농업

강동구는 지난 2010년 조례를 만들면서 도시 농업 예산도 만들었다. 전체적으로 약 3억 원에 이른다. 땅 임차비, 병충해 방재, 교육비, 상자 텃밭과 체험 농장 운영비, 농자재 구입비, 모종과 씨앗 등의 비용이다.

초기이다 보니 구청에서 자잘한 부분까지 예산을 투입하지만, 나중에는 도시 농업을 하려는 주민 스스로 부담하는 것이 바람직할 것이다. 무슨 일이든 스스로 하는 열정이 있어야 그 일에 더 몰두하고 잘할 수 있는 법이다.

행정기관의 적극적인 지원으로 도시 농업을 하게 됐지만, 텃밭의 즐거움에 빠진 주민들은 스스로 텃밭을 키워 가고, 새로운 삶의 즐거움을 깨닫게 된다. 이는 담당 공무원들도 마찬가지다. 일로 시작한 텃밭 사업이지만, 하다 보니 나 스스로 행복해지고, 깨달음을 얻어 간다.

"처음에 텃밭을 만들기 위해 나대지를 돌아다니다가 둔촌동 텃밭 부지를 찾아냈지요. 주인을 만나 협의를 했어요. 땅을 그냥 두는 것보다는 주민들을 위해 도시 텃밭으로 만들어 보자 설득해서, 텃밭으로 꾸며 226구좌를 주민들에게 분양했죠. 분양받아 과일이나 채소를 기르는 주민들이 무척 행복해했어요. 작다면 작다고 할 수 있는 4.5평에서 그 큰 행복을 거두게 될 줄은 아무도 몰랐던 거죠. 다들 아주 즐거워했어요. 텃밭에서 할아버지, 아버지, 그리고 손자 3세대가 함께 모여 서로 소통하고 나눌 수 있다고 좋아하는 주민들도 있었고요. 도시 농업이란 이런 거구나 깨닫게 되었죠. 제 스스로 제 삶을 돌아보면서 진정한 행복에 대해서도 생각해 볼 수 있는 계기도 되었고요."

사실 현대사회의 삶에는 우울증이라거나 스트레스, 화와 신경질이 많아질 수밖에 없다. 물을 주고, 벌레를 잡아 주며 정성껏 채소와 과일을 키우다 보니 생명의 존귀함을 깨닫고 나아가 자아를 발견한다. 더구나 자신이 키운 것을 아이와 이웃들과 나눠 먹다 보니 보람이 클 수밖에 없다.

하지만 초기에는 곧잘 쉬운 길로 가로질러 가고 싶은 마음이 누구에게나 생기기 마련이다. 그래서 텃밭 주민들도 처음에는 텃밭에 몰래 비료나 농약을 주기도 했다고 한다. 그래서 퇴출시키겠다고 협박을 하기도 하고, 유기 농업의 장점을 가르치기도 했다. 지금은 완전히 달라졌다. 누가 강요하지 않아도 스스로 유기 농법으로 농사를 짓고, 그 건강한 열매를 가족과 나눠 먹으며 행복을 키워 간다.

지금은 전국귀농운동본부, 건국대와 관학 협력을 맺어 '도시농업학교'를 개설했다. 과정을 수료한 이들에게는 수료증이 교부된다. 이들 도시 농부가 많아질수록 구청의 역할은 점차 줄어들고, 주민 중심으로 가게 될 것이다.

좀 더 나은 도시 농업의 미래를 위하여

도시 농업이 지속 가능하기 위해 주민들 속에 뿌리가 내려야 한다. 다행스럽게도 강동구의 적극적인 도시 농업 정책으로 주민들 사이에서 상자 텃밭에 대한 노하우가 축적되고 관심을 갖는 이들이 늘어나고 있다. 이들의 모임도 준비되고 있다. 점차 도시 농업의 씨앗이 널리 퍼져 가고 있는 것이다.

이런 바탕 위에 '도시농업센터'를 설립하는 것이 강동구청의 계획이다. 도시 농업의 정착과 확산을 위한 매개체가 될 이 센터는 그야말로 중간 지원 기관으로서 사회적 기업의 형태로도 가능할 것이다.

구에서 늘 개입해야 하고 예산의 부담을 질 수는 없다. 주민들의 자발성이 강화되고 도시 농업이 지속 가능해지려면 이런 중간 지원 기관이 필요한 법이다. 강동구청 공무원들이 전라북도 완주에 가서 보니 커뮤니티비즈니스센터를 중간 지원 기관으로 만들어 공무원과 시민 단체, 주민들이 함께하는 모습이 인상적이었다

강동구의 적극적인 도시 농업 정책으로 주민들 사이에서 상자 텃밭에 대한 노하우가 축적되고 관심을 갖는 이들이 늘어나고 있다.

고 한다.

일시적인 유행이 아니라 장기적인 비전을 갖춰 제대로 도시 농업을 준비하고 있는 강동구. 도시 농업으로 강동구가 뜨다 보니 최근에는 녹색경영대상을 받게 되는 경사도 안았다. 뿐만 아니라 지난 2011년 6월 8일에는 대통령이 참석하는 녹색성장위원회 회의에서 이해식 구청장이 도시 농업 특구 자치단체장의 노하우를 발표하기도 했다고 한다. 도시 농업이 더 성장하기 위해서는 중앙정부 차원의 지원과 정책 마련이 필요한 일이다.

> "도시 농업이 녹색 정책으로 뿌리내리기 위해서는 도시 농업과 관련한 법들의 정비가 필요합니다. 예를 들자면, 건축시 조경 기준에 명시된 녹지의 개념에 수목만이 아니라 농작물도 포함되어야 하고, 공공 텃밭에 필요한 교육장이나 주민 편의 시설을 녹지지역에도 설치할 수 있는 근거가 마련되어야 하는 거죠. 또한 농지 은행과 관련한 농지법 개정을 통하여 임대 · 위탁의 범위를 확대, 적용하는 근거 마련이 필요하고, 도시 농업에 농지가 쉽게 제공될 수 있도록 관련 세법도 개정되어야 합니다."

그래서 이해식 구청장은 그 자리에서 2020년까지 1가구 1텃밭을 가꾸는 것을 목표로 하는 강동구청의 도시 농업 사례를 보고하면서 이렇게 도시 농업이 발전하기 위해 꼭 필요한 제도적 · 정책적 대안을 마련해 줄 것을 대통령에게 건의했다고 한다. 도시 농업은 삭막한 도시 속에 소중한 허파가 되어 주고 있다. 중앙정부 차원의 제도 정비가 필요하겠다.

옥상 텃밭, 실내 공간 농업, 식물 공장, 베란다 텃밭 등 다양한 형태의 도시 농업이 있고 강동구는 이런 것들도 학습하면서 동시에 확산을 위해 노력하고 있다. 강동구청만이 아니라 서울의 한 테크노마트 건물 옥상에는 빌딩 숲 속의 작은 농원이 들어섰고, 일반 가정의 베란다에 각종 채소를 심어 먹는 이른바 '베란다 텃밭족'도 늘어나고 있다. 강동구처럼 의욕적으로 도시 농업의 정책이 확산되고 도시 농부들이 늘어나면 그만큼 행복한 세상은 빨리 찾아올 것이다.

4부

지속 가능한 미래, 친환경 에너지

반핵의 터에 시민 발전소를 세워라

__ 부안시민발전소

갈등의 끝, 한 걸음 성장하다

누군가는 '항쟁'이라고 불렀고, 누군가는 '사태'라고 불렀다. 다른 이는 '주민 운동'이라고 이름을 붙였다. 2003년부터 짧게는 1년, 길게는 3년 동안 부안에서 펼쳐진 '방사성폐기물 처분장 유치'를 둘러싼 갈등은 다양한 이름만큼 각자의 다양한 시각 안에서 이해됐다. 그리고 끝이 났다. 정부의 정책 실패, 국민과의 소통 부재, 서로에 대한 불신, 사회적 갈등에 대한 미숙한 해결 방식 등 우리나라의 다양한 문제를 수면 위로 끄집어 놓은 채. 승자는 없었다. 모두 상처를 입었다.

정부는 원했던 바를 이루지 못했고, 신뢰가 땅에 떨어졌으며, 1년이 넘도록 계속된 주민과의 갈등으로 큰 사회적 비용까지 치르면서 패자가 되었다. 그러나 '부안 군민의 승리'라고 환호하기도 어렵다. 방사성폐기물 처분장이 결국 다른 정책 과정을 밟아 주민 투표율이 높은 곳으로 유치됐으니, 방폐장 유치를 반대하던 부안 군민의 승리라고 할 수도 있겠지만, 안분지족하며 살던 부안 군민의 마음은 이미 갈기갈기 찢긴 상태였다.

그럼에도 불구하고, 2003~2004년의 부안이 우리 역사에서 중요한 이유는 활자 안에 갇혀 있던 민주주의를 삶 속에 끄집어냈다는 점이다. 국민의 삶에 큰 영향을 미치는 정부의 정책은 당연히 국민의 의사를 반영해 이루어져야 한다. '대한민국은 민주주의 공화국이다'로 시작하는 대한민국의 헌법은 깡그리 무시한 채, 국민의 의사에 반하는 정책을 버젓이 정부 마음대로 추진할 수 있는 사회를 우리는 너무나 당연한 듯 살아왔다. 오랜 세월 억눌린 주권의 표현은 2003년 부안에서 그렇게 이루어졌다. 갈등의 치유는 민주주의적 실현을 통해 가능하다.

시간을 거슬러 2003년의 부안에서 이야기를 시작한 것은, '부안시민발전소'의 태동이 그곳에 있기 때문이다. 그 격렬했던 찬반 운동의 틈바구니에서도 더 큰 미래를 위한 희망의 씨앗이 땅속 깊숙이 웅크리고 있었다. 씨앗은 꽃을 피우고, '부안시민발전소'가 되었다.

방폐장 반대 운동의 터에 태양광 시민 발전소가 서다

방사성폐기물 처분장 유치를 둘러싼 부안의 갈등은 경주로 유치 확정이 되고 나서도 한참 동안 계속됐다. 정부는 부안에 손을 내밀지 않았고, 부안 주민들 사이에서도 혼란에 대한 책임을 두고 논란이 계속됐다. 승패를 따져 승은 서로 나눠 가지려 했고, 패는 남 탓을 하는 공방도 이어졌다. 그런 가운데서도 그 일을 계기로 부각된 '생태'와 '주민자치'의 가치를 지켜 나가기 위한 작은 움직임들이 나타났다. 부안이라는 지역과 방사성폐기물 처분장 유치 반대라는 키워드가 맞물리면서 그들은 '새만금 반대 운동'과 '재생 가능한 친환경 에너지 운동'으로 대안을 만들어 나갔던 것이다.

재생 가능한 친환경 에너지 운동은 필연적 결과이다. 당시 부안에서 방사성폐기물 처분장 반대 시위를 하면서 핵과 원전의 위험성에 대해서 스스로 공부하고 깨쳐 갔던 그들은 핵이 아닌 다른 대안 에너지를 모색하게 되었고, 자연스럽게 재생 가능한 친환경 에너지에 대한 관심으로 이어졌다. 그리고 '부안시민발전소'를 통해 실천에 옮겼다.

부안시민발전소는 지난 2005년 주민들이 직접 출자하여, 전국 최초로 만든 시민 발전소다. 에너지를 통해 생태와 민주주의의 가치를 실현시켜 나가는 곳, 부안시민발전소는 종파를 가로질러 천주교 문규현 신부와 원불교 김인경 교무가 공동 대표를 맡고 있다. 이들은 처음 부안시민발전소를 만들 수 있는 종잣돈을 마련하고, 시범적으로 부안 성당과 원불교 부안 교당에 태양광발전 시설을 설치해 부안시민발전소의 토대를 닦았다.

하지만 사실상 부안시민발전소를 이끌고 있는 발전소 소장은 부안반핵대책위(핵 폐기장 백지화·핵 발전 추방을 위한 범부안 군민 대책 위원회)에서 정책실장을 지낸 이현민 씨다. '부안 사람' 다 된 그지만, 그는 본디 서울 사람이다. 대학 재학 시절 농활을 왔

방사성폐기물 처분장 유치를 둘러싼 격렬했던 찬반 운동을 치른
부안 군민들은 '생태' 와 '주민자치' 의 가치를 지켜 나가기 위해
2005년 주민들이 직접 출자하여, 전국 최초로 부안시민발전소를 세웠다.

다가 산과 바다, 들이 만난 부안에 마음을 빼앗겨 이곳에 정착한 외부인이다.

중요한 것은 태어난 고향이 아니라, 마음에 품은 고향이다. 부안 사람인 그는 부안과 관련된 일에는 늘 앞에 섰다. 농사를 지으면서 농민회 사무국장을 지냈고, 새만금 사업이 본격화된 1990년대 중반부터는 새만금 반대 운동에도 나섰다.

하지만 그는 인생에서 제일 잘한 일을 '농사를 짓게 된 것' 이라고 생각하는 천생 농사꾼이다. 농사를 지으면서, 자연의 섭리를 깨치고, 자연의 섭리 위에서 인간의 도리와 바르게正 다스리는治 정치의 기본에 대해서도 조금씩 눈을 떴다. 지금도 100마지기의 땅에 농사를 짓고 있단다.

내 마음대로 작명하자면, '활동하는 농사꾼' 인 그는 부안시민발전소를 하면서 시민들의 힘을 몸소 느끼고 있는 중이다. 부안시민발전소의 존재 자체가, 방폐장 문제로 응어리진 시민들의 마음이 긍정적으로 승화되어 시민들 스스로 만들어 내는 친환경 에너지에 대한 실천과 대안이기 때문이다.

"방폐장 반대 운동을 하며 친환경 에너지 자체와 민주주의에 대해 생각해 보게 됐어요. 부안시민발전소를 만들면서 생각한 것은 우리는 친환경 에너지가 필요하고, 그것도 주민의 힘으로 해야 한다는 거였죠. 2004년 3월부터 준비해서 2005년 10월에 발전소를 완공했습니다. 처음부터 주민과 학생 교육, 주민의 자발적 참여에 바탕을 둔 시민 발전소의 설립이 기본 목적이었습니다. 그래서 발전소 시설 확충과 더불어 주민 교육도 틈틈이 펼치고 있는데, 30명

이상의 주민들이 꾸준히 참여하고 있습니다."

그렇게 해서 2005년 등용마을과 원불교 부안 교당, 부안 성당에 '햇빛 발전소 1, 2, 3호기'가 설치됐다. 용량은 각각 3킬로와트kw, 연간 3,500~3,700킬로와트아워kwh로, 남은 전기는 한전을 통해 판매하고 있다. 방폐장 반대 운동에 앞장섰던 주민들이 '착한 전기'를 생산하여 당당하게 한전에 판매하는 발전 사업자가 된 것이다.

2006년에는 윤구병 선생이 대표로 있는 변산공동체에 햇빛 발전소 4호기를 설립했고, 2008년 6월에는 부안시민발전소, 서울의 시민발전(유), 생명평화마중물에서 등용마을에 각각 10킬로와트씩 총 30킬로와트의 햇빛 발전소를 추가로 설치해, 마을에 발전 시설을 늘려 나갔다. 등용마을에 태양광발전 시설이 집중 들어선 것은 이 마을이 부안시민발전소가 추진하는 에너지 자립 마을이기 때문이다. 부안시민발전소 사무실도 등용마을에 있어 부안시민발전소도 등용마을의 구성원이다.

부안시민발전소는 햇빛 발전소 이외에도 지열 냉난방 시스템 35RT(Refrigeration Ton, 냉방톤), 태양열 난방 시설 1,800L(약 30평 규모 난방), 바이오 펠릿 보일러 3개, 소형 풍력발전기 1킬로와트, 자전거 발전기 등을 통해 재생 가능한 친환경 에너지를 만들어 사용하고 있다.

부안시민발전소는 회원들로부터 정기적인 회비를 받지 않는다. 약 100여 명의 회원이 부안에서 각자의 삶의 터전에서 에너지 절약으로 마음을 보태거나 재생 가능 에너지 사업에 참여하고 있거나 준비하며 활동하고 있다. 기금을 출자한 이들은 약 30명으로 태양광발전 시설에서 생산된 전기를 판매한 수익금을 이들에게 전액 배당하고 있다.

부안시민발전소, 에너지 자립 마을의 전형을 만들다

부안시민발전소의 친환경 에너지에 대한 실험 무대인 에너지 자립 마을 등용마을은 2005년부터 시작됐다.

부안시민발전소가 등용마을을 에너지 자립 마을로 선정한 이유는 마을 공동체가 가능하다는 판단에서였다. 산업화와 영농의 대규모화로 도시 못지않게 농촌도 개인화되어 가고 있다. 그런 가운데 오랜 천주교 신앙 공동체였던 등용마을은 마을 공동체를 근간으로 에너지 자립 마을을 성공리에 추진할 수 있는 적지로 판단됐다. 에너지 자립 마을은 에너지를 키워드로 하고 있지만, 그 중심에는 모든 주민이 한뜻을 모으고 그 뜻을 실천하기 위해 함께 생활양식을 바꿔 나가며 서로를 독려하는 공동체를 근간으로 하기 때문이다.

"에너지 자립 마을이란 재생 가능 에너지를 설치하는 것만으로 가능하다고 생각하지 않습니다. 에너지를 절약하고 재생 가능 에너지 시설을 설치하는 것 등은 마을 주민의 자발적인 참여와 합의를 통해 가능할 것입니다. 궁극적으로 삶의 자세가 에너지 절약과 소박한 생활로 변화되지 않은 채 에너지 전환은 불가능한 거죠. 등용마을에는 부안 최초로 세워진 천주교회 '등용성당'이 있는데 이 성당을 중심으로 마을 주민의 80퍼센트가 천주교 신자입니다. 조선 말 천주교 박해를 피해 도망 온 신자들이 집단으로 마을에 정착했다고 전해져요. 이미 공동체가 잘 살아 있는 마을이었기에 에너지 자립 마을을 해도 성공할 수 있겠다고 생각했죠. 결국 마을 공동체를 다시금 구현하는 속에 에너지 자립 마을도 가능하다고 생각합니다."

그러하기에 지금도 등용성당의 주임신부인 조민철 신부가 중심이 되어 마을 주민들과 함께 에너지 자립 마을로서 등용마을 만들기에 힘쓰고 있다.

에너지 자립 마을의 내용은 2015년까지 마을 에너지 사용량의 30퍼센트 이상을 줄이고, 50퍼센트 이상을 재생 가능 에너지로 전환하는 것이다. 가정용 최종 에너지의 사용에서 가장 높은 비중을 차지하는 것이 난방이고, 두 번째가 자동차이다. 부안 지역의 난방 에너지는 난방용 기름이 대다수고, 자동차를 운행할 때도 기름을 사용한다.

이 두 사용처의 경우 대체에너지를 생산해서 사용할 수 있도록 대체품을 민간에서 만들어 내거나 민간에서 완전 교체한다는 것이 사실상 어렵기 때문에, 우선 가정용 전기 사용량의 30퍼센트 이상을 절약하고, 50퍼센트 이상을 재생 가능한 에너지로 전환하는 것을 1차년도(2011년까지) 목표로 삼고 있다.

총 30가구에 50여 명의 주민이 거주하는 등용마을은 2008년부터 가정용 전기를 매년 10퍼센트 아껴 쓰기를 진행하면서 모든

부안시민발전소는 햇빛 발전소, 지열 냉난방 시스템, 태양열 난방 시설,
바이오 펠릿 보일러, 소형 풍력발전기, 자전거 발전기 등을 통해
재생 가능한 친환경 에너지를 만들어 사용하고 있다.

가정의 전등을 고효율 전등으로 교체하고, 대기 전력 차단 장치를 설치하는 한편, 매년 가구당 전력 사용량을 일일이 모니터링해, 2009년에 이미 1차년도 목표를 조기 달성했다. 또 마을에 설치된 태양광발전 시설을 통해 전체 사용량 대비 약 60퍼센트의 가정용 전력을 생산하고 있으니 에너지 자립 마을이라는 이름에 손색이 없다.

친환경 에너지의 생산보다 어려운 것이 에너지 절약이다. 이는 다른 친환경 에너지 생산 단체나 생산자에게서도 꾸준히 들어 온 이야기다. 등용마을이라고 다를 리 없다. 이현민 소장도 에너지 절약을 강조한다.

"에너지 자립 마을을 추진하면서 처음에는 태양광발전 시설을 많이 설치하면 에너지 자립이 이루어질 것이라 생각했습니다. 하지만 추진하면서 에너지 절약이 선행되어야 한다는 걸 알았죠. 에너지 절약, 효율화가 우선 진행되어야 에너지 전환이 가능하다는 사실이 중요합니다. 우리나라는 에너지의 대부분을 수입합니다. 그럼에도 국민 1인당 에너지 사용량은 일본, 영국, 독일 등보다 많은 대표적 에너지 과소비 국가예요. 당연히 과소비를 줄이는 일부터 시작해야 하죠."

등용마을의 가정용 에너지 절약 운동도 이런 차원에서 기획됐다. 이 운동 초기에 가장 힘들었던 점은 마을 주민들이 오히려 에너지 절약 차원에서 선택한 겨울용 전기장판이었다. 한겨울 추운 낡은 집에서 따뜻하게 지낼 만큼 난방비를 지불하기 어렵던 고령의 주민들은 대부분 전기장판으로 겨울을 났다. 전력 사용량이 많은 전기장판을 대체하는 일이 에너지 절약의 관건이었다.

그래서 선택한 것이 독거노인의 집을 고쳐 주는 일이었다. 그린 스타트에서 추진하는 '저소득층 주택 개선 시범 사업'의 지원과 이웃 성금으로 현관과 창문을 이중창으로 하고 지붕과 벽에 단열재를 넣는 단열 시공을 펼쳤다. 건축의 단열은 에너지 절약에서 기본이기 때문이다.

등용마을은 지금 한 단계 더 진화하고 있다. 에너지 자립 마을을 넘어 '행복한 마을 만들기'에 돌입한 것이다.

"등용마을은 '절약과 재생 가능 에너지를 통한 에너지 자립 마을'이지만 결국 최종 목표는 '마을 공동체의 회복'입니다. 아무리 언론에 자주 등장하고 많은 사람들이 찾아오는 유명 마을이 된다고 하더라도 주민과 함께하지 않고, 주민이 행복하지 않다면 그건 실패한 거죠. 그런 의미에서 등용마을은 지금 마을 주민과 함께 공부하고 미래의 계획을 함께 만들어 가느라 한창 바쁩니다. 2010년 아름다운재단의 '마을 공동체 교육 사업' 지원을 받아, 주민 교육과 공론의 장을 만들었습니다. 여름에는 마을의 65세 이상 노인들을 모시고 2박 3일 동안 '어르신 캠프'를 진행하고, 겨울에는 마을 작은 영화관을 여는 등 마을 공동체를 향한 발걸음을 조금씩 그러나 꾸준히 내딛고 있습니다."

순환적 농법, 순환적 에너지 시스템

에너지 자립 마을이든 행복한 마을이든 마을 만들기는 리더 한 두 명의 힘으로 가능한 일이 아니다. 모든 마을 주민이 함께 공부하고, 함께 실천해 나가야 가능한 일이다. 그러다 보니 자연스레 등용마을 주민 모두 친환경 에너지에 대해 깊은 관심을 갖게 되고, 환경에 대한 가치를 깨쳐 간다. 방폐장으로 시작한 마을 주민들의 환경 의식은 점점 친환경 에너지를 거쳐 지역 환경으로까지 확대되고 있는 중이다.

그에 발맞춰 부안시민발전소의 사업도 단순한 친환경 에너지 생산과 에너지 절약에 대한 교육을 넘어 지역 특색에 맞는 다양한 친환경 에너지에 대한 고민으로 번져 가고 있다. 지역별로 바람과 햇빛의 조건이 다르다. 지역에 맞는 다양한 친환경 에너지에 대한 접근이 이루어져야 하는 것이다.

최근에는 바이오매스Biomass에도 관심을 가지고 있다. 바이오매스 에너지는 생물체를 열분해시키거나 발효시켜 얻는 에너지를 말한다. 음식물 쓰레기나 가축의 분뇨를 통해 에너지를 얻을 경우 쓰레기 문제를 동시에 해결할 수 있다는 점에서 주목받고 있다.

이현민 소장은 이러한 시설을 작은 지자체 단위로 확대해야 한다고 생각한다. 특히 농촌 면 단위의 경우 이 방법은 곧 순환 농법과 직결되기 때문이다.

"우리나라의 바이오매스 시설은 난지도에 있는 게 전부입니다. 외국의 사례를 보면 마을 단위, 면 단위에서 음식 쓰레기 등을 통한 바이오매스 에너지로 냉난방을 하고 퇴비는 농사에 쓰게 하는 순환 농법을 하는데 단순히 에너지 자립을 넘어 농외 소득에도 도움이 됩니다. 에너지 따로, 농업 따로 할 것이 아니라 처음부터 지역의 의제로 주고, 지역의 특성화 사업으로 지역의 농업과 산업 구조를 함께 고민하면서 대안을 만들면 좋겠습니다."

에너지 정책이 없다

방폐장 반대 운동부터 부안시민발전소까지 이현민 소장은 에너지 문제의 중심에 있었다. 원하지 않았겠지만, 한국 에너지 정책의 갈 지之 자 행보가 그가 하는 일 하나하나마다 상처를 입혀 나갔다.

부안시민발전소가 들어서기 전부터 부안 농민들에 의해 자발적으로 시작된 것이 바이오 디젤용 유채 사업이었다. 부안 농민들은 처음에는 유기농을 위해 지력을 높이려고 유채 재배를 시작했는데, 방폐장 반대 운동을 거치면서 석유를 대체할 수 있는 에너지로서 유채가 대안이라는 생각을 갖게 됐다.

부안시민발전소도 2007년부터 3년동안 제주도, 전남과 함께 정부가 추진하는 바이오 디젤 시범 사업을 진행했다. 그러나 시범 사업이 끝나서 어떤 결과를 얻기도 전에 현 정부 들어 타당성이 없다는 이유로 종결됐다.

부안시민발전소의 햇빛 발전소 건설도 2009년부터는 사실상

불가능해졌다. 정부가 태양에너지의 발전 비용과 판매 비용의 차액을 보전해 주던 '발전차액보전제도'(FIT:Feed in Tariff)를 중단하고, 대형 발전 회사에 일정 비율의 신재생에너지를 의무적으로 생산하게끔 하는 '의무할당제'(RPS:Renewable Portfolio Standard)로 전환했기 때문이다.

RPS는 에너지 사업자에 전력 생산 일부를 신재생에너지로 하도록 의무화하고 부족한 부분은 다른 신재생에너지 사업자로부터 구매하도록 하는 제도다. 최저가 입찰 등으로 인해 소형 신재생에너지 생산자에게는 아무래도 불리할 수밖에 없다. 특히 RPS는 2012년부터 실시하지만, 2011년까지의 태양광 발전 차액 지원 대상 선정은 이미 2009년 말에 사실상 완료됐다.

그래서 그는 한국 에너지 정책에 대해 할 말이 많다. 나는 그가 하는 말 하나하나가 그대로 전해지길 바란다. 정책이라는 것이 본디 정책의 당사자로부터 문제점도, 해결책도 나올 수 있기 때문이다.

"부안 방폐장 반대 운동을 겪으면서 에너지 정책 전환의 필요성을 뼈저리게 느꼈습니다. 에너지 정책의 전환은 우선 석유와 석탄 등 화석연료의 사용을 줄여 나가는 것에서부터 시작해야 합니다. 그러나 에너지의 대안을 원자력에서 찾고자 하는 시도는 더욱 위험한 결과를 초래한다는 걸 알게 됐죠. 그건 결국 도둑 막자고 강도를 끌어들이는 격이에요. 그런 의미에서 에너지 정책의 전환은 에너지 절약으로부터 시작해야 합니다. 또한 미래 세대의 욕구를 저해하지 않는 에너지의 개발, 즉 지속 가능한 개발의 원동력은 친환경 에너지로의 전환에 의해 가능합니다. 그래서 에너지 절약과 효율화 그리고 재생 가능 에너지의 보급을 넓혀 가는 것이 세계적 흐름입니다. 그러나 안타깝게도 우리나라의 국가 에너지 기본 계획이나 전력 수급 기본 계획 등의 정부의 에너지 정책은 여전히 화석연료의 과도한 사용과 원자력 발전 확대 정책으로 일관하고 있습니다. 더 늦기 전에 미래를 준비해야 합니다."

자고로 국가가 눈을 감고, 귀를 막고 있을 때는 국민이 나섰다. 언제나 국민이 옳았다.

그래서 부안 주민들이 부안시민발전소를 시작하고, 에너지 자립 마을을 추진하는 것이다. 부안시민발전소와 등용마을이 하면 된다는 것을 보여 주길 바란다. 에너지 자립이 가능하다는 것을 주민들 스스로의 노력으로 확인시켜 보인다면, 강력한 희망의 증거가 되리라.

지금 부안시민발전소와 등용마을은 그 희망을 만들어 내고 있는 중이다. 이현민 소장을 만나고, 주민들과 이야기를 나누다 보니 그 희망이 슬쩍 내게 전해져 온다. 힘을 얻고 간다.

온전한 자립을 꿈꾸다
__ 민들레공동체

삶의 대안을 연구하는 '대안 기술'

처음 민들레공동체를 찾은 것은 '대안기술센터'에 대한 궁금증에서였다. 민들레공동체가 운영하고 있는 대안기술센터는 '대안기술' Alternative Technology을 통해 공동체의 온전한 자립을 돕는 한편, 지속 가능한 미래를 만들기 위한 대안을 고민하는 곳이다. 대안 기술이란 실천적 경제학자이자 환경 운동가로 유명한 에른스트 슈마허가 제시한 개념으로, 자연을 이용하는 재생에너지, 시멘트 사용을 줄이고 자연 자재를 이용하는 생태 건축, 농약이나 화학비료를 사용하지 않는 자연 농업, 전통 의학을 계승하고 발전시킨 대체 의학 등 현 시대의 여러 문제에 대해 삶의 대안을 만드는 기술을 일컫는다.

슈마허는 저개발 국가를 위해 전통 기술과 최첨단 기술의 중간 수준에 해당하는 생산기술로서의 중간 기술Intermediate Technology

을 처음 언급했고, 이는 나중에 적정 기술Appropriate Technology 개념으로 확대됐다. 중간 기술과 적정 기술이 자립적인 지역 경제 체제를 만드는 것에 많은 중점을 둔다면, 대안 기술은 지역의 자립 경제 기반 구축과 아울러 지속 가능한 지역사회를 만드는 것에 더 큰 비중을 둔다. 하지만 이름만 다를 뿐 실제적인 내용은 동일하며, 보다 포괄적인 개념으로 삶의 대안을 만든다고 해서 대안 기술로 이름 붙여졌다고 한다.

영국의 대안기술센터(CAT:Centre for Alternative Technology)는 이 대안 기술을 연구하고, 가르치고, 실천하는 곳이다. 주변에서 쉽게 얻을 수 있는 물과 바람과 공기의 이동에 의해 발생하는 각종 에너지를 놓치지 않고 활용하자는 것이 CAT의 근본 취지이다. 풍력발전, 수력 및 태양열발전, 에너지 절약, 건물 설계, 교통, 유기 농산물, 재활용 등에서 구체적이고 실질적인 대안 기술을 개발하고 확산시켜 영국이 환경 선진국이 되는 데 CAT가 교육적, 운동적인 역할을 해 온 것으로 평가받고 있다.

민들레공동체 대안기술센터의 이동근 소장은 국내에서 유일하게 CAT에서 대안 기술을 배워 온 인물이다. 그는 바이오 디젤, 풍력발전, 태양열발전 등의 친환경 재생에너지와 생태 건축 기술을 배워 왔고, 그 배움을 민들레공동체 대안기술센터에서 실천하며 확산시키고 있다.

그가 배워 실천하고 있는 대안 기술은 영성과 생태, 지역의 조화를 꾀하는 민들레공동체의 자립을 돕는 핵심이 되었다. 대안 기술을 통해 꿈꾸는 대안적인 삶, 이는 민들레공동체의 미래다.

처음의 궁금증이야 어쨌든 대안기술센터와 민들레공동체를 따로 떼어 놓고 생각하는 것은 의미가 없다. 민들레공동체는 대안학교인 '민들레학교'와 친환경 천으로 수공예품을 만드는 '민들레공방', 마을 기업으로 최근 문을 연 '민들레베이커리', 에너지 자립을 돕는 '대안기술센터'로 이루어져 있다. 따로 또 같이 그들은 대안 자립 공동체를 만드는 데 각자의 역할을 하고 있다.

경남 산청군 신안면 원지에서 남강을 따라 조금 들어가는 곳에 위치한 민들레공동체는 산으로 둘러싸여 안온한 작은 농촌 마을에 자리 잡고 있다. 건물에 설치된 태양광 전지판은 그나마 익숙한 풍경이다. 지붕 위가 초록빛 풀로 덮이고, 황토벽으로 둘러싸인 볏단집(스트로베일하우스 : straw bale house)과 바람을 잡아끄는 풍력발전기, 쉐플러라는 사람이 만들었다고 해서 '쉐플러 조리기'로 불리는 태양열 조리기 등을 보다 보면, 이들의 남다름을 금세 알 수 있다.

하지만 이들의 진짜 남다름은 이런 별스러운 기기에 있지 않다. 그들의 삶 자체에 있다.

민들레공동체는 벌써 20년 된 대안 자립 공동체다. 모든 것이 그러하듯 처음 시작은 미미했다. 공동체의 대표를 맡고 있는 김인수 씨가 처음부터 생태나 사회참여, 공동체 등을 생각한 것은 아니다. 다만, 오랜 기독교 신자로서 기독교 정신을 농촌에 실천하고자 했다. 공부를 하고 사람들을 만나면서, 농촌이 건강해지지 않으면 사회가 건강해질 수 없다는 생각이 들었다. 대학 때부터 함께 공부했던 후배들이 그의 활동에 조금씩 힘을 보탰다. 민들레공동체의 탄생이다.

"대학 졸업 후인 85년부터 농촌에서 사역을 하면서 후배들과 힘을 모으기 시작했고, 그러다가 공동체를 하는 게 올바르다 생각해 91년부터 함께 모여 살기 시작했으니 20년이 됐어요. 이곳에 온 지는 한 15년 됐네요. 처음에는 기독교를 중심으로 한 신앙 위주의 공동체였는데, 농촌 속에 들어오면서 자연스럽게 마을 기반의 활동으로 변화됐어요. 이곳에서 농사를 지으며 사람들과 부대끼며 살다 보니, 사람 살 만한 지속 가능한 마을 공동체를 만들자, 그런 마을들이 많아지면 점점 희망의 씨앗이 번져 가지 않을까 하는 합의에 이르게 된 거죠. 그래서 지금의 민들레공동체는 사람이 살 만하고, 외부의 자본이나 어떤 힘에도 휘둘리지 않는 지속 가능한 마을을 만들어 나가고 있습니다."

외부의 자본이나 어떤 힘에도 휘둘리지 않기 위해서 그들은 의식주를 자립하고, 돈의 영향력을 최소화한 자발적 가난을 실천하고 있다. 민들레처럼 단순하고 소박하면서도 뿌리 깊은 삶, 그래서 그들의 이름이 '민들레공동체'다. 그들은 가축을 키우며 농사를 짓고, 마을 기업을 꾸리며, 대안 학교와 대안기술센터를 운영하면서 민들레의 뿌리를 탄탄히 하고 있다.

"2007년 문을 연 민들레학교는 우리의 꿈을 세상에 퍼뜨릴 씨앗을 키우는 곳이라고 볼 수 있겠습니다. 졸업한 이후 세상에 바로 나가는 아이들도 있겠지만, 그들과 함께 다양한 마을 기업을 만들고, 또 그들이 마을 만들기의 전문가가 되어 민들레공동체와 같은 마을들을 하나씩 만들어 가며 희망을 퍼뜨리는 거지요. 마을 기업으로 처음 만들어진 민들레베이커리는 산청에서 유명한 약초를 이용한 친환경 빵을 만들어 도내 학교 등에 판매하려고 합니다. 이런 사업들을 기반으로 해서 에너지, 건축, 농산물 가공과 관련된 마을 기업을 만들어 가면서 귀농을 촉구하고, 졸업한 아이들도 이곳에서 살아 나갈 수 있도록 하고자 합니다."

여기에 더해, 그들은 공동체에서 얻은 유형 무형의 자산을 통해 제3세계 빈곤 문제를 해결하는 데 힘을 보태고 있다. 이들이 공동체의 탄생 이전부터 관심을 가지고 있던 것은 해외 선교 활동이었다. 제3세계의 빈곤을 퇴치하는 데 조금이라도 도움이 되고자 하는 열망이 무엇보다 컸다. 그래서 그들은 지금도 제3세계 빈곤 문제를 주요 사업의 하나로 꼽고 실천하고 있다.

"제3세계 지원 사업을 하는 곳은 캄보디아와 인도 히말라야 지역입니다. 그 전에도 버마와 오아시스 프로젝트를 하고, 몽고 비닐하우스 보급 사업 등을 펼쳐 왔지요. 캄보디아에는 현재 공동체의 한 가족이 가서 의료 보건 문제 해결을 위한 각종 지원 사업과 메콩강 유역을 개발해 물 문제를 해결하기 위한 사업 등을 벌였습니다. 무엇보다 이런 사업들을 스스로 할 수 있는 지도자를 만들기 위해 우리말로 말하자면 '이장 만드는 학교'를 운영하고 있습니다. 장기적으로는 농과대학을 만들고자 합니다. 농촌을 살릴 수 있는 지도자를 만드는 거지요. 그리고 인도 히말라야에 한 신학교를 지원해 세웠는데, 그 학교를 빈곤층을 돕는 전인 학교, 즉 공부뿐만 아니라 농업, 음악, 직업훈련 등을 종합적으로 가르쳐 빈곤 퇴치 운동에 동참하도록 하는 학교로 만들고 있습니다."

꽤 큰 규모에, 비용도 만만치 않을 터. 하지만 대부분을 공동체 스스로 소화하고 있다. 김 대표의 네트워크를 동원해 모금도 하지만, 실제적인 모든 사업은 공동체 자체에서 추진하고 있고, 비용 대부분도 그들의 농산물 판매 수익금과 대안기술센터의 체험 프로그램 참가비, 강연료 등을 쪼개고 쪼개어 모은 돈이다.

결국, 민들레공동체는 자연을 거스르지 않고 자연 속의 하나로서 인간을 자리매김하도록 하니 '생태 공동체'요, 종교를 기반으로 모여 종교적인 삶을 살고 있으니 '종교 공동체'요, 경남 산청의 작은 마을에서 제3세계의 빈곤 퇴치를 위한 실천을 펼치고 있으니 '국제 공동체'이다.

조금씩 다른 그 이름들의 밑바탕에는 '대안'과 '자립'이 있다. 대안과 자립은 하나다.

대안기술센터를 열다

그런 측면에서 '대안 기술'은 이들에게 딱 필요한 기술이었다. 적은 에너지로 누구나 쉽게 만드는 기술, 이는 공동체의 자립을 위한 근간이 되고, 생태적 삶을 살게 하며, 제3세계 빈곤 문제에도 도움이 될 수도 있다. 그래서 민들레공동체는 대안 기술을 배우기로 했고, 공대 출신으로 기술에 가장 친숙한 이동근 씨를 영국에 보내게 됐다.

"중간 기술은 농업, 의료, 건축 등 굉장히 넓은 분야예요. 저는 공대 출신이어서 그나마 친숙한 건축과 재생에너지를 전공했습니다. 처음 공부를 하게 된 동기는 아시아와 아프리카의 빈민들에게 삶의 기술을 가르치기 위해서였어요. 그런데 귀국할 즈음 우리나라에서도 생태 환경, 에너지 문제가 부각되고 있었어요. 결국 이 마을의 미래와도 연관이 되었고, 우리가 이곳에서 먼저 그 가치를 실현해 보고, 그다음에 제3세계와 함께 실천해 보고자 마음먹고 대안기술센터를 열었죠."

이동근 씨의 설명이다. 그렇게 해서 2005년 문을 연 대안기술센터는 재생에너지를 만들고, 실험하고, 여러 사람에게 이를 전파하는 체험 교육 프로그램을 진행하는 일을 주로 한다. 이곳에서는 학생과 일반인, 또 여러 단체에서 참여해 풍력발전 등 다양한 재생에너지 시설을 만들거나, 태양전지를 이용한 자전거 등을 손으로 만드는 DIY 재생에너지 제작 기술을 가르치고 있다.

또한 스트로베일하우스, 이른바 볏단집을 직접 지어 민들레학교 건물과 주거용으로 쓰고 있다. 볏단집은 뛰어난 단열 효과로 냉난방 에너지를 크게 줄일 수 있을 뿐만 아니라 볏짚에 사는 미생물 덕분에 건강에도 좋다고 한다. 이 마을에서는 꽤 여러 채를 볼 수 있다.

게다가 2012년 대안기술센터의 새로운 교육장이 문을 열면 자연 냉방이 가능한 태양열 굴뚝, 미생물을 이용한 오수 처리 시설 등이 만들어지고, 인간의 오물을 비롯한 모든 쓰레기가 배출되지 않는 공동체의 기반을 닦을 수 있을 것으로 보인다.

하지만 공동체가 목표로 하는 온전한 에너지 자립은 아직 먼 길이다.

> "우리가 살아왔던 삶의 형태가 재생에너지만으로 살 수 있는 형태는 아니에요. 현재 학교 아이들까지 해서 공동체에서 점심때 밥 먹는 사람이 많게는 80명인데, 그 에너지를 충당하기에는 턱없이 부족하죠. 재생에너지로 필요한 에너지를 자립하려고 하지만, 우리 손으로 직접 만들 수 있는 것이 많지 않아요. 비용적인 문제도 있고, 주거 환경이 재생에너지를 쓸 수 있게 되어 있지 않기 때문에 우리 생활의 소비를 줄여 나가는 생활 방식을 접목해야만 가능합니다. 올해 7년째 하고 있는데, 이제야 깨닫습니다."

장기적으로 소비를 줄여 나가며 삶의 형태를 바꾸는 일이 동반되어야 한다는 것이다. 그래서 그들은 냉장고와 세탁기처럼 에너지를 많이 사용하는 전자 제품을 사용하지 않으려고 준비하고 있다. 이는 계획된 채소 농사를 통해 제철 음식을 먹는 일부터 시작해야 한다. 또한 바이오 디젤을 이용해 농사를 지을 수 있는 농기계로 바꾸고, 운송 수단도 전기 자동차처럼 태양전지를 이용한 전기 자전거를 실험한다. 이 모든 게 현재 공동체에서 이루어지고 있는 일이다.

이는 민들레공동체뿐만 아니라 우리 사회 전체가 고민해야 할 부분이다. 중요한 건 에너지 자체만이 아니라 에너지 선택을 가능하게 하는 삶의 양식이다. 화학연료나 원자력 에너지에 대한 문제의식에 동의하고 앞으로 어떻게 살지 함께 고민하며 삶의 규모를 줄여 나가는 한편, 이를 위한 문화적 뒷받침도 이루어진 다음에야 에너지 자립을 얘기해 볼 수 있을 것이다. 그래서 대안기술센터는 이를 위한 채비도 하고 있다.

지역의 기후와 전통적 주거 형태를 기반으로 재생에너지를 접목해 에너지 사용을 줄이고, 재생에너지로 에너지를 전환해 에너지 자립을 가능하게 하는 생활양식을 교육하는 교육장을 신설하고 있다. 기존에 공동체 숙소 한구석에 있던 작업장 같던 교육장을 지자체의 지원으로 확대하는 것이다. 지자체의 지원으로 꽤 훌륭한 교육장을 갖게 되는 이들은 이곳을 통해 민들레학교 학생들과 산청군을 넘어, 대한민국 전체에서 재생에너지를 기반으로 생활양식을 바꿀 수 있는 삶의 기술을 교육할 생각이다. 한창 공사 중인 이곳을 2012년에는 만나 볼 수 있게 된다.

그러나 수십억 원이 들어가는 교육장보다 더 중요하고 교육적인 것은 그냥 그들 자신들의 삶과 삶의 공간, 양식을 보여 주는 일이다. 기술과 문화, 삶의 스타일 전체가 함께 바뀌고 함께 가는 살아 있는 모델로서의 공동체. 마을 전체가 교육장이라는 말이다. 나는 아직은 가야 할 길이 더 멀지만, 힘든 고비를 넘긴 그들이 하나의 교육 시설을 넘어 사회 전체를 향한 마스터플랜을 보여 줄 것으로 기대한다. 그들의 삶 자체가 가진 진정성 덕분에 가능한 일일 것이다.

민들레공동체 대안기술센터는 '대안 기술'을 통해 공동체의 온전한 자립을 돕는 한편,
지속 가능한 미래를 만들기 위한 대안을 고민하는 곳이다.

사람이 살 만한 곳을 꿈꾸다

"대안 자립 공동체로 거듭나기 위해 중요한 것은 세 가지입니다. 에너지 관점에서의 지속 가능성뿐만 아니라 공동체 자체의 지속 가능성, 생산과 소비의 자립성과 지속 가능성이 그것이죠. 말로 해 보자니 어렵고, 행동으로 옮기자니 더 어려운 길이지만, 결국 이를 통해 우리가 꿈꾸는 건 사람이 살 만한 곳을 만드는 겁니다. 누구나 이 공동체에 들어와 내가 죽을 때까지 이곳에 의탁할 수 있겠구나, 사람들이 살 만하구나 하는 곳이 되면 좋겠습니다."

자연의 일부로서 사람이 살 만한 곳은 당연히 생태가 살아 있는 곳이어야 한다. 이를 위해 자연을 거스르지 않는 재생 가능한 친환경 에너지를 사용하고 쓰레기 배출을 최소화하는 삶을 살아야 한다. 또 지나친 경쟁 위주의 삶에 의해 피폐해진 사람의 마음을 보듬을 수도 있어야 한다. 비경쟁적이면서도 열심히 생산해 자급자족을 해야 한다는 것, 그리고 이것을 어느 개인의 소유가 아니라 공동체가 함께 나눈다는 것. 어려운 숙제다.

"공동체는 자본의 압력에 저항해서 생겼기 때문에 기본적으로 비경쟁적이지만, 생산도 해야 한다는 이중적 부담이 있습니다. 열심히 일한 만큼의 대가가 지급되지 않는데, 생산이 시장에 견줘 불리한 게임이죠. 그래서 공동체는 경제적으로 안 된다, 자립이 어렵다고들 이야기합니다. 그러나 인간의 본성은 그렇지 않다고 봐요. 엄마가 자식을 희생해서 키우듯 인간의 본성에 대한 희망과 새로운 가능성을 볼 수 있는 곳, 그래서 모험하고 도전하는 것이 공동체라고 생각합니다. 그래야 다음 세대에 대안적인 모델이 될 수 있는 거고, 진정한 의미에서의 새로운 공동체가 될 수 있습니다. 새로운 경제적 시스템과 인간의 본성에 대한 새로운 도전과 모험, 이 두 가지를 함께 안고 가고자 합니다."

그들이 이를 처음부터 생각한 것은 아니다. 공동체를 꾸려 살면서 바깥세상을 보며 든 마음이다. 당장 자기 통장이 없고 보험이 없어도 공동체 자체가 보험이 되는 것, 모두의 삶을 보듬으며 마음의 위안을 얻고, 많이 갖지 못한 것이 문제가 되지 않고 불편하지 않은 삶, 그래서 정말 사람이 살 만한 곳. 그들이 꿈꾸는 민들레공동체다.

실제로 영국의 브루더호프bruderhof나 핀드혼Findhorn과 같이 그러한 꿈을 이룬 공동체들이 있다. 한 명이라도 아픈 사람이 있다면 그 사람을 위해 별도의 의료인이 배치될 만큼 완벽한 복지가 이루어지는 곳. 다양한 수익 모델을 통해 경제적 자립을 이룬 곳. 민들레공동체의 꿈이 전혀 허황되지 않다는 말이다.

이를 위해 민들레공동체는 민들레베이커리를 시작으로, 재생에너지와 연계된 건축 사업과 국수 공장 등으로 마을 기업을 확대할 계획에 있으며, 비경쟁적이면서도 창의적이고 생태적인, 지역과 연계할 수 있는 아이템들을 찾고 있다.

민들레공동체는 지금은 갈전마을 속에 위치한 6가구로 이루어진 공동체지만, 결국 마을의 삶과 함께 가고자 한다. 민들레학교도 주민과 함께 호흡하며 장기적으로 변화를 만들어 내기 위해 만들어진 것이고, 귀농자들도 적극적으로 받을 생각이다. 그중에서도 현재 갈전마을에 살고 있는 자녀들이 귀농해 온다면 더 좋겠다는 생각이다. 이들에게 공동체의 삶을 억지로 강요하고자 하지는 않는다. 처음 3개월을 살아 보고, 그 기간이 좋으면 6개월로 연장해 보고, 그래도 괜찮으면 1년을 더 살아 보고 그런 식으로 점차 공동체의 문화를 몸으로 마음으로 익혀 나가기를 바라는 것이다.

민들레공동체가 시작된 지 20년. 긴 시간이지만, 아직도 가야 할 길이 더 멀다. 그러나 확신컨대, 앞으로 그들의 길이 지금까지처럼 어렵지만은 않을 것이다. 어려운 일, 힘든 일은 지나가고 이제 그들은 지금까지 뿌린 씨앗들이 맺은 결실들을 하나씩 수확하며, 그 결실을 잘 엮어 내 좋은 모델로 우리 사회에 존재하게 되리라.

민들레공동체가 꿈꾸는 대안적인 삶은, 이 공동체만의 이야기는 아니다. 인류의 미래를 위한, 피할 수 없는 선택이기도 하다. 자연은 오염되고, 에너지는 고갈되며, 경쟁적 자본주의는 불안한 인간 군상을 양산한다. 완전한 제3자의 입장에서 그들의 삶을 바라볼 수 없는 이유다. 민들레공동체가 앞으로 살아갈 미래가 궁금하다.

태양의 도시 대구를 만든다

__ 대구솔라시티센터장 김종달 교수

태양광 도시를 말하는 '솔라시티Solar City'는 함부로 붙일 수 없는 이름이다. 국제에너지기구IEA와 세계태양에너지학회가 기후변화와 석유 고갈에 따른 문제를 도시 차원에서 해결하기 위해 지정한 도시를 솔라시티라고 부른다. 솔라시티가 되면, 태양열 등 신재생에너지를 통해 온실가스를 줄일 수 있는 계획을 세우고 실천해야 한다.

대구는 우리나라 솔라시티의 선두 주자다. 지난 2000년 솔라시티를 선언한 대구는 2004년 제1회 세계솔라시티총회를 열었다. 그 저력을 바탕으로 오는 2013년에는 세계에너지총회WEC를 개최한다. 총회는 세계 100여 개 나라의 에너지 관련 장관과 기업 총수들이 참석하는 대규모 행사다.

솔라시티 선두 주자 대구를 만드는 주인공은 경북대학교 김종달 교수다. 그는 솔라시티 대구를 설계하고 있는 인물이지만, 전 세계의 솔라시티를 이끌고 있는 세계솔라시티총회 회장이기도 하다. 현재 세계솔라시티총회에는 15개국 23개 도시가 참여하고 있으며 가입 도시가 점차 늘어나는 추세다. 날로 치솟는 유가와 화석연료가 내뿜는 각종 공해 물질에 대한 대응 전략의 하나로 신재생에너지 산업과 친환경 도시 구축이 중요해지고, 더불어 세계솔라시티총회의 국제적인 위상 또한 날로 높아지고 있다. 그런 상황에서 김종달 교수는 2011년 2월 제3대 회장으로 선출됐다.

김 교수가 세계솔라시티총회 회장으로 선출된 것은 에너지 관련 연구 업적과 활동뿐만 아니라 첫 회 세계솔라시티총회를 대구에서 개최한 이후 솔라시티 대구의 위상이 국제적으로 크게 강화된 결과라 볼 수 있다. 그에게서 솔라시티 대구의 현재와 비전, 그리고 전 세계적으로 중요해지고 있는 재생 가능한 친환경 에너지에 대한 각국의 대응 전략에 대한 이야기를 들어 보자.

대구시에 솔라시티를 권고하고, 채택되다

김종달 교수는 경제학과 교수다. 하지만 석사에서 환경을 전공하고, 박사는 경제와 환경 분야가 만난 에너지 경제를 전공했다. 경제학 교수인 그가 세계솔라시티총회 회장이 된 것은 어색하지 않은 준비된 일이었다.

"개인적으로 경제학을 했다가 석사는 환경을 하고, 박사는 에너지 경제를 하게 됐습니다. 70년대 중반부터 이 두 개를 연결하는 과정에서 논문을 하나 썼는데 기후변화를 해결하기 위한 정의롭고 공평한 기준에 대한 것이었어요. 그 덕에 세계의 리더들을 만날 수 있었고, 그러면서 차츰 논의되기 시작한 것이, 국가 차원의 기후변화협약은 자꾸 더디 진행되니 도시들이 액션에 들어가야 한다는 거였지요. 그렇게 구성된 것이 도시들의 협의체, 세계솔라시티위원회입니다. 덕분에 저는 초기부터 참여하게 됐어요. 여러 차례의 워크숍을 거치면서 2000년 네덜란드 헤이그에서 제6차 정부 간 기후변화협약 회의가 있었고, 그때 솔라시티위원회의 이사로 참여하게 됐습니다."

경북대 교수로 있으면서 세계솔라시티위원회 이사였던 그가 자신이 살고 있는 대구에 솔라시티 참여를 제안한 것은 무척 자연스러운 일이다. 그는 이사가 되기 전인 1999년 당시 문희갑 대구시장을 만나 솔라시티 참여 제안을 했고, 지역 관계자들을 이끌고 세계솔라시티위원회 워크숍에도 참여했다. 당시 대구는 날로 더워지는 도시 온도를 끌어올리기 위해 나무 심기 등 환경에 큰 관심을 갖고 있었던 터라 그의 제안은 긍정적으로 받아들여졌다. 게다가 워크숍을 통해 도시의 지속적 발전을 고민하는 세계 유명 석학들과 만나면서, 대구도 친환경적 도시 발전의 기틀을 다질 필요성을 느꼈다.

결국, 2000년 대구는 솔라시티 5개년 계획을 만들어 선포했다. 김종달 교수는 대구솔라시티센터의 센터장으로 대구의 솔라시티 설계에 나섰다. 물 흐르듯 자연스럽게 대구는 솔라시티로 변모해 갔다.

솔라시티 대구를 위한 첫 5개년 계획은 18개의 프로젝트로 이루어졌다. 솔라시티 구축을 위한 50년 장기 계획을 세웠고, 대구솔라시티센터를 만들었으며, 국내 최대 태양광셀 제조 업체도 유치했다. 하지만 가장 큰 프로젝트였던 풍력발전 사업, 그린 빌리지 사업 등은 성사하지 못했고, 시민 홍보가 제대로 이루어지지 않아서, 사업에 대한 비판도 아예 없진 않았다.

그런 상황에서 2007년 대구는 두 번째 5개년 계획을 세웠다. 향후 50년 계획인 '솔라시티 대구 2050'의 일부이다.

에너지 혁신 도시, 신산업 도시, 생태 문화 도시 등 3대 핵심 목표가 50년 계획으로 잡혔다. 신산업 도시로서 태양 경제, 수소 경제, 신재생에너지 산업 클러스터의 개념이 잡혀 있다. 생태 문화 도시로서는 건강과 웰빙, 새로운 생활양식, U-솔라시티 조성이 중요한 요소로 되어 있다. 시민들의 삶과 생활의 일부로 녹아들어야 성공할 수 있다는 점에서 생태 문화를 이야기하는 것이다.

대구솔라시티센터는 2000년부터 태양광, 수소 연료전지 및 다양한 신재생에너지 사업 등이 망라된 대구시의 솔라시티 사업을 10년 이상 지원해 오고 있다. 2004년에 마련된 솔라시티 대구의 50년 계획이 체계적으로 이루어지고 있는지를 수시로 검토하고, 새로운 사업이 필요하면 보완해 지원한다. 기본적으로 5년마다 계획을 수정하며, 매년 계획을 검토하기도 한다. 그들의 주요 분야는 신재생에너지로의 혁신, 새로운 산업 발전 그리고 나아가 신재생에너지가 시민의 생활과 문화의 일부가 되도록 하는 것이다.

다양한 세미나, 회의, 교육 등도 이러한 솔라시티 대구의 큰 틀에 따라 이루어지고 있으며, 대구솔라시티센터가 중심 역할을 하고 있다.

솔라시티 대구의 첫 5년에 대한 명암이 엇갈렸던 것은, 시민 홍보의 문제였다. 아직 생활 속 속속들이 솔라시티에 대한 홍보와 준비가 이루어지지 않은 채 태양광 시설이 들어서는 것에 대한 비판이 있었던 것이다. 그러나 제도를 먼저 세워 기틀을 만드는 게 우선이라는 김 교수의 생각에는 변함이 없다.

"처음이 중요하다고 생각했습니다. 첫 5개년 계획의 18개 사업은 비체계적으로 구성된 게 아니에요. 대구솔라시티센터 설립, 조례 제정 등을 통해 시장이 바뀌더라도 사업은 계속될 수 있도록 기틀을 다졌죠. 사업을 하는 데 제도 정비가 잘되어야 나중에 차질이 없습니다. 그 후에 태양광, 태양열 사업, 매립 가스, 소수력 사업 등 개별 프로젝트가 시행됐습니다. 이것들이 모여 콤플렉스 사업(단지 사업)을 하게 되는 거죠. 신천 하수처리장의 환경 시설을 에너지 생산 시설로 전환했는데 폭기조 위에 태양광을 설치하고 하수처리된 물을 방류하는 곳에 소수력을 설치했으며, 주변에 생태공원을 만들어 종합 시설로 꾸몄습니다. 이것이 클러스터이고 단지이죠. 솔라 캠퍼스 사업도 있는데 신재생에너지 사업은 새로운 사업이기 때문에 주민들을 설득하기 위해 태양광, 분수대 등을 포함하여 솔라 캠퍼스 사업 등도 했습니다."

그중에서도 김종달 교수가 가장 강조하는 것은 2004년 12월에 대구에서 열린 첫 세계솔라시티총회이다. 1996년 시작한 솔라시티위원회가 공식화되면서, 세계솔라시티총회가 됐고, 그 총회를 알린 첫 대회가 대구에서 열렸다. 세계솔라시티총회의 기반이 이곳에서 완성된 것이다. 시장 회의, 학술 회의, 비즈니스 포럼, NGO 포럼, 전시 회의 등 대구에서 열렸던 첫 대회의 행사 틀은 지금도 유지되고 있다.

"학자들의 학회 또는 행정가들의 모임만이어서는 안 됐어요. 비즈니스도 되어야 하고, 시민들도 참여하면서 시민들이 실제로 보고 바로 사용하고 이용할 수 있다는 것을 확인하게 해야 하며, 기업들의 참여를 전제로 상용화된 서비스가 가능하도록 해야 했지요. 그 행사의 포맷이 그 이후의 대회에서도 꾸준히 유지되고 있습니다. 세계솔라시티총회 대회의 매뉴얼을 우리가 이루어 낸 것입니다. 지방 도시로서는 대구시가 리드해 가며 유명해졌고, 그러면서 관심 있는 사람들이 모이기 시작했죠. 그런 사람들이 진짜 변화를 창조해 낼 수 있는 씨앗들입니다. 대표적으로 대구전시컨벤션센터 EXCO의 백창곤 사장의 경우 EXCO의 지붕에 태양열 시설을 설치하고, 매년 그린에너지엑스포를 열고 있습니다. 환경연합이 중심이 되어 '솔라시티 대구시민연대'를 만들었죠. 신태양에너지의 허경춘 사장은 팔공산 기슭에 200킬로와트짜리 태양광발전소를 만들어 제1호 상업 발전소를 만들었습니다. 이렇게 차츰차츰 신재생에너지에 대한 관심이 확대되면서 각자의 위치에서 각자가 할 수 있는 변화를 만들어 내고 있습니다."

행정가와 학자, 기업과 시민들은 솔라 시티로 변모하기 위해

"시민 협력은 모든 사업에서 가장 중요한 일이며,
당연히 솔라시티를 운영하는 데에도 시민의 참여가 꼭 필요합니다."

함께해야 할 주역들이다. 그렇기에 대구는 이들의 참여를 이끌기 위해 노력하고 있다.

"대구솔라시티센터에는 관련 전공 교수들이 20명 정도 참여하고 있으며, 많은 석·박사생들이 수시로 연구에 참여하고 있습니다. 물론 3명의 전임 연구원과 본부의 산학협력지원팀의 도움도 보태지고 있지요. 또 대구시의 녹색성장정책팀을 주축으로 대구경북연구원, 나노부품센터, 대구경북과학기술원 등과 밀접히 협력하여 정책과 기술이 연계된 발전을 꾀하고 있습니다. 시민 단체들과는 사업 초기에는 많은 협력이 있었으나 최근에는 설치보다 산업과 기술 발전, 수출 등에 관심을 기울이다 보니 소원해진 상태입니다. 하지만 그들과의 관계를 다시 복원하고, 시민 교육과 시민 협력을 중심으로 사업이 탄력 받을 수 있도록 노력해야겠지요. 시민 협력은 모든 사업에서 가장 중요한 일이며, 당연히 솔라시티를 운영하는 데에도 시민의 참여가 꼭 필요합니다. 사실 에너지 전환은 모든 부문이 연결되어 있는 사업이므로 최종 성패는 시민들과의 협력에 달려 있다고 해도 과언이 아닙니다."

이러한 노력을 통해 대구는 더디지만 알찬 결실들을 맺어 가고 있다. 고속도로를 타고 대구에 들어가다 보면 최근에 설치된 50미터 높이의 타워형 태양열발전소가 눈에 선명하게 들어온다. 국내 최초의 태양열발전이다. 2011년 연말에 준공될 수소 연료전지 발전소도 국내 최대 규모로 연간 9만 메가와트아워MWh와 2만 그램칼로리Gcal의 열을 생산하게 된다. 기존의 태양광발전, 소수력,

지열 등에 더해 이러한 시설들이 들어서면서 대구시는 신재생에너지 개발의 허브로 거듭나고 있다. 세계솔라시티총회부터 시작되어 대구에서 매년 개최되는 그린에너지엑스포는 아시아 대표 박람회로 부상했다.

솔라시티 사업의 성공을 위한 첫 번째 조건

신재생에너지는 매년 50퍼센트가 넘는 급성장을 계속하고 있다. 특히 한국은 신재생에너지 시설의 설치 측면에서나 산업의 양적인 성장의 측면에서 모두 선두라고 한다. 하지만 한국의 국민으로서 나를 비롯해 대다수의 국민은 우리의 신재생에너지 산업이 어느 정도의 규모인지 알기 어렵고, 삶을 영위하는 데 가장 밀접하고 중요한 부분이면서도 일상생활과는 너무 먼 일같이만 느껴진다. 그렇기에 에너지 산업, 특히 대안 에너지 가운데서도 재생 가능한 친환경 에너지 산업은 시민들이 생활 속에서 몸소 느끼고, 스스로 실천할 수 있도록 해 주는 게 필요하고, 중요한 과제이다. 이는 단지 에너지의 사용 문제가 아니라, 삶의 터전을 지켜 줄 수 있는 에너지를 만들어 내고, 사용하고, 나눠 쓰는 문제이기 때문이다.

"솔라시티 사업의 성공은 화석 에너지나 원자력에서 신재생에너지로의 전환이 전 부문에 걸쳐 이루어지고 시민들의 생활이 될 수 있도록 하는 것입니다. 그러기 위해서는 제도를 정비하고 시설을 설치하고 산업을 확장하는 것도 중요한 일이지만, 더 중요한 것은 연구를 통해 생활과 밀접한 정책을 개발하고, 시민들에게 그 가치와 필요성을 알려 주고 참여를 독려할 수 있도록 교육하는 것입니다."

이에 한 발 더 다가서기 위해 대구솔라시티센터는 연구에 기반해 정책을 개발하고, 네트워크를 구축해 많은 도시와 국가들이 기후변화와 화석연료 사용에 따른 문제들에서 벗어날 수 있도록 돕고 있다. 대구솔라시티센터는 장기적으로 이 분야에서 세계적인 연구 교육의 중심기관이 되는 큰 비전을 품고 있다. 대구솔라시티센터장인 김종달 교수가 세계솔라시티총회 회장이 되면서, 자연스레 대구시뿐만 아니라 세계 솔라시티의 센터 역할을 담당하는 꿈을 꾸게 됐다. 중요한 것은 그 꿈이 꿈에 그치지 않고, 현실이 될 수 있도록 탄탄한 준비를 펼쳐 나가고 있다는 데 있다.

"지금의 대구솔라시티센터는 사실상 대구시의 정책을 측면 지원하고, 시민과의 사이에서 다리 역할을 수행하고 있기 때문에 한계가 있을 수밖에 없습니다. 특히 인적, 물적 자원이 부족해 연구와 이론의 측면에서 지적인 지원을 해 주는 데 그치고 있지요. 그런 상황에서 세계솔라시티총회 회장이 되면서 대구에 솔라시티 사무국을 설치할 비전을 갖게 됐습니다. 세계솔라시티총회가 공식적인 국제기구로 도약하기 위해서는 사무국 설치가 필수 조건입니다. 현재 미국과 중국 등 이사 회원국에서 사무국 유치를 위한 경쟁이 치열한데 사무국은 반드시 대구에 설치되도록 할 계획입니다. 총회의 중심인 사무국이 한국, 그것도 대구에 유치되면, 세계 솔라시티 사업을 대구가 주도할 수 있을 정도로 영향력이 높아질 뿐만 아니라 국내 관련 기업의 비즈니스에도 엄청난 도움이 될 것입니다."

솔라시티 사업의 성공을 위한 두 번째 조건

김종달 교수가 시민의 삶에 깊숙이 파고들 수 있도록 하는 정책 개발과 시민 교육, 센터 역할의 확장과 더불어 솔라시티 사업을 성공시키기 위한 두 번째 열쇠로 꼽는 것은 국가적 차원의 제도 정비다.

전기사업법에 발전차액보전제도가 만들어지면서, 우리나라도 민간 사업자가 전기 생산 사업을 할 수 있게 되었다. 이에 많은 사업자가 참여하고 있고, 조금씩 성공을 거둬 가고 있는 중이다. 이 제도가 중요한 것은 신재생에너지 부문에서 정부 정책과 관계없이 시민과 비즈니스의 참여 폭을 확대할 수 있는 계기가 만들어졌다는 데 있다. 신재생에너지의 생산은 단지 전기를 만들어 내는 문제를 넘어 시민들과 함께 우리의 지구 문제를 함께 고민하고, 그 연장선상에서 에너지를 절약하는 문제와 친환경 에너지를 만들어 내어 사용하는 문제가 맞물리기 때문이다.

하지만 이 제도가 제대로 효과를 내기 위해서는 아직 보완되어야 할 게 많다. 비싼 신재생에너지를 보전해 주는 정도에 머물고 있기 때문에 큰 수익성이 없어 상업적 발달을 기대하기 어려운 것이다. 따라서 첫째로 신재생에너지 생산 단가가 낮아져야 한다. 정부의 비용 보전만으로는 한계가 있다. 정부 정책과 관계없이 시민과 사업체가 많이 참여할 수 있도록 터를 닦아 놓아야 하는 것이다.

"정부 차원에서는 그나마 이 좋은 제도를 가지고 성공하기 위해서는 신뢰를 주어야 합니다. 신재생에너지 사업에 참여한 민간 사업자들은 혹시라도 투자했다가 정부가 바뀌거나 하면서 중간에 정책이 변경되지 않을까 불안해합니다. 지금 5년 가지고는 될 리가 없죠. 최소 20년은 꾸준한 정책적 지원이 필요합니다. 신재생에너지가 상업화되고 확대되기 위해서는 정부가 원자력이나 석탄 사업을 지원해 준 것과 마찬가지로 지원 정책을 대폭 바꿔야 합니다. 태양광이나 풍력이나 소수력, 지열이나 바이오매스 기술은 이미 개발되어 있기 때문에 상업화를 지원해야 하는 것입니다. 이 분야의 기업들이 성장할 수 있도록 해야 합니다. 많이 생산하고 많이 팔아야 생산 단가를 낮출 수 있으니까요. 일본의 샤프나 산요는 이미 큰 발전 단계에 있습니다. 기존의 큰 전자 회사나 지역의 중소기업을 지원하면 좋겠습니다. 당장 쓰고자 하는 사람들이 있더라도 제품이 있어야 가능한 일이 아닙니까. 상업화를 강조하는 것은 기본적으로 신재생에너지의 사용을 확대하기 위해서는 물량 확보가 시급한데, 현재로서는 그 물량 확보조차도 어려운 상황이기 때문입니다. 소수력이나 지열, 바이오매스는 조금만 지원해도 민간에서 할 수 있습니다. 이미 경제성이 있기 때문이죠. 태양광과 수소에너지는 아직 비용이 높기 때문에 기술과 상업화를 지원해야 하고요. 세제 지원, 공단 지원, 클러스터 등이 그 지원 방법이 될 수 있을 것입니다."

미래 세대의 가능성을 제약하지 않으면서, 현 세대의 필요와 미래 세대의 필요가 조우하도록 하는 것. 이것은 현 세대의 개발 욕구를 충족시키면서도 미래 세대의 개발 능력을 저해하지 않는 환경 친화적 개발을 의미한다. 이를 위해 사회 전 분야에서 각종 개발에 앞서 환경 친화성을 먼저 평가해 정책에 반영함으로써 미래 세대가 제대로 보존된 환경 속에서 적절한 개발을 할 수 있도록 하고 있다. 이는 에너지 부분에서도 마찬가지다.

당장 석유 없는 내일이 상상되지 않는 것처럼, 인간의 삶을 둘러싼 모든 것은 에너지를 필요로 한다. 그러나 석유 없는 내일을 상상해야 할 때가 이미 오래전에 도래했다. 상상하고 준비해야 한다.

우선, 에너지 소비를 획기적으로 줄일 수 있는 방법을 생각해 볼 수 있겠다. 그러나 문명이 발달하면서 인간은 점점 더 많은 에너지를 필요로 하는데 어떻게 에너지를 줄일 수 있을까? 그렇다면 전체 에너지 소비량을 줄일 수는 없더라도, 에너지 소비자들이 스스로 친환경 에너지를 만들어 쓰게 하면, 중앙의 전력 공급 체계에 의존하는 비율을 줄일 수 있다. 어떻게 그것이 가능한가? 그 해법은 친환경 에너지를 작은 민간 기업들이 생산할 수 있도록 상업화하고, 시민들을 교육해 그들의 참여를 이끌어 낼 수 있도록 하는 데 있다. 그 모든 것이 신재생에너지 부문의 성장을 위해 정부 정책이 세심하게 설계되어야 가능한 일이다.

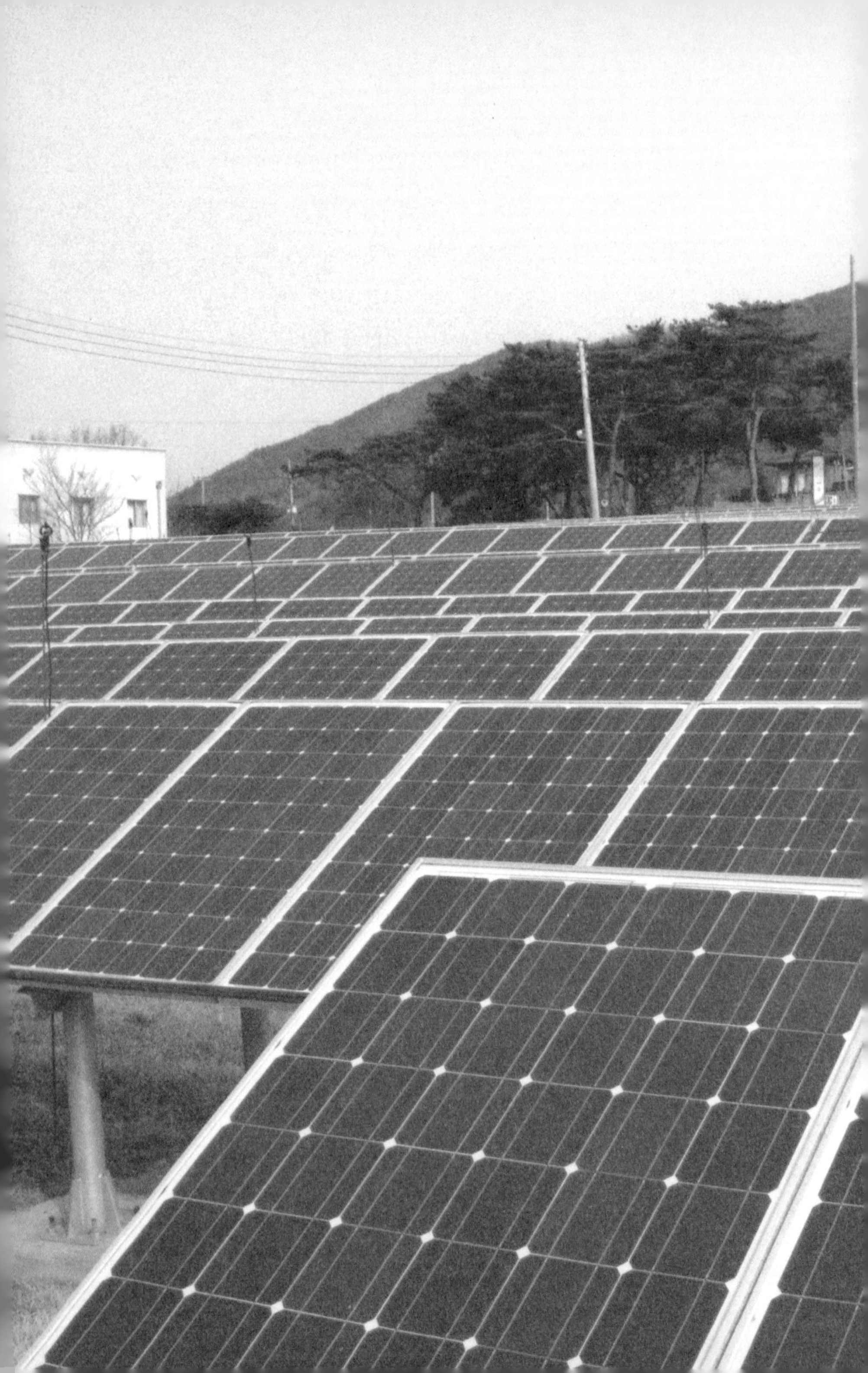

대한민국 최초로 상업적 태양광발전을 시작한 사나이

__(주)신태양에너지 허경춘 대표

아무도 가지 않은 길

지난 2002년 정부는 '신재생에너지 개발 · 이용 · 보급 촉진법'을 통과시켰다. 이 법은 민간 사업자가 신재생에너지를 생산하면, 이를 한국전력공사가 15년동안 1킬로와트당 716원에 사 주는 것을 골자로 하는 발전차액보전제도다. 신재생에너지의 생산 단가가 높은 데 반해 시장 가격은 1킬로와트에 80~100원에 지나지 않기 때문에, 신재생에너지 사업을 활성화하기 위해 정부가 그 차액을 메워 준 것이다. 여기서 말하는 신재생에너지는 연료전지 · 석탄 액화가스 · 수소에너지 등 신에너지 3개와 태양열 · 태양광 · 바이오 디젤 등 바이오매스 · 풍력 · 소수력 · 지열 · 해양 에너지 · 폐기물 에너지 등 재생에너지 8개 분야를 일컫는다.

신재생에너지의 생산을 촉진하는 이 법안은 석유 자원의 절대적 부족과 인류의 미래를 위협하는 환경문제에 대한 대안으로 발의됐다. 전문가들에 따라 의견이 다르지만 석유 자원이 금세기 안에 고갈될 것이라는 관측이 지배적이다. 석유 위주의 에너지 사용에 따른 환경오염은 이상 기온으로 이어져 인간을 위협한다. 이에 신재생에너지 개발에 주력해 안정된 에너지원을 확보하는 일이 시급해졌다.

그래서 정부는 신재생에너지 개발과 이용, 보급을 촉진하기 위해 민간 생산자에게 신재생에너지원의 생산 단가를 보전해 주는 법을 통과시켰고, 이후 국내 첫 민간 태양광발전 사업자가 탄생했다. 대구 (주)신태양에너지의 허경춘 대표다. 미국이나 일본, 독일 등지에서는 민간 발전소가 활성화되어 있지만, 국내에서는 2004년 사업을 시작한 허경춘 대표의 신태양에너지가 처음이다. 이후 소규모 민간 업체들이 태양광발전 사업에 발을 디뎠고, 시민 단체도 나서기 시작했다. 최근에는 포스코건설이나 LG CNS, STX그룹이나 현대중공업 등 대기업들도 태양광발전소 사업에 합류했다.

유럽 등 선진국에 비해서는 더디지만, 조금씩 국내에서도 신재생에너지 산업의 발전 가능성이 입증되고, 이와 관련해 제도와 정책들이 확충되어 가면서 가능해진 일이다.

언제나 힘든 것은 맨 처음이다. 누구도 디디지 않은 길, 미래를 전혀 가늠할 수 없는 상태에서 첫발을 내딛는 것, 그의 발걸음은 그 뒤를 따르는 다른 이들을 위한 등대가 된다. 등대 없이 어두컴컴한 바다 한가운데로 항해를 나가는 일은 두렵다. 그럼에도 앞서 길을 만드는 사람들이 있다. 민간 태양광발전 사업에 첫 길을 만들어 낸 허경춘 씨와 같은 사람들. 그들은 용감하다.

태양광발전소를 시작하다

햇볕 좋은 날, 햇빛 농사를 짓는 그를 만나러 갔다. 경북 칠곡군 동명면 팔공산 자락에 위치한 그의 사무실까지 가는 길 양옆에는 포도밭이 빼곡히 걸쳐 있었다. 이 일대는 전국적으로 유명한 포도와 사과 과수원 밭이다. 햇볕이 좋기 때문이란다. 과일을 잘 자라게 해 주는 이 따뜻한 햇볕 자체만으로 그의 햇빛 발전소의 농사는 풍년이겠거니 싶었다.

그의 발전소는 멀리서 보면 정말 '밭' 같았다. 1,200평짜리 잔디밭에 설치된 태양광발전판이 인삼 밭 같은 풍광을 만들어 내며 전기를 길러 내고 있었다.

쉰을 넘긴 나이에 흰머리가 듬성듬성 보이는 허경춘 씨. 그는 에너지 관련 분야에서 문외한에 가까웠다. 관심을 갖기 전까지는 말이다.

대학에서 섬유를 전공했고, 대구에서 섬유 수출업을 하던 그는 사양길에 접어든 섬유 산업을 대신할 새로운 사업을 구상하고 있었다. 그러다가 텍스월드 등 외국의 박람회를 둘러보다 태양광발전에 관심을 갖게 됐는데, 때마침 국내에서 '신재생에너지 개발·이용·보급 촉진법'이 만들어졌다. 좋은 기회 같았다. 허 대표는 본격적으로 태양광 사업을 시작하기 위해 공부를 시작했다. 처음 든 생각은 포기였다. 그러나 마지막에 내린 결론은 도전이었다.

"그렇지 않아도 외국에서 민간 태양광발전소를 보면서 관심을 갖고 있었는데 법이 만들어지니 기회라고 생각해 바로 공부를 시작했어요. 처음에는 정말 막막했고, 안 되겠다고 생각했지요. 이 분야에 대해 제가 문외한이었으니 기술도 없고, 보고 배울 만한 것도 없었어요. 그래서 그만두려 했는데, 상업 발전소는 없지만 창원시청 등 관공서에는 이미 태양광발전을 조금씩 하고 있다는 걸 알게 된 거예요. 그런 걸 보면서 왜 개인이라고 할 수 없나, 나도 할 수 있지 않을까 생각했죠. 그러다가 에너지 산업의 미래를 생각해 보며 오히려 이건 블루오션이겠다 판단했어요. 고생하긴 했지만, 돌이켜 보면 잘한 것 같아요."

법안이 만들어진 것은 2002년이지만, 당시 국내에서 태양광을 상업화하기 위한 기반은 전무했다. 그는 독일과 일본을 오가며 공부했다. 해외 기술자를 불러 기계 제작에서부터 날씨 분석, 발전 효율 연구 등 모든 과정을 배웠고, 태양광발전판이 설치된 곳이면 어디든 달려갔다. 나름대로 준비가 됐다고 판단한 허 대표는 2003년 대구시에 사업을 제안했다. 시가 땅을 제공하고 자신이 시설을 만들어 일정 기간 후 시설을 기부 채납하는 조건이었다. 그러나 대답은 '노'였다.

결국 혼자 했다. 전 재산으로도 모자라 대출을 받아 땅을 사고, 설비를 하고, 시험 운전을 했다. 그동안 관련 분야의 교수나 한전 관계자 등 전문가라는 전문가는 다 다녀갔지만, 모두들 고개를 내저었다. 시험 운전에서 기계가 망가진 적도 한두 번이 아니다. 인근 주민들도 당시로서는 이상했던 그 시설에 불만을 내비쳤고, 있는 돈을 모두 끌어다 사업을 벌이는 그를 가족들조차 마냥 좋은 시선으로 바라볼 수는 없었다.

"집이 가까워서 여기 임야를 개발해 발전소를 지었어요. 체험실도 만들어 접근 가능성을 높이려 했죠. 태양광발전을 널리 홍보하고자 한 것이었어요. 전기 생산만 생각하면 땅값이 더 싼 곳으로 들어가야 했지만, 너무 심심산골이어서는 곤란하죠. 주변에 전기 수요가 있어야 하니까요. 칠곡 발전소는 융자를 절반 정도 받았어요. 자금 추천을 받아서 저리에 대출을 받을 수 있었죠. 지금 1킬로와트당 설비 비용이 700만 원 정도인데 처음에는 워낙 시행착오를 많이 해서 훨씬 더 들었어요. 수험료라고 생각해요."

2004년 9월 전문가와 가족들이 모인 가운데 200킬로와트(시간당 최대 발전량)짜리 발전소의 시험 운전을 성공했다. 국내 최초의 상업용 태양광발전이 성공한 것이다. 시간당 200킬로와트를 생산하는 우리나라 최초의 상업 발전소는 그렇게 2004년 9월 17일 시작됐다. 2006년 9월부터는 성주군 수륜면에 시간당 45킬로와트짜리 발전소를 추가 건립했다.

그는 '대구시민햇빛발전소'에도 참여하고 있다. 2006년부터 추진해 2008년 9월 수성못 상당공원에 건립된 대구시민햇빛발전소는 시민들의 출자금만으로 이루어진, 말 그대로 순수 시민 발전소다. 허 대표는 자신의 경험을 바탕으로 대구시민햇빛발전소에 이사로 참여하면서 발전소의 설비와 운영을 돕고 있다.

최근에는 칠곡 발전소의 체험장 주변에 야생화를 가꾸고 시설을 정비하면서, 이곳에 야외 사진전과 어린이 미술 전시회 등 가

“태양광발전이나 신재생에너지 사업보다 더 중요한 것은
네온사인을 하나 덜 설치하는 것, 공공 기관 냉난방을 조절하는 것과
같은 실질적인 에너지 절약이죠.”

족이 함께 참여할 수 있는 행사를 기획하고 있다. 시민들에게 태양광발전소를 찾아올 수 있는 계기를 만들어 신재생에너지와 태양광발전소에 대해서 널리 알리기 위해서란다.

신재생에너지 관련 제도에 대한 우려

민간 발전소를 향한 그의 도전을 어렵게 만든 것은 무엇보다 관련 제도다. 판매액 대비 생산 단가의 차액을 보전해 주는 '신재생에너지 개발·이용·보급 촉진법' 덕분에 이 사업에 뛰어들게 됐지만, 이 법에 따른 하위 법은 전혀 현실을 반영하지 못했다. 민간 발전업이라는, 우리나라에서 지금까지 없던 사업을 활성화하기 위해서 법을 만들었지만, 그 법을 지원하는 제도 정비는 제대로 이루어지지 않았던 것이다.

"정부에서 어떤 신규 사업을 할 때는 실증 단지를 해 보고 다양한 문제에 대한 분석이 이뤄진 다음 민간에게 권해야 하지만, 이 사업은 실증 단지가 없었고, 따라서 공무원조차 민간 전기 생산에 대해 제대로 알지 못했어요. 하다못해 발전소를 하기 위해 토지 용도를 변경하는 것조차 쉽지 않았지요. 처음으로 이 사업에 뛰어들었으니 제가 하면서 문제에 부닥치고 이 문제를 해결하기 위해서 다양한 조정 과정을 거치면 그 이후에야 법이 조금씩 따라오는 거죠. 태양광발전소는 터빈이 돌아가지 않는데, 관련 규정은 화력발전소에 기준을 맞춰 내규가 되어 있으니, 문제를 제기하고 나서야 이를 조정하는 식입니다."

그가 처음 전기를 생산하고 판매할 당시, 이때의 판매는 한전에 대한 직접 판매가 아니었다. 초기에는 전력거래소를 거치게 되어 있었는데, 전력거래소에 팔면, 여기에 모인 민간 발전소의 생산 전력을 한전이 관리하는 식이었다. 문제는 전력거래소에 팔려면 연 140만 원의 가입비와 200만 원의 연회비를 냈어야 한다는 데 있다. 이 또한 허 대표와 같은 초기 사업자들의 문제 제기 끝에 지금은 한전에 직접 팔 수 있도록 바뀌었다.

그럼에도 어쨌건 허경춘 대표와 같은 개인들이 민간 발전소 사업에 뛰어들 수 있었던 것은 정부의 '신재생에너지 개발·이용·보급 촉진법'에 따른 발전차액보전제도FIT 덕분이었다. 발전차액보전제도는 앞서 설명한 것과 같이 신재생에너지의 생산 단가 대비 판매 가격이 일정 기준보다 낮은 경우 그 차액을 지원하는 제도로, 신재생에너지 사업자의 투자 부담을 줄여 보급을 촉진하기 위해 시행된 제도다. 2002년 시행된 이 제도 덕분에 대기업뿐만 아니라 허경춘 대표와 같은 개인들과 시민 단체를 중심으로 한 시민 발전소가 생길 수 있었다.

하지만 이 제도는 2012년에 폐지될 예정이다. 정부는 신재생에너지 의무할당제RPS로의 정책 변화를 꾀하고 있다. 이를 위한 시범 운영도 진행했다. RPS 제도는 발전 회사 등 에너지 사업자에 전력 생산 일부를 신재생에너지로 하도록 의무화하고, 부족한 부분은 다른 신재생에너지 사업자로부터 구매하도록 하는 제도로 발전차액보전제도를 대신해 2012년부터 시행할 예정이다.

RPS 제도는 수량 규제를 확실히 할 수 있고, 인증서 거래를 통해 경쟁 메커니즘을 사용함으로써 더 효율적일 수 있다는 장점이 있는 반면, FIT 제도는 투자의 불확실성을 줄여 주어 많은 참여자를 확보할 수 있고, 고용 창출 효과가 크다는 장점이 있다. 주요 국가별 정책 추이를 보면 영미 지역은 RPS 유형의 정책을, 대부분의 유럽 국가들은 FIT 유형의 정책을 채택하고 있다고 한다. RPS 제도는 경쟁 메커니즘을 활용한 효율적인 신재생에너지의 생산과 사용을 불러올 수 있는 나름의 장점이 있지만, 허경춘 대표는 RPS 제도에 대한 걱정이 크다.

"이 의무할당제를 앞서 시행한 독일과 일본의 경우 시행 후 어려움을 겪고 다시 발전차액보전제도로 일부 회귀하거나 보완 정책들을 수립하고 있는 것으로 압니다. 그럼에도 불구하고, 굳이 우리가 따라갈 필요가 있을지 의문이에요. 기본적으로 이 제도는 거대 생산업체를 중심으로 하기 때문에, 소규모 발전업자들의 발전소 진입을 원천적으로 차단하게 되거든요. 규모의 경제 논리가 적용되면 최저가 입찰로 인해 대용량 생산 업체에만 유리하게 됩니다. 우리 같은 소용량에 대해서는 제도에 접근이 용이하고 예측 가능한 제도인 발전차액보전제도가 필요합니다. 따라서 RPS와 더불어 FIT를 병행해야 저희 같은 소규모 발전소가 생존할 수 있습니다."

태양광 발전업 시장에 포스코를 비롯한 거대 기업들이 대거 등장하고 있는 가운데 그는 국내 태양광발전의 산업화가 어느 정도 성공했지만, RPS 제도로만 획일화되면 소규모 발전소가 살아남기 어렵다고 우려하는 것이다.

대안 에너지보다 에너지 절약이 더 중요하다

신재생에너지가 논의되는 것은 무분별한 자원 사용에 따른 석유 에너지의 고갈과 환경오염 때문이다. 새로운 대안 에너지를 개발하는 것도 중요하지만 그보다 더 근본적으로 필요한 것은 에너지 자체를 아끼는 일이다.

"태양광발전으로 지나치게 가는 것을 경계해야 합니다. 그보다 더 중요한 것은 에너지 절약이죠. 건물 짓는 데 그린마크를 주는데 벽을 두껍게 하면 화력발전소 몇 개를 안 지어도 됩니다. 태양광발전소나 신재생에너지 사업보다 더 중요한 것은 네온사인을 하나 덜 설치하는 것, 공공 기관 냉난방을 조절하는 것과 같은 실질적인 에너지 절약이죠. 저는 태양광발전소를 하면서 거의 절반은 환경 운동가가 되었어요. 근본적으로 접근하다 보니 그렇게 될 수밖에 없어요."

반半환경 운동가가 되었다는 그의 말은 빈말이 아니다. 대구를 지속 가능한 도시로 만들기 위해 민·관·기업이 모여 만든 맑고 푸른대구21추진협의회의 에너지 분과 위원으로 참여하며 '대학생 햇빛 발전소'나 '승용차 없는 날' 등을 추진하고 있고, 기상청의 지방 기후변화 태양광 과제 연구 위원으로도 활동하고 있다.

그 모든 활동들이 태양광발전소를 시작하면서 이루어진 일이다. 섬유 사업을 하다가 태양광발전소를 시작하면서 환경에 눈을 뜨고 관련 활동을 펼쳐 나가는 그러한 변화들이 그는 즐겁다. 그의 바람도 이루어지길 바란다.

"다양한 활동을 펼치고 있지만 본업에도 충실해야죠. 처음에는 많이 어려웠지만 우리나라 최초의 민간 발전소라는 자부심을 가지고 신재생에너지 분야에 매진하고자 합니다. 바람이 있다면, 시민들에게 사용하는 에너지를 자발적으로 선택할 수 있도록 선택권을 부여해 가격은 아직 높지만 태양광이나 풍력 신재생에너지를 사용할 수 있도록 유도하는 제도가 도입되었으면 좋겠습니다."

친환경 에너지로 만들어 가는 한국형 생태 마을

__ 에너지생태과학관 임상훈 박사

한국판 생태 과학관을 만들다

에너지 자급자족을 중심으로 한 한국형 생태 건축을 연구하고 있다는 '에너지생태과학관'. 그곳에 가기 전 떠올렸던 과학관의 모습은 잘 조성된 조경과 편의 시설이 어우러진 높은 콘크리트 건물이었다. 으레 '~관' 이라고 하면 떠올리게 되는 그런 모습 말이다. 과학관이라는 이름을 들으면 앞서 언급한 그런 외관을 갖추고 다양한 체험 시설이 발길 따라 이어지며, 한편에서는 홍보 동영상이 계속 흘러나오려니 상상하게 마련이다.

그곳으로 가는 길, 한참 시골길을 따라 달리는데 거의 다 왔다는 내비게이션의 안내와는 달리 꽤나 유명한 생태 과학관이라 연상되는 건물이 눈에 띄지 않았다. 언뜻 보면 시골집과 다름없을 것 같은 그곳이 '에너지생태과학관' 이었다.

산으로 둘러싸여 있고, 바로 앞에는 개울이 흐르는 전형적인 산골 마을의 180평 대지에 앉혀진 42평 건물의 에너지생태과학관은 언뜻 보기에는 여느 농가 주택과 다름이 없었다. 그럴듯한 시설을 생각하고 온 사람들의 첫눈을 사로잡진 못하겠지만, "철거로 인한 폐기물 발생을 최소화하고자 기존 낡은 한옥을 리모델링했기 때문"이라는 과학관의 주인 임상훈 박사의 이야기를 듣자면 말과 행동이 일치하는 모습에 오히려 스스로의 편견을 꾸짖게 된다.

에너지생태과학관의 대표 임상훈 박사는 학교에서 에너지를 전공했고, 한국에너지기술연구원에서 에너지를 연구하고 있는 에너지 전문가다. 그가 본격적으로 생태 건축에 관심을 갖기 시작한 것은 1992년 리우환경회의에 다녀온 때부터다. 당시 회의의 주요 주제가 '생태 건축'이었고, 그는 '에너지 자급자족', '자원 재활용(무공해 자원 사용)', '농산물 자급자족' 등 세 가지를 골자로 한 생태 건축에 관심을 갖고 '생태건축연구회'를 탄생시켰다.

1999년 한국과학재단 중점 과제 연구회로 선정되면서 본격적인 활동을 시작한 생태건축연구회는 국내외의 생태 건축을 연구하고 개발하며, 다양한 기획 발표와 특강 등을 통해 생태 건축의 저변을 확대하기 위해 노력하는 순수 연구회다.

임상훈 박사는 또한 에너지 전문가로서 '에너지환경보전회'를 이끌고 있다. 에너지환경보전회는 지속 가능한 친환경적 사회를 실현하기 위해 에너지 및 환경 기술에 대한 지식을 청소년 및 일반인들에게 널리 알리고자 설립됐다.

에너지 전문가로서 한국에너지기술연구원에 근무하면서, 개인적으로는 에너지를 통한 환경 보전과 생태 건축에 대한 관심을 다양한 활동으로 실천하고 있는 임상훈 박사. 사실 에너지와 생태 건축은 지속 가능한 친환경 사회를 위해 함께 가야 할 친구 같은 존재다. 생태 건축은 에너지 자립을 통해서 가능하며, 에너지 자립은 곧 에너지 문제의 해결책이다. 그는 에너지와 생태 건축을 많은 사람들과 나누고자 생태건축연구회와 에너지환경보전회를 이끌어 활동했으며, 그 활동의 끝에 '에너지생태과학관'을 만들었다.

쉽게 만나는 에너지 이야기, '에너지생태과학관'

"이제까지 에너지 기술과 생태 기술에 대해 대학교수나 연구원 또는 산업계 기술자들은 주로 하드웨어적인 측면을 다루었고, 민간 그룹에서는 학생 또는 일반인들이 그들 나름대로 소프트웨어적인 측면에서 접근해 왔습니다. 이들 연구 그룹과 민간 그룹 사이에서 매개체 역할이 필요하다고 생각했죠. '에너지환경보전회'와 '생태건축연구회'는 이러한 그룹 간의 시각차를 줄이고, 실생활에 적용 가능한 기술을 보급해 에너지와 생태에 대한 국민 의식을 고무시키는 역할을 하고 있습니다."

에너지환경보전회와 생태건축연구회의 활동이 진전되면서 각종 에너지와 생태 기술을 위한 강의실, 실험실, 전시실 등을 고루 갖춘 체험관의 필요성이 자연스레 대두됐다. 이에 임상훈 박사는 지난 2002년 11월 충남 금산군 복수면 백암리에 에너지와 생태

기술을 위한 작은 체험관인 '생태건축0번지'를 개관했다.

찾는 이들이 늘어나면서 그들이 '과학관' 같다고 해서, '에너지생태과학관'으로 개명하고, 과학관협의회에 가입했다. 우리나라에서 제일 작은 과학관이다. 에너지생태과학관은 신재생에너지와 미래 건축의 대안인 생태 건축에 대하여 학생들이나 일반인들에게 교육·홍보하고, 직접 체험할 수 있도록 하고 있다. 특히 무공해한 자연 에너지 자체뿐만 아니라 이를 이용한 환경 친화적인 건축의 저변 확대를 위한 체험의 장으로 꾸며져 있다.

"허물어 가던 집을 새롭게 과학관으로 고쳤는데, 부수지 않는 것이 가장 좋은 생태 건축이라고 믿어요. 그래서 본채 양쪽에 마루를 달아 열 보존을 할 수 있게 하는 등의 수리 외에는 거의 손을 대지 않았습니다. 아파트를 지으면 그 주변에 있던 냇가나 연못, 풀밭 등을 모두 메워 버리지만, 사실 그 모든 게 생태계를 파괴하는 일이거든요. 그곳에 살던 곤충 등을 위해 다시 살 수 있는 연못을 만들어 주는 것이 비오톱, 즉 생태 연못인데 저는 생태 연못을 만들었고, 풍력에너지로 물을 순환시켜 줍니다."

있는 그대로, 인간의 손을 가장 조금 거친 이 민가 속 자연 생태 그대로의 과학관에는 연간 3,000명이 다녀간단다. 경제적으로 돈이 많이 들지 않고, 기술적으로도 힘들지 않다는 것을 보여 줌으로써 사람들에게 에너지 자립과 자원 재활용, 농산물 자급자족을 통한 생태 건축이 그렇게 거창한 것은 아니라는 것을 보여 주고자 한다. 특히 에너지 자립은 생태 건축의 핵심이다. 그렇기에 이곳의 이름이 에너지생태과학관이고, 임 박사가 가장 강조하는 것도 환경 에너지의 사용과 에너지 절약을 골자로 한 에너지 교육이다.

에너지생태과학관은 언제나 문이 열려 있다. 누구나 원할 때 교육을 받을 수 있도록 했다. 체험 프로그램은 신재생에너지와 생태 기술에 대한 교육 및 시범이 가능하도록 설계되어 있다. 방문자들은 '태양열 조리기 만들기', '풍력발전 모형 만들기', '태양광 자동차 만들기' 등의 체험을 통해 신재생에너지의 소중함과 생태 건축에 대하여 알아 간다.

친환경 에너지, 충분히 연구하고 작은 것부터 재미로 해 보자

신재생에너지니 대안 에너지니 일단 '에너지'라고 하면, 일반인들은 어렵고 낯설기만 하다. 전기를 꼽고 전자 제품을 활용하는 일에는 익숙해도, 그 전기의 생산에는 도통 관심이 가지 않는다. 당연한 일이기도 하지만, 더 이상 당연해서는 안 될 일이다. 석유 고갈과 일본 지진에 따른 원전 피해에서 보다시피 에너지는 우리의 미래에 직결된 문제이기 때문이다.

태양광, 태양력, 바이오, 수력, 조력, 풍력 등 화석연료나 원자력 등을 이용하지 않고 자연의 힘을 그대로 활용하는 신재생에너지는 석유 에너지의 대안, 미래의 대안이라고 해서 대안 에너지로도 불린다. 임 박사는 아주 쉽게 "재생 가능한 친환경적인 대안 에너지를 연구하고, 작은 것부터 재미로 해 보라"고 권한다.

"세계에서 사용하는 에너지 중 30~40퍼센트가 주거용 및 상업용 건물에서 소비되고, 전체 에너지 중 70퍼센트가 화석연료입니다. 모두가 알다시피 화석연료가 연소될 때 나오는 이산화탄소는 대기 오염과 그로 인한 온실효과의 원인이고요. 또한 지구 오염에 크게 문제가 되고 있는 염화불화탄소(CFC;Chloro Fluoro Carbon)의 약 1/4이 각종 건물의 냉동기와 건자재의 생산 과정에서 발생되고, 이는 오존층을 파괴합니다. 당장 우리 집과 일반인들의 인식과 변화가 중요한 이유지요. 신재생에너지 중 태양에너지는 환경 부담이 거의 없는 청정한 에너지로서, 지구 환경 보전 및 에너지 자원 고갈 문제의 관점에서 적극적으로 활용되어야 합니다. 일반 가정에서 태양에너지를 중심으로 한 생태 건축을 이용한다고 생각해 보세요. 정말 큰 긍정적인 변화가 가능해집니다."

하지만 연구가 필수다. 지역의 특성을 먼저 연구한 후 그 지역에 맞는 친환경 에너지를 도입해야 한다. 외국에서 성공했다고 해서 우리나라에 마구 도입해 일단 설치부터 하면 고장이 나서 사용할 수 없게 되는 경우가 비일비재하다. 무턱대고 설치해 놓고서는 비용을 들먹거리며 신재생에너지에 대한 부정적 여론이 곧잘 조성되는 것도 제대로 연구하지 않았기 때문이다. 그래서 그는 교육을 강조한다. '작은 것부터 재미있게 해 보라'는 그의 권유는 살아 있는 교육을 일컬음이다.

"제일 시급한 것은 교육입니다. 경제성이 있는가라고 다들 물어요. 지금 현재로서는 절대 경제성이 없습니다. 인정하고 넘어가죠. 그

에너지 문제는 인간을 비롯한 모든 동식물의 생사를 가르는 중요한 문제고,
생태 건축은 에너지 문제를 인간이 풀어 나갈 수 있는 가장 슬기로운 해결책 가운데 하나다.

렇지만 결국 석유 자원은 고갈될 수밖에 없고, 지금부터 준비하지 않으면 당장의 경제성을 넘어서 인류 자체에 큰 위협이 될 것입니다. 작은 것부터 해야 해요. 풍력에너지로 발전해서 당장 연못 등에 전기를 대 보자는 거지요."

친환경 에너지에 대해서 부담을 버리고 재미있게 접근하길 바라는 그는 아주 쉬운 예를 들어 생태 건축과 에너지에 대해 설명한다. 저탄소의 생태 건축을 위해 설계자는 우선, 에너지 절약에 적합한 대지를 선정하여 분석해야 하는데, 분석 요소로는 지역 기후와 미세 기후는 물론 인접 대지, 지형, 배수, 토질, 식생 등의 기존 조건과 이를 활용하는 방안을 포함해야 한단다.

이를테면 에너지 절약을 위해서는 활엽수는 건물의 남면이나 남동면, 남서면에 심는 것이 좋으며, 침엽수 등의 상록수는 건물의 북면이나 겨울철 상풍향의 위치에 심어야 한다는 식이다. 나무뿐만 아니라 담장 넝쿨이나 관목 혹은 잔디 등도 여름철에 증발 냉각 및 지표면 반사율 감소를 통해 기온을 낮추는 효과가 있으며, 특히 벽체를 타고 자라는 넝쿨은 여름철에 벽체를 일사로부터 보호하고 겨울철에는 벽체를 일사에 노출시켜 에너지 절약에 매우 효과적이란다.

에너지와 생태 건축에 대한 그의 이야기를 듣자니, 이런 이야기를 더 많은 사람들이, 더 많이 들을 수 있도록 해야 한다는 생각이 절로 든다.

외국의 생태 건축 마을 사례

에너지 문제가 심화되고, 여러 시민 단체들이 마을 속으로 들어가면서 우리나라에서도 에너지 자립 마을을 구축하거나 운영하고 있는 곳이 있다. 하지만 완벽한 에너지 자립이나 에너지 자립을 넘어서 무공해한 자원을 사용하거나 자원을 재활용하는 의미에서의 생태 건축 마을은 아직 찾기 어렵다. 외국의 경우는 어떨까?

임상훈 박사가 소개하는 외국 사례를 듣자니, 우리나라는 아직도 갈 길이 먼 듯하다.

"그동안 미국과 일본, 영국 사례들을 자세히 둘러보았습니다. 대표적으로 미국 아미쉬 지역이 있는데, 유럽에서 건너온 종교 일파입니다. 그들은 집단을 이루며 생활하는데, 종교 공동체이지만 문명을 거부하면서 생태를 그대로 지키는 곳으로 유명합니다. 미국에 23곳 정도 되는데 스스로 풍력발전 등 대안적 친환경 에너지를 쓰고, 물을 길어 생활합니다. 버진아일랜드의 경우 나무와 나무 사이에 보행로를 먼저 만들고 그다음 그 위에다가 나무로 집을 짓습니다. 태양에너지 시스템을 만들어 태양에너지만 쓰고, 집집마다 조명은 가능하나 에너지 소비가 큰 냉장고 등은 없습니다. 여기는 방갈로에 전등이 하나뿐이어서 밤은 깊고 별은 밝으니, 대화 시간이 많아져 신혼여행지로 각광을 받고 있다고 합니다. 영국은 2000년 새 천 년을 맞아 전 세계의 식물 자원을 보존하기 위한 '에덴 프로젝트'를 수행했습니다. 웨일스의 서남단 황무지에 축구 경기장 6개

크기의 온실을 만들어 전 세계의 식물을 넣어 에덴동산처럼 전 세계의 다양한 종을 유지, 보존하고 있습니다. 웨일스에는 대안에너지기술센터Center for Alternative Technology가 있는데, 대안 기술을 가르치는 곳입니다. 그 부근을 일종의 대안 에너지 단지로 만들어 놓아 대중적으로 일반 시민들이 쉽게 생태적 생활을 알 수 있도록 만들었습니다. 매년 전 세계에서 10만 명이 찾아온다고 합니다."

당장의 시설 비용, 운영 비용을 따진 경제성은 의미가 없다. 미래를 위한 투자에는 장기적인 시선이 필요하다. 환경을 보존하고 재생 가능한 친환경 에너지를 사용한 새로운 시설과 문화는 사람들의 시선을 끌고, 미래를 선도한다.

그는 이어 일본의 어스빌리지 사례를 설명했다. 일본의 어스빌리지는 연립주택으로서 태양열 에너지를 잘 활용한 주택이다. 태양열 집열판을 각 주택이 각자 따로 설치해 쓴다. 옥상에는 잔디를 깔고 우수 저장 탱크를 설치했으며 안뜰에는 생태 연못, 즉 비오톱을 만들었단다.

또한 일본 도쿄 이타바시구 환경 행정의 거점인 에코폴리스센터는 태양열, 잔디 옥상, 비오톱을 이용해 만든 생태 건축물이다. 특히 1층 한쪽에는 도서실을 만들어 환경 책을 비치해 놓았으며, 지하에는 친환경 식품과 헌 물건을 사고파는 가게가 있다. 2~3층에는 연구소와 강의실이 있는데, 강의를 듣고 곧바로 실험할 수 있게 했다. 이곳에서 대기오염, 수질오염 등을 측정하는 방법을 배워 시민 모두 환경 감시자가 되도록 했단다.

한국판 바이오스피어를 만들자

에너지니 생태 건축이니 하는 것은 결국 생태계를 유지하고 보존하기 위한 방법의 하나다. 생태계라는 근본에 접근하기 위해서 임 박사는 한국판 바이오스피어를 만들자고 주장한다. 바이오스피어라는 것은 생태계라는 뜻이며, 생태계는 동식물이 살고 있는 곳을 말한다. 지표면의 2~3킬로미터까지 있다. 무분별한 환경 파괴로 인해 지구에 사람이 살 수 없게 됐을 때를 대비한 연구다.

미국은 1980년대부터 생태계 연구를 본격적으로 시작했고, 러시아는 이보다 앞서 시작했다고 한다. 일본도 '아오모리 바이오스피어 J'라는 생태계 연구 실험을 하고 있단다. 임 박사는 한국도 생태계 연구를 본격화할 때라고 말한다. 오히려 늦은 감이 있다는 게 그의 주장이다.

"미국은 '바이오스피어2'라고 해서 외부와 격리된 인공 생태계 실험장이 유명한데, 실제 실험은 1년 6개월 만에 막을 내렸습니다. 지구와 비슷한 환경을 갖춰 열대우림 지역과 바다, 사막까지 조성해 놓고 8명의 사람들이 들어가 자급자족 생활을 할 수 있도록 만들었어요. 하지만 바이러스가 번성하고 콘크리트가 산소를 흡수하면서 산소가 부족해져 실패로 끝났지요. 우리도 미래를 위해 준비할 때입니다. 저는 늘 바이오스피어 코리아를 만들어야 한다고 말합니다. 지금 당장 혼자 힘으로는 어렵지만, 언젠가는 꼭 해야 한다고 생각합니다. 장기적으로는 미래를 대비하는 일이고, 당장으로는 사람들을 사로잡는 관광지가 될 수도 있어요."

한국판 바이오스피어를 위해서 필요한 것 중 하나는 사람이다. 과학자를 더 이상 꿈으로 삼지 않는 아이들과 우주의 미래를 고민하지 않고, 당장의 월급이 더 중요한 사람들. 바이오스피어를 만들기 위해서는 정부의 정책이 당연히 필요한 일이지만, 그보다 앞서 이에 대한 문제의식을 느끼고, 연구를 진행해 나갈 사람들이 먼저 필요하다. 문제는 늘 사람이다.

"에너지생태과학관에서 체험 교육을 하면서도 그렇고, 다른 학생 강연을 나가서도 물어보는데, 과학자가 되고 싶은 사람 손들어 보라고 하면, 손드는 사람이 없어요. 어느 학교 과학반 60명을 놓고 강의한 적이 있는데 그중에 과학자가 되고 싶다는 학생이 딱 한 명 있었어요. 황우석 박사가 뜬 이후로 과학을 하고 싶어 하는 아이들이 반짝 늘었다가 요즘에는 다시 과거로 회귀했지요. 아이들에게는 영웅이 없는 거예요. 과학을 하겠다는 사람이 많아져야 하고 그러기 위해서는 과학의 저변이 넓어져야 합니다."

여기저기 많은 사람들을 만나지만, 만나는 사람 중 과학을 하는 사람은 극히 소수다. 그의 말처럼 과학을 하는 이들의 입지가 좁고, 아직 과학이 일반인의 삶 속에 깊게 자리 잡지 못한 게 아닌가 싶다. 하지만 에너지 문제는 인간을 비롯한 모든 동식물의 생사를 가르는 중요한 문제고, 생태 건축은 에너지 문제를 인간이 풀어 나갈 수 있는 가장 슬기로운 해결책 가운데 하나다.

과학의 저변이 확대되고, 그게 삶 속에 들어와 우리가 실천할 수 있는 과학을 해 나가는 것. 에너지 문제를 고민하고, 다른 대안을 실천해 보고, 친환경 에너지를 선택해 만들어 나가고 적용해 보는 일. 그의 말대로 연구해 보고 재미 삼아 한두 가지를 해 나가다 보면, 어느 덧 모든 이들이 과학을 실천하고 있지 않을까. 그것도 동식물과 함께 사람이 살고, 지구를 살리는 과학을.

희망 찾기에 도움 주신 분들

1부 자연이 답이다

- 지리산 '인드라망생명공동체'
  이귀섭(한생명 사무국장)
  063-636-5388, www.indramang.org

- 연두농장
  변현단(연두농장 대표)
  031-313-2848, cafe.daum.net/nongnyu

- 홀로세생태학교
  이강운(홀로세생태학교 교장)
  033-345-2254, www.holoce.net

- 성필립보생태마을
  황창연(성필립보생태마을 관장, 신부)
  033-333-8066, ecocatholic.co.kr

- 강화군 볼음도리
  오형단(강화군 서도면 볼음도리 전 이장)

2부 돈이 도는 생태 마을

- 경북 의성군 교촌체험마을
  송종대(교촌체험마을 전 사무장)
  054-862-7755, cafe.daum.net/kc7755

- 강원도 산속호수마을 동촌리
  박세영(동촌리 전 이장), 김명웅(동촌리 전 사무장)
  033-442-3993, www.e-dongchon.com

- 횡성 태기산 산채마을
  김학석(태기산영농조합법인 산채지기)
  033-345-9196, taegisan.farmmoa.com

- 강원도 화천군 토고미마을
  한상렬(토고미마을 위원장)
  033-441-7254, togomi.invil.org

- 충북 보은 구병아름마을
  임희순(구병아름마을 이장)
  043-544-0708, www.sulsul.org

3부 도심 속 생태 근간, '도시 농업'

- 생태보전시민모임
  여진구(생태보전시민모임 위임 대표), 민성환(생태보전시민모임 사무국장)
  02-381-9411, www.ecoclub.or.kr

- 인천도시농업네트워크
  김진덕(인천도시네트워크 운영위원장), 김충기(인천도시네트워크 사무국장)
  032-201-4549, cafe.naver.com/dosinongup

- 전국귀농운동본부
  안철환(전국귀농운동본부 텃밭보급소 소장)
  031-408-4080, www.refarm.org

- 부산시농업기술센터
  유미복(부산시농업기술센터 농산자원팀장), 김윤선(도시농업팀장)
  051-970-3720, nongup.busan.go.kr

- 서울 강동구청
  김형숙(강동구청 지역경제과 친환경도시농업팀 과장)
  02-480-1602, www.gangdong.go.kr

4부 지속 가능한 미래, 친환경 에너지

- 부안시민발전소

이현민(부안시민발전소 소장)
063-582-3532, cafe.naver.com/yespeace2

- 민들레공동체

김인수(민들레공동체 대표), 이동근(대안기술센터 소장),
이영완(대안기술센터 사무국장), 055-973-5804, www.atcenter.org

- 대구솔라시티센터

김종달(대구솔라시티센터장, 경북대 경제통상학부 교수)
053-950-6323

- (주)신태양에너지

허경춘(신태양에너지 대표)
054-974-8787

- 에너지생태과학관

임상훈(에너지생태과학관 대표, 한국에너지기술연구원 책임 연구원)
www.ecotry.com